文春文庫

風の行方
(上)

佐藤愛子

JN031753

文藝春秋

目次

風の行方（上）

吉見の場合

ママはいなくなった。

おじいちゃんも遠くへ行ってしまった。

なぜこの家は急にこんなふうにバラバラになってしまったのだろう?

おじいちゃんは岩手県の山奥の村へ行った。東京ではもう役に立つことがないから、東北の山奥の村ならおじいちゃんの役に立つことがあるだろう、それを見つけるのだとおじいちゃんはいった。

ママは杉並《すぎなみ》区高円寺《こうえんじ》のマンションにいる。

「今はわからないだろうけど、吉見がおとなになったらわかるわ……」

ごめんね、とママはいった。そうしてある日、吉見が学校から帰って来るとママはいなくなっていた。いつも母家にいるおばあちゃんが台所にいて、

「お帰り、おなか空《す》いてるでしょ」

といった。今まで聞いたことのない優しく粘るような声だった。その声で、

——ママはもういないんだ……、
と思った。「ママは?」と訊《き》きたかったがなぜか訊けなかった。おばあちゃんは誕生

日にしか食べられない苺《いちご》と洋梨《ようなし》のショートケーキを皿に載せてくれた。

「おいしいかい?」というので、「うん」と答えた。

ママはもういない――。苺のショートケーキがその証拠だ、と思った。

それから暫《しばら》くしておじいちゃんがいなくなった。いなくなる前の日、母家からやって来て、

「吉見、元気か」

といった。吉見はファミコンをしながら、「うん」と答えた。

「返事をする時は大きな声でハッキリ、ハイというんだ。男の子はどんな時でも元気でいなければいかん。泣く時は力イッパイ泣けばいい。嬉《うれ》しい時は腹の底から笑うんだ。わかったかい?」

「ハイ」

と吉見は返事をした。元気よく答えたつもりだったがおじいちゃんは、

「もっと元気を出して、ハイッというんだ」

といった。吉見がヤケクソで、「ハイッ!」と叫ぶと、「よし」とおじいちゃんは頷《うなず》いた。

おじいちゃんにもママにも、それからパパにもおばあちゃんにも、吉見はいいたいことがいっぱいある。だがあんまりいっぱいあり過ぎて、何からどういえばいいのかわからなかった。おばあちゃんは溜息《ためいき》をついていった。

「むつかしいことがいろいろと重なってしまってねえ。おとなの世界っていろいろあるのよ」

——お前ら、いったい子供のことをどう思ってるんだ！

そういいたかったが、吉見はいわなかった。

ある日、康二《こうじ》叔父さんが岐阜から出て来て、パパと夜遅くまでウイスキーを飲みながら話し込んでいた。

「女ってものは家に入ると尻《しり》から根が伸びて、その根がしっかり家の根太《ねだ》になってしまうものだと思ってたんだけど、今はそうじゃないんだなあ。義姉《ねえ》さんは根を生やしてなかったのかなあ。それとも生やした根を引き抜く力をふるったのかなあ……」

吉見は居間の長椅子《ながいす》で漫画《まんが》を見ているうちに眠ってしまっていた。吉見、寝るんならベッドへ行け、とパパがいっている声を聞き流してそのまま少し眠り、間もなく目が醒《さ》めたがそのまま寝たふりをしていた。ママがいたら無理やりに引き摺《ず》られてベッドに寝かされるところだと思いながら。目が醒めた時、

「しかし義姉さんって強い人だねえ、感心するよ」

康二叔父さんがいい、グラスに氷が当る音がしていた。いつもはおとなの会話に興味を持ったことなどないが、「義姉さん」という言葉が聞えたので吉見は思わず聞き耳を立てた。

「千加《ちか》は子宮外妊娠の手術で子供が産めない身体《からだ》になってしまった。オレはな、康二。

美保《みほ》よりも千加の方にひどく惚《ほ》れたというわけじゃないんだ。千加は金で解決しようかと何度も考えたよ。しかし千加の身体に傷がついたのはオレの責任だ。それを思うと千加を捨てることが出来ない……そういうと親父《おやじ》も認めたよ」

「男の責任か……兄貴もやっぱり親父の子だな。親父は何といった？」

「道に外れたことをする時は覚悟が必要だ……それだけだった」

「道か。懐かしい言葉だな、それで義姉さん……いやもう義姉さんじゃないんだな、美保さんは荒れたろ？」

「いや、冷静だったよ。大分考えたようだったが、ぼくに愛情があるけれど信頼がなくなったっていってね。世間には亭主が外泊してくるとポケット調べたりして疑う女房がいるけれど、美保はそんな妻ではない自分に誇《ほこり》を持ってきたっていうんだな。でもこれからはそんな妻でいる自信がなくなった、別れましょうといったんだ」

「うーん、凄《すご》い人だなあ……。えらい女だと思うけど可愛《かわい》くないね。吉見を連れて行くとはいわなかったのかい？」

「吉見に訊いたらしいんだよ。もしもママがパパと別れてこの家を出ることになったら吉見はどうする？　って。そしたら吉見はおじいちゃんもおばあちゃんもいるしお庭もあるからここの方がいいっていった」

「他愛《たわい》がないんだな、子供って……」

チガウ！　吉見は叫びたかった。本気の話だと思わなかったからそういったんだ。本気の話ならはじめからそういってくれれば本気で考えて答えたよ……。バカヤロウ!

パパたちにわからないように吉見は歯を喰《く》いしばって泣いた。


ママがいなくなったのは春だった。夏頃からチカちゃんが遊びに来るようになって、秋頃には時々泊って行くようになった。チカちゃんは、はじめて来た時、

「吉見クン、仲よくしようネ」

といって握手の手を出した。子供みたいな小さな手だった。顔も小さく白くて吉見に話しかける時、長い睫《まつげ》をパチパチさせた。

「あたしチカっての。チカちゃんって呼んでくれる?」

といったので吉見は「よろしく」といった。チカちゃんは目玉をクルッと廻《まわ》しパチパチとまたたきして、

「わァ、おとなの挨拶《あいさつ》ゥ……」

と感心した。チカちゃんが帰った後、おばあちゃんが、

「吉見、チカちゃんのことどう思う?」

といったが吉見は、

「どうって……べつに……」

としかいえなかった。それから暫くしてチカちゃんは、

「吉《ヨ》ッちゃん、チカちゃんのこと好き?」

と訊いた。馴《な》れ馴《な》れしくいきなり「ヨッちゃん」と呼ばれて吉見はマイったなァと思ったが、いきがかり上「うん」といった。

自分で自分のことを子供みたいに「チカちゃん」というチカちゃんはそう嫌いではない。だが土曜日に来て、日曜日の朝、パパのパジャマを着てトーストを焼くチカちゃんは嫌いだ。

チカちゃんは仲よしになろうネ、といってファミコンソフトのクロノトリガーをくれた。

「わーい」

と吉見はいった。

「ありがとう、チカちゃん」

「気に入ったかい」

パパがにこにこしていった。

「これ、欲しかったんだ」

というとパパとチカちゃんはにこにこ顔を見合せた。

――パパはこんな女が好きなのか……。

吉見は思う。

――カワッテル。

クリスマスにチカちゃんはセガサターンをくれた。パパは苺と洋梨のケーキを買って来た。子供用シャンパンには赤と銀色のリボンが結んであった。

「わーい、酔っ払うぞォ」

といいながら吉見はシャンパンを飲んだ。吉見は緑色と金色の、チカちゃんは赤と黄色の紙の三角帽子をかぶった。二人でクラッカーを鳴らしっこした。

「君はまったく……コドモだね。吉見と丁度いい」

パパはずーっとにこにこ顔だった。トランプでババヌキを三回やると、パパは時計を見て、吉見、もう寝なさい、と言った。眠くなかったが吉見は「ハイ」といって寝た。

その後お正月がきて八幡《はちまん》さまに初詣《はつもうで》に行った。おばあちゃんとパパとチカちゃんが一緒だった。チカちゃんはクリスマスの後からずーっと泊り込んでいたのだ。チカちゃんはジーンズに真赤なセーターを着て、スニーカーを履いていた。

「おやおや、お正月から……簡単だこと」

とおばあちゃんは小声でいった。おばあちゃんは黒紋付の羽織を着ていた。お正月はやっぱりお正月らしくしなくちゃね、と小声でいっていた。ママは普段は着物を着たことがないのに、いつも正月だけは着物を着て、

「お父さま、お母さま、明けましておめでとうございます。旧年は何かとお世話さまでした。今年もよろしくお願いいたします」

とへんに改まって挨拶をした。くすぐったいような笑いたいような嬉しい気持だった。それが吉見にとっての正月というものだったのだ。

八幡さまの石段を上りながら吉見はそんなことを思い出して悲しくなった。どうして今年はこんなことになった、チカちゃんなんかがいるんだ、と思った。

帰り途《みち》、おばあちゃんがいった。

「吉見は神さまに何をお願いしたの？」

吉見は少し考えてからいった。

「おじいちゃんは神さまに祈る時は自分のことをお願いしちゃいけないっていってたよ。入学出来ますようにとか、お金が儲《もう》かりますようにとか、いつもは神さまのこと忘れてるくせに勝手な時だけお願いしてはいけないんだって……だから日本が平和でいい国になりますようにって祈っただけだ」

本当はそうじゃなかった。おじいちゃんとママが帰って来ますように、と吉見は祈った。パパとチカちゃんの仲が悪くなって、チカちゃんが自分の家へ帰ってしまうように……。

「おばあちゃんはね、吉見が四月から六年生になるでしょ、だからこの一年、元気で病気も怪我《けが》もせずに、無事に来年は中学生になれますようにってお願いしたんだよ」

「いけないんだよ、そんな個人的なこと祈っちゃ」

「そうかしら、でも神さまはおばあちゃんの気持を汲《く》み取って下さると思うよ」

吉見はおばあちゃんから離れて足早に歩いた。向うの道をむくむくした白いコートを着た桜田町子《さくらだまちこ》が歩いているのが見えたのだ。町子はピンクの大きなリボンを頭につけて可愛かった。美人で有名な町子のお母さんは毛皮の半コートがよく似合っていた。突然、吉見は腹が立った。

——こんな酷《ひど》い正月ってあるもんかい！

みんな、何と思ってるんだ。これでいいと思ってるのかい！　吉見はやにわに走った。

「まあまあ子供って、意味もなくいきなり走るのねえ」

と後ろでおばあちゃんが笑っていた。


そして五年生が終って春がきた。ママがいなくなって一年経《た》ったのだ。

「なあ吉見、君、チカちゃんのこと、どう思う？」

とある日、パパはまたいった。チカちゃんは冬物と春物を取り替えに自分の家へ帰って、いなかった。

どう思うどう思うって、うるせえな、といいたかったが、「べつに」と答えた。

「好きかい、チカちゃんのこと」

「うん？……うん」

面倒くさいからそういった。

「チカちゃんはな、吉見。吉見のママの代りになってもいいっていってくれてるんだけど……」

パパはじーっと吉見の顔を見ていた。吉見が何もいわないので、「どうした？　どう思う？」

　と促した。

　飛行機事故なんかで死んだ人の遺族に向ってテレビのインタビュアーが、「どんなお気持ですか」と訊いているのを見るたびにパパは「悲しいに決ってるじゃないか。どうしてそんな答えようのない質問をするんだ」といつも怒っている。それと同じだ。イヤに決っている。それくらいのことがわからないのかい！

「チカちゃんって、面白いだろ？」

「うん」

「友達みたいでいいだろ？」

「うん」

　それはいえる。この前も便所の中から大声で吉見を呼ぶので、何だと思ったらトイレットペーパーがなくなっていた。

「さっき買って来てテーブルの上に載せたまま忘れたの。それ取ってェ」

　と便所の戸を少し開けていった。戸の隙間《すきま》から出している手にトイレットペーパーを持たせてやると、大声でいった。

「見ないでよ、中……」

「見ねえよォ……」

　吉見はいい「チェッ」と舌打ちした。どっちがおとなか子供かわかりゃしない。それがママになってもいいといっている。よくいうよォ。どう思うもクソもそっちの問題だろ！　ぼくがイヤだといったらどうなるというんだよ！

「考えておいてくれよ」

ぼくが考えたってしようがないだろ、といいたかった。だがいうのが面倒くさかった。

「しようがない？　しようがないってどういうことだ」

とパパはいうだろう。どういうことって、しようがないことはしようがないんだ。

パパがこういうことにしちまったんじゃないか。こういうことにしておいて、どう思う？　といわれてもなあ。こういうことになる前に訊いてくれよ、と吉見はいいたかった。

「吉見、元気にしているか。

この頃、吉見は手紙をよこさないが、どうしているのか、おじいちゃんは心配だ。六年生になっていろいろと忙しくなっているんだろうとは思うが、少くとも月に一度は便りを下さい。

東京の桜はもうとっくに散っているだろうね。だがおじいちゃんのいる村では漸《ようや》く莟《つぼみ》がふくらんできたところだ。おじいちゃんは毎朝、早池峰山《はやちねさん》を眺めながら寺の庭を掃いている。それから天気のいい日は木刀の素振りをやる。それから朝飯だ。おじいちゃんは味噌汁《みそしる》を作るのが上手になったよ。炊きたての味噌汁に裏から取って来た葱《ねぎ》を刻んでほうり込んだだけだが、天下一品の味だ。それをすすりながら吉見も今頃、朝飯を食べている頃だろうか、と思っている。

一日の元気のもとは朝飯にある。パンに牛乳なんかダメだ。米の飯に味噌汁。これが日本人の身心を養ってきた食物だ。パンはおやつに食べろ。朝は米の飯を食べなければ身体に力が入らないよ。

おばあちゃんはよく面倒を見てくれるだろうが、それに甘えていては駄目だ。おばあちゃんは女で、しかも心配性だ。吉見は男の子だから心配性の年寄りのいう通りになる必要はないよ。

おじいちゃんは吉見に信念の人になってもらいたい。おじいちゃんが吉見たちと離れてここへ来たのも信念のためだ。まず自分の考えをしっかり持つこと。他人のいうことを気にするな。人は人、オレはオレ、そう思って堂々と生きよ。

おじいちゃんはこの寺の食客にすぎないが、この前、何も知らぬ人が死んだ犬を運んで来てお経を上げてくれといった。ここの住職は盛岡の寺にいて、ここへは葬式や法事がある時に来るだけなのだ。仕方ないからおじいちゃんは般若心経《はんにゃしんぎょう》を上げてやったよ。ウロ覚えだから間違っていたかもしれないが、堂々とやったので向うは喜んで帰っていった。犬も成仏したにちがいない。

夏休みになったらこっちへ来なさい。六年生なんだから一人で来られるだろう。

今、郵便配達が来たのでここでやめる。配達員にカリン糖でお茶を飲ませて、この手紙を出してもらうのさ」

おじいちゃんの手紙を読むと吉見はいつも無気力感が湧《わ》いてくる。堂々と生きよとか、信念の人になれといわれても、どうしたらなれるのかわからない。他人のいうことを気にするなといわれても気になるものはしようがない。学校のクラス参観にも運動会の手伝いにもママではなくおばあちゃんが来るようになったので、桜田町子に訊かれた。

「大庭《おおば》くん。どうしてお母さん来ないの？　いなくなったって、ホント？」

吉見は黙って俯《うつむ》いてしまう。

「ああ、いなくなったんだ。離婚したんだ」

堂々とそういいたい。だが吉見はいえない。

チカちゃんのいいところは「区立の中学へ行くんだからなにもそう勉強することはない」といってくれることだ。「嫌いなものは無理に食べなくていい」といってくれる。それもいい。おばあちゃんが食べさせまいとしているスナック菓子をボンボン買って来て、テレビゲームしながら袋に手を突っ込んで、口いっぱいに頬張《ほおば》って「あッ、やったァ」とか「チクショウ！　ダメか！」とかいい合う、そんな時のチカちゃんは好きだ。

チカちゃんの家は深川《ふかがわ》のお不動さまの近くの和菓子屋で、栗《くり》むし羊羹《ようかん》が自慢なのだそうだ。チカちゃんのお父さんはチカちゃんにお婿さんをもらって店を継いでもらうつもりをしていたが、こんなことになったもんだからね、一時は怒ったけど今は諦《あきら》めてる、とチカちゃんはいった。江戸《えど》ッ子《こ》だからね、諦めがいいのよ、といって笑っていた。

「こんなことになったもんだから」って、つまり、パパとレンアイをしてしまったってことなんだ。チカちゃんのお父さんは諦めないで、チカちゃんを家に縛りつけて、お婿さんと一緒にさせてくれればよかったのに、と吉見は思う。

日本人の特質は諦めがいいことよ、と青柳《あおやぎ》先生はいった。よその国なら暴動を起すようなことでも日本人はブツブツいうだけで、そのうち諦めていく。諦めがいいことを美点だと思う人、手を上げて……。ハイ、じゃ欠点だと思う人は？

その時吉見は「どっちともわからない」の時に手を上げた。だがやっぱり、諦めのいいのは欠点だと今は思う。

ママも諦めがいいからパパと別れたんだ。ママが諦めが悪い人だったら、チカちゃんはここに来られなかったんだ。ママはどうして諦めたりしたんだ？

おとなになったらわかるからね、とママはいった。なにも永久に会えないというわけじゃないし、吉見の好きな時にママの所へ来ればいいんだから。そうだわ、約束しよう。土曜日の夜は一緒にご飯食べて、そしてママの所へ泊って行けばいいわ……。

泣きながら吉見は「うん」といっていた。

「ママと一緒に来てもいいけど、学校から帰って来ても誰《だれ》もいない。一人でおやつ食べて塾へ行って、帰って来てもママの仕事の都合でいないこともあるの。鍵《かぎ》ッ子《こ》になるのいやじゃない？」

「いやだ……」

しゃくり上げながら吉見はいった。

「だからね、わかってね、吉《よ》ッちゃん……」

泣きながら「わかった」といい、そして吉見は諦めた。

——ボクも諦めたんだ……。

吉見は気がついた。

——諦めないのはチカちゃんだけなのか？

そう思うとチカちゃんが憎らしかった。

気がついたらチカちゃんはいつの間にかこの家の人になっていた。深川とここを行ったり来たりしていたのが、この頃はずーっとここにいる。

パパは吉見に、「吉見、チカちゃんと呼ぶのはやめなさい」といった。

「チカちゃんはこの家の主婦になったんだ。ということは吉見のママにもなったんだ……」

「どうして？」

わかっていたが、せめてそういった。

「どうしてって、決ってるじゃないか。チカちゃんはパパの妻になったんだから……つまり吉見の母になる……」

「ふーん」

吉見はそれだけいってテレビゲームに熱中するふりをした。

「母親のことを子供がチカちゃんて呼ぶのはおかしいだろ？」

吉見は答えずあっちこっちボタンを忙しく押し、

「バンザーイ、やったァ……」

と叫んだ。

だがチカちゃんを「ママ」なんて呼べるわけがなかった。それで吉見はチカちゃんに呼びかけるのをやめた。呼びかけをせずにいきなり用件をいう。それでも別だん不自由はない。

「えーと……連絡帳に書いといてくれた？」

で用はすむ。だが前みたいにテレビゲームをしたりして、「チカちゃん、なにやってんだよう」とか「わァ！　チカちゃん、やるゥ！」なんていえなくなった。学校から帰って来て、

「チカちゃーん、何かない？　ハラ減ったァ」

というのと、

「何かない？　ハラ減った」

というのとはどこか違う。声に弾みがつかない。

チカちゃんと呼べないために、吉見とチカちゃんの間は前のような親しさが薄らいでしまった。

この頃、ママは前みたいに吉見を食事に呼んでくれなくなった。

「美保さんは忙しいのよ。有能な人だから次から次とお仕事が入るのよ」

とおばあちゃんは吉見を慰めるようにいった。ママの「お仕事」とはどんなお仕事なのか、吉見にはよくわからないが、新聞やテレビに出ている人たちに沢山の知り合いがいるらしい。その人たちと親しくして好かれることも仕事のうちなのだとおばあちゃんはいった。ママはとてもキレイになった。子供の吉見でもそう思う。

「家庭ってものは女の精気を吸い取るのよ。ご亭主と死に別れた人をみてごらん。年寄りでもみんな若々しくてきれいになってるわ」

おばあちゃんの友達が来てそういっていた。何となく吉見は面白くなかった。


「春は線路からやってくる。

線路の雪は、どこよりも早く解けて、青草がちらほら。その間に気早にも黄色い花がさいたりする……」

桜田町子が朗読していた。教室の中は静かだった。町子の朗読は声が澄んでいてとても上手だから、クラスの中はシーンとしている。

「どこかに春がたくさんあるんだ。だれかがそれを貨物列車に乗っけて、遠くへ運んでいくんだ。だけど汽車ってゆれるから、この辺で春が少しこぼれて落ちちゃって、だから線路には、ほかより早く春が来るんだ……」

青柳先生は「メリハリのあるとても上手な朗読ね」といって、メリハリの説明をした。メリハリとは「ゆるんだり張ったり」することで、つまり声を高くしたり低くしたり表情ゆたかに読むことだそうだ。

そういって先生に褒められてから、町子はますますメリハリをつけるようになった。——つけ過ぎじゃないか？　と吉見は思う。吉見は妙に気羞《きはず》かしい。普通に読めばいいのに、と思うが、それでは先生から褒められない。吉見は終始、

「なに、その読み方。ボソボソボソ」

とやられる。

突然、吉見は名を呼ばれた。

「大庭くん——」

「今の詩を聞いて、感じたことをいって下さい」

吉見は立ち上った。「感じたこと」ってべつになかった。明日は土曜日だったから今夜はママから電話がかかってくるかもしれない、とぼんやり考えていた。先生はそれを見抜いたのだ。立ったまま吉見は、

「えーと、えーと……」

とくり返した。

「えーとはわかったから、後をいって」

青柳先生は時々、イジワルになる。褒める時はモーレツに褒めるけれど、気に障ると

笑いながらイジワルする。先生は気が早い。モタモタしている生徒は(吉見も含めて)みなやられる。

「えーと……ぼくは思ったんだけど……『どこかに春がたくさんあるんだ』っていってるけど、どこなのか、ハッキリしてほしい……と思う」

「ふーん、なるほどね……それだけ?」

「それから、『だれかがそれを貨物列車に乗っけて』っていうところも、誰かって誰なんだ、と思いました」

先生のメガネがキカッと光った。

「どこかとか、だれかとか、はっきりしなくちゃいけないの?」

「ぼくは……そう思い……ました」

「ハイ、わかりました」

先生は嬉しそうな高い声になった。嬉しそうに聞えるけれど、嬉しいわけではないことはだいたい、みんな知っている。

「大庭くんはこの詩は好きじゃない。つまらないという。みんなはどう?」

青柳先生はかん高い声でいった。

「ハイ」と町子が手を上げた。

「はい、桜田さん」

「これは詩なんだから、『どこか』とか『だれか』とかいういい方でよいと思います。

大庭くんの意見は、ムリに何かいおうとしてるような、いいがかりのように思います」

　笑い声が教室に広がった。

「そう……。では桜田さんの意見に賛成の人――」

「はーい」

　と皆が手を上げた。

「大庭くんの意見に賛成の人……」

　吉見は机を見詰め、つまらないことをいった自分に腹を立てていた。突然名指しされて、とっさに口から出まかせをいったのだ。これは詩なんだ。だからこれでよい。桜田さんのいう通りだ。失敗した、恥をかいた、と吉見は思う。顔に血が上った。口惜《くや》しかった。

　その時「ハイ、先生」と声がした。加納《かのう》くんだった。

「はい、加納くん」

「ぼくが思ったことをいいます。べつの歌だけど、『春はどこからやってきた』というのがあります。どうしてか春を歌うとき、『どこから』という言葉がよく使われているように思う。夏や冬や秋の時は、どこからきたとはあんましいってないと思う。冬は北から来るし、夏は南から、海から……それから……秋は……ええと、秋は……」

　みんなが笑った。好意的な笑い声だった。その笑い声に気をよくしたように加納くんはいった。

「秋はどこから来るのか、という歌はないと思う。あ、そうだ、秋風が運んでくるんだ。春だけ、どこから来るのか、という……」

ざわめきが流れた。

「つまり春って、そんなふうに来る。つまり、アイマイにくるのが春の特徴です」

「そう！　さすがは加納くんね。よく春というものを摑《つか》んでいます。寒い寒いといってるのに、ふと気がつくと線路の雪が解けていて青草がちらほら。おや？　もう春が……と気がついて嬉しくなる。けれどまだ山や屋根や垣根には雪があるから、まだ冬だと思っていたのに。いつから、どこから春は来たんだろう」

先生は吉見をチラと見た。

「それは理屈じゃないのね。歌や詩で理屈をいうと困るのね」

吉見は目を伏せて固まっていた。こんなこと、頭を掻《か》いて笑ってしまえばそれですむのだ。五年の頃はそれですませていたのに……。

先生も町子も、いつもは尊敬している加納くんも、今は大ッキライだった。

土曜日の夕方、ママから電話がかかってきた。ママは急に九州へ行かなければならなくなったのだ。

「わかった」

と吉見はいった。

「ごめんね、吉ッちゃん。ママもほんとに残念なの」

「いいよ！」

吉見は投げやりにいった。

「日曜日の夕方、空港から電話するからね」

──いいよ、もう！

胸の中でいっていた。

──べつに、どうだっていいんだ……。ママに会っても会わなくても……。

月曜日の一時間目はまた国語の時間だ。また桜田町子が朗読していた。

「夏の夜。お父さんと、お母さんと夜店に行く。いつもだったら、ばんご飯を食べてしまえば、あとはねるばかりなのに、今夜はこれから外へ出るのだから、めずらしくて、うれしくて、たまらない」

最初は中村《なかむら》くんが読んだのだが、あんまり下手クソなので、桜田町子が「お手本」として読まされていた。町子は「めずらしくて、うれしくて、たまらない」というところで声を上げ下げして弾ませた。

「小さくなりかけたゆかたもうれしい、やわらかい三尺帯もうれしい、一人前にばたばた足もとをあおいでいくうちわもうれしい……」

うれしい、うれしいって、しつこいなと吉見は思う。

「近所のおじさんやおばさんが、うちわかた手に門口へすずみに出ていて、お父さんやお母さんと、笑いながらあいさつをかわす。加代《かよ》にもひと言声をかけてくれるのが、またうれしい……」

（――そうかよ、わかったヨ、よかったネ）

「小路から表通りへ出ると、どの家でも、明々と電灯をつけて、家族みんなでばんご飯のちゃぶ台を囲んでいる。青や緑のすだれごしに、まるでげん灯を見ているようだ。笑い声や話し声、のきには風りんもちりちり鳴る。――わたしも幸せだけど、あの人たちもみんな、幸せそうだな。おどるようにはずんで歩きながら、加代は、そのことがいちばんうれしい」

先生がいった。

「加代はそのことがいちばんうれしい、ってあるけれど、『そのこと』ってどのことだろう」

加納くんが答えた。

「『わたしも幸せだけど、あの人たちもみんな幸せそうだ』と思える、そのこと」

「その通りね、加代は幸せだからどの人もみんな幸せそうに見えるのね。ここが大事なところです……」

吉見はムッとして目を伏せていた。

目を伏せてじっとしている吉見の耳に先生がしゃべっている声が聞えていた。

「幸せな心――自分を幸せだと思うことがどうして大切かというと、そういう気持が他人の幸せを思う明るい優しい心につながるからなのね……」

その声を聞きながら、吉見は中学生になったら非行に走るぞ、と思っていた。茶パツにしてタバコ吸ってスーパーで万引する。酒も飲む。喧嘩《けんか》が強くなる。仲間から怖がられる。それが新聞に出る。

ママはどうするだろう？

パパは？

おばあちゃんは？

「子供が問題を起すのは親の責任だ」と新聞は書く。実際におとついのテレビでそういっている人がいた。テレビには「両親の離婚が子供を非行に走らせた」という表が出ていた。

ママは泣くだろうか？

吉見に非行をやめさせるために、謝って家へ帰って来るだろうか？

パパはチカちゃんを家へ帰して、ママを迎え入れるだろうか？

そうはうまくいかないだろうことは吉見にはわかっている。子供はおとなに従わなければならないが、おとなが子供に従うということはないのだから。

だから非行に走るしかないのだ。今のところ「非行少年になってやる！」と思うことで、吉見は自分を支えようとしていた。（だが、どうしたら非行少年になれるのか、方法はわからない）

吉見が「非行少年になってやる！」と思うことは、おばあちゃんがピップエレキバンを背中に貼《は》るのと同じようなことだったかもしれない。おばあちゃんの背中に吉見がピップエレキバンを貼っていると、おじいちゃんはいつもバカにしたように、「そんなもの、効くのかい」といった。おじいちゃんはピップエレキバンを「気休めだ」といった。

「気休めでもいいの。それで楽になるんだから……楽になったような気がするんだから」

おばあちゃんはいった。吉見が非行少年になろうと思うのもそれと同じだ。

ある日、吉見はチカちゃんにいった。

「ぼく、今に非行に走るようになるよ」

チカちゃんをギョッとさせるつもりでいったのだが、チカちゃんは平気で、

「あたしもね、ホントいうと中学の時、不良だったんだ」

まるで楽しい思い出話でもするようにいった。吉見はあてが外れたような気持で訊いた。

「どして不良になったの？」

「きっと退屈してたのよ。学校嫌いだったから」

退屈して不良になった？

ぼくとは違う、と思った。吉見はがっかりした。

おとなたち

普段、おとなたちは何よりも子供のことを第一に考えなければいけないと思っている。子供は弱い者であり、これから伸びて行く若木だから大切に守ってやらなければならないと思っている。

だが一旦《いったん》、現実の暮しに波風が立つと、子供への配慮は二の次になってしまう。おとなには更に生きて乗り越えて行かなければならない現実が立ちはだかっていて、そこでは子供は足手まといなだけの役立たずになってしまう。

子供の気持をわかること！

そう口にはいうが、おとなは（かつては子供だったのに）今は子供の気持がわからなくなっている。わかっているつもりでも、それは自分流にわかっているだけだということに気がついていない。

子供には生きる力がまだないから、子供はいやでもおとなの取り決めに従う。今のところおとなによって生かされているのだから、おとなの都合に従わなければならないのは仕方のないことなのだった。

吉見が今考えていることを理路整然ということが出来たら、まずそんな慨歎《がいたん》だったろ

う。だが吉見は、

——仕方がないや……。

と思うだけだった。いつか仕方がない、と思うことが身についてしまった。

「吉《よ》ッちゃんはほんとに聞きわけがいいからママは嬉しいわ」

と美保はいった。

「とっても落ち着いたいい子になったわね。ママがいない方がいい子になるみたい」

美保は誘うように笑う。この頃《ごろ》美保は吉見に対して妙に下手《したて》に出ている自分に気がついていた。毎週、土曜か日曜には会って食事をする約束を、春になってから反古《ほご》にしてばかりいる。

「ごめんね、ママはとっても忙しいの。土曜日も日曜もまた駄目なの」

「いいよ」

と吉見はいう。駄々をこねたり拗《す》ねたりしない。それが少し気にかかりはするが、おとなしく「いいよ」といってくれることの方が有難いから、その時の吉見の気持に美保は深入りしないでいる。

「来月は必ず約束守るからね」

「うん」

「怒ってる？」

「怒ってなんかいないよ」

「今度会う時、吉見の欲しいゲームソフト買ったげる。何がいいか考えといて」
受話器の底からカチャという力のない音が聞えてきて、美保は一瞬胸が痛む。吉見を哀れに思う気持の中に、後ろめたさのようなものがあった。

神奈川県の葉山《はやま》に住んでいる小説家の楠田爽介《くすだそうすけ》は、土曜日になると人を呼んで酒盛をしたり麻雀《マージャン》をしたり、時には下手同士の句会を開いたりして夜を更かすのが好きである。半年ばかり前に同業の西村香《にしむらかおる》に紹介してもらってインタビューをしたのがきっかけで、土曜の集りに美保も誘われるようになった。流行作家からの誘いは、たとえ気が進まなくても二つ返事で応じた方がいい。出来るだけ顔を広くし「有名人」と親しくしていることがキャリアになる。誘われると必ず葉山へ行くのはそう考えているからだった。はじめの頃はこれも仕事、と割り切って行っていた。爽介の家に集ってくる編集者やフリーライターやカメラマンやテレビタレントらが酒の酔と共に醸し出している雑然とした空気に美保はなかなか馴染《なじ》めなかった。だがこの頃では楠田家に漂っているだらしないほどの自由にくつろぐようになっている。

楠田爽介の家は南下りの広大な庭の、勝手気儘《かってきまま》に枝を広げ葉を茂らせている雑木の上に一筋、銀色に光る水平線が見える山の上に建っている。地所は山の斜面に七、八百坪もあるが、家屋は古色にまみれていて築後六十年という。家は古びているだけでなく、掃除が行き届いていない。大き過ぎて年寄りの家事手伝いの手に負えないのよ、と爽介の妻は他人事《ひとごと》のようにいった。

「この家はオレの家じゃないんだよ。女房の家なんだよ」

爽介は客が家や庭の広さに感心するとそういった。

「だから下手して離婚ということになろうものなら、オレはホームレスだよ」

と笑わせる。

「先生、その割には大胆なことばかりしてますね」

香は狎《な》れ狎《な》れしく爽介をからかう。

爽介夫婦には子供がない。妻の歌江《うたえ》は彼より七歳年上の五十五歳だ。彼は歌江のことを「うちのばあさん」と呼ぶ。

「うちのばあさんはおからを煮ることだけがうまくてね。ほかには何も出来ないんだ。これほど無能のままで二十年も夫婦でいるというのはたいしたもんだよ。ばあさんの方も、オレの方も」

爽介は妻を悪《あ》しざまにいうのを趣味にしているようである。「先生のはその悪口が愛情表現なのよね」と香がいうと、「いや、悪口は悪口だよ」と爽介は真顔で訂正した。

夫に何といわれようと、歌江は表情を動かさず、暇さえあれば推理小説を読んでいる。推理小説は頭のいい人でなければ書けないものだと、歌江は人前で平気でいった。

「うちの先生は逆立ちしたって無理ね」

そういわれて爽介は素直に「うん」と頷《うなず》いている。

　庭いっぱいに犇《ひし》めくように萌《も》え出ている若葉の隙《すき》から、潮の香を含んだ夜風が流れてくる。その広縁のあちこち、気に入った場所にそれぞれが坐《すわ》って、ビールを飲みながら埒《らち》もないおしゃべりをしているのを聞きながら、美保は自分がすっかりくつろいでいることを感じる。

　もう何年もこんな自由はなかった。朝起きてから床に就くまで、一刻の休息もなく頭と身体《からだ》を使い通してきた。あの頃、美保は家族の誰かのために毎日の殆《ほとん》どを費していた。夫のため、子供のため、そうして生活は別とはいえ、同じ敷地内にいる以上、舅《しゅうと》、姑《しゅうとめ》にも心を配り、そうして余った時間を仕事に当てていた。自分の仕事のために、家族の誰かに助けてもらうことなど、考えたこともなかった。

　それは主婦である美保があえて撰択《せんたく》した生活だったから、美保は誰にも迷惑をかけてはならぬと思い決め、寸暇を惜しんで働く自分に満足していた。

「よくやるねえ、えらいねえ」

　と感心されることで満足し、不満や文句をいわれないことを、大きな幸せだと思っていたのだ。

　今、美保は誰のためでもない、ただ自分のためだけに時間を使えばよかった。どんなことがあっても、主婦としてこれだけはしておかなければならないことは今はない。徹夜で仕事をした翌朝は、寝たいだけ寝ればいいのだ。寝不足でクラクラする頭を抱えて、朝食の仕度をしなければならないということはない。眠たければ朝飯を抜けばいいのだ。

朝飯を抜く！

ただそれだけのことが出来なかったあの頃。あの自分の健気《けなげ》さに美保は涙がこぼれそうになる。

楠田家のこのとりとめのない、くだらない、無駄な時間は美保の知らない時間だった。ここでは黙っていたければ黙っていればよかった。麻雀がいやなら今日はしたくないといえばいい。義理で酒を飲む必要もない。人が大勢集っても、今日は豆腐しかないぞ、といわれて、豆腐だけ食べて帰ってくることもある。かと思うと近くの割烹《かっぽう》旅館から板前が来て、大ご馳走《ちそう》が出ることもある。

「うちの先生は流行作家だか何だか知らないけど、男と女がヤッタのヤラヌのと、そんなことばかり書いて売れたってしようがないわ」

歌江は爽介を前にして平気でそんなことをいう。この家では夫婦共に率直過ぎて客を当惑させる気風があるが、それに馴《な》れると客も遠慮を捨てていいたいことをいい、したいようにしている。歌江は若い頃は人目を惹《ひ》く美人だったという話だが、今はこの家や庭を手入しないで投げているように、自分の中の「女」も投げてしまったようである。

「爽介は美保さん、まだ口説かない？」

歌江は天気の挨拶《あいさつ》でもするようにいう。

「先生は趣味と実益を兼ねてるからいいですね」

と西村香は無遠慮に爽介にいった。

「女を口説いてモノにしても小説になる。ふられたらそれも小説になる。こんないい商売はないわ」

「ほんとだよ、その通りだよ。オレは神さまに祝福されてるんだよ」

　爽介は平然とそう答える。

「けどオレだって辛《つら》いこともあるんだぜ。ついうっかり習慣的に口説いてしまってさ、ふってくれれば助かるんだけど、それどころか飢えてる女だったりして、ひどい目に遭ったことが何度もあるよ」

「習慣的に口説く」といういい方に美保は思わず笑ってしまう。美保が笑うのを見て爽介はいう。

「つまりこういうことだよ。目の前に例えば柿《かき》ピーが盛ってあるとするだろ。食いたくなくてもさ、目の前にあるとつい手が出るだろ。そしてあとで胸ヤケする……そういう感じなんだよ、そこにいるもんだから心にもなく口説いてしまう……」

「柿ピーと同じにされたんじゃたまりませんわ」

　美保はリラックスしてまた笑う。

「笑ってるけど、君、笑いながら怒ってる？」

「べつに。先生は特異体質なんでしょうから、怒ってもしようがありませんわ」

「恋人だったら怒るかね」

「当り前ですわ」

「そうか……、じゃあオレは美保さんの恋人にはなれないね」

「まあいいところ、兄貴なら……」

「兄貴か。うーん、君は幾つ？」

「三十九とちょっと。もうすぐ大台です」

「九つ違いの兄妹《あにいもと》か。しかし君はうるさい妹だろうね？　何かといえば理屈をいう……」

「かもしれませんわ」

爽介との会話は肩が凝らなくて楽しかったから、西村香から誘いの電話がくると、美保は喜んで承知した。

「爽介先生は美保のこと狙《ねら》ってるみたい」

行きの横須賀《よこすか》線で香はいった。

「狙ってる？　まさか」

「わかるのよ、あたしには。先生の目の色で」

「経験者は語る？」

「まあネ」

香は笑った。

「あたしでさえも口説くんだから、先生は」

「ほんと？　で？　どうなってるの？」

「お断りさせていただきましたよゥ。あたしはこう見えても誇高い女なのよ。柿ピーなんかじゃないつもり」

「そういったの？」

「イエス。ブスのプライドよ」

と香はいった。


葉山から帰って来ると、留守番電話に安藤伍郎《あんどうごろう》からのメッセージが入っていた。

「安藤です。えーと、この前の件、どうなっていますか。あれから大分経《た》つので進行状況など聞きたいと思います。返事下さい」

安藤伍郎は昔、美保が雑誌社に勤務していた頃の同僚である。売れ行き重視の編集長の編集方針と合わずに後先考えずに退社した後、自分の理想を実現出来ると信じて再就職した出版社でも似た体質にぶつかってまた辞職し、「安藤企画」という編集プロダクションを作った。年が改まって間もなくのことである。

その時彼は相談があるといって美保を呼び出し、安藤企画はこの腐敗しつつある日本の病巣を剔抉《てっけつ》して浄化再生の道を開かねばならないという強い思いから作ったものだという抱負を語った。

安藤という男は熱血漢で仕事は出来るが妥協性に乏しいというのが、かつての安藤の上司たちの共通の評価である。安藤は「その通りだよ、異論はない」といい、「しかし」

とつづけた。

「しかし今の日本人の精神の衰弱は妥協が美徳になったことから始まってるんだ、政治家も教育者も信念を捨てている。いや捨てるべき信念など初めから持っていない」

「わかったわ、それで？　私に相談って何？」

美保は安藤の演説を打ち切るために言葉を挟むのが癖になっている。

「ぼくは社会のため、人のためになる本を作って読ませたいんだ。日本の病巣は教育にある。まず教育だ。教育が抱えている問題を徹底的にやりたい」

「賛成だわ」

「今、氾濫《はんらん》しているような抽象的な教育批評じゃなくてだね。文部省を改造させるような現実論を叩《たた》きつけたい」

「文部省の改造？　どんなこと？」

安藤はいった。

「まだわからん……」

「あら、わかんないの？」

「だからだ、これからそれをだな、心ある人たち、日本を憂えているまことの知者に諮《はか》って……」

「まことの知者？　どんな人？」

「知識だけで語るんじゃなくて、深く、具体的に考える人だ」

「例えば？」

安藤は急所を突かれたように大きな窪《くぼ》んだ目をパチパチさせ、ふと声を落した。

「それをこれから捜す……」

安藤はいった。

「だがその前にしなければならないことがある」

「しなければならないこと？」

「儲《もう》かる仕事だ。金がなくては何も出来ない」

創業以来、安藤は大学時代の友人が経営している不動産会社のパンフレットを作ってきた。その友人の紹介で建設会社のＰＲ誌の仕事を得たりして何とか持ち堪《こた》えてきたが、愈々《いよいよ》切羽詰ってこの分では遠からず大家から立ち退きをせまられ兼ねない状況になってきた。企画は二十近くも持っているが、この不況でスポンサーが見つからない。

そこで彼は中小企業の社長や何代もつづいた商店の当主、あるいは文なしから身を興《おこ》した成功者などの伝記の自費出版という手を考えた。

「老舗《しにせ》ってものには歴史があるからね。そういう長い歴史を埋もれたままにしておくのは惜しいだろう？　話の持ってきようによっては乗ってくると思うんだよ。宣伝にもなるし、名誉欲も満足させられる」

それで彼は美保を思い出した。顔の広い美保なら幾つか心当りがあるだろうと考えたのだ。

「あの京都の漬物屋はどうだろう?」

「漬物屋って?」

「七代つづいた漬物屋だよ。ほら、君が取材に行って、山のように漬物を貰《もら》ってきただろ」

「ああ、柴《しば》よし?」

「そう、柴よしだ。社長のじいさんが君のこと気に入って、有名なケチが祇園《ぎおん》でご馳走してくれたじゃない」

「あんな昔のこと憶《おぼ》えてたの?」

「柴よしに話してみてくれないかな。何なら紹介だけでもいい」

「十年くらいも昔の話よ。あの社長だって生きてるかどうか。あの時、もう七十近かったもの。第一、あたしのことなんか忘れてるわ」

「あの時、カメラマンの白井《しらい》くんが一緒に行ったろ? 彼がその後、京都のうまいもの紹介って仕事で行ったら、君のことよく憶えてて、会いはったらくれぐれもよろしゅういうとくなはれって、頻《しき》りに懐かしがってたって」

「あのシビアな京都の人が、この不景気にそんなものを出すとは思えないわ」

「七代もつづいたってのは大変な歴史だよ。柴よしの歴史を語ることは京都の文化を語ることだよ……」

「でも自分で金は出さないわ……」

そんなやりとりをして別れた後、三か月近くそのままになっていた。そこへ一方的なメッセージが電話に入っていたのだ。

安藤伍郎の「安藤企画」は本郷菊坂《ほんごうきくざか》の商店街の裏通り、煙突のように細い四階建の事務用マンションの四階にあった。ワンフロアーに二部屋ずつのワンルームで、一階はこのマンションの持主である焼肉屋である。エレベーターはない。角の欠けたコンクリートの階段を四階まで上り、見るからに重そうな茶色の扉をノックすると、安藤の大きな返事が聞えて扉が開いた。

「こんにちは」

いいながら美保が入って行くと、安藤はカップラーメンにポットの湯を注いでいるところだった。

「やあ、待ってたよ。よく来てくれた。ま、そこに坐ってよ」

と席を立って来た。部屋は八畳ほどの一部屋で、スチール製の本棚が一方の壁を塞《ふさ》ぎ、それを背にしてゼロックスやワープロを並べた机、ドアーの横の壁際に来客用の三点セットが置いてある。

「女の子が一人いるんだけど、今日は休んでる。よく休む子でね。それより君、昨日の電話はひどいよ。『忘れてたわ』なんてあっさりいわれるとはねえ。ごめんなさいくらいいいなさいよ」

形ばかりの炊事場から湯呑《ゆのみ》と急須《きゅうす》を持って来た。

「お茶は結構よ。それより大丈夫？　カップラーメン。のびない？」

「あッ、そうそう……」

慌ててカップラーメンと箸《はし》を取って立ったまま一口啜《すす》り込み、

「やあ、うまくねえな」

「ごめんなさい、あたしが来たのがいけなかったんだわ」

「そういう時だけごめんなさいっていうんだね、君は」

安藤は一息にラーメンを啜り込み、しげしげと美保を見ながらいった。

「元気そうだね。きれいになった。君も離婚してよかったたって口だな」

安藤伍郎は四十を一つ二つ過ぎてまだ独身である。結婚しようと決心する暇がなかったんだ、と自分ではいっているが、本当のところは恋愛から結婚に到《いた》る途中で、たいてい相手が断ってきた。「だって将来が不安だもの」といわれたり、「いい人だけど、いい人過ぎて……」と曖昧《あいまい》にぼかされてそれきりになったこともある。

オレは女には絶望しているよ、と彼はいった。女って奴《やつ》は人生には夢や理想があることを知らなすぎるよ。あるのは目先の現実ばかりだ。そういいつつ彼は理想と夢に辿《たど》りつく前の、生存のための現実と取り組んでいる。

「それで？　どう？　柴よしの方は？」

彼は昔から地黒の、額《ひたい》の広い丸い顔を向けた。その極上の甘栗《あまぐり》を連想させる顔は昔はツヤツヤとはち切れんばかりだったのに、今は少し色褪《いろあ》せて凋《しぼ》んでいる。

柴よしの件はどうなったといわれても、美保は最初からやる気がなかったから返事が出来ない。しかし安藤のせっかちと独断は今に始まったことではないから、美保は笑いながら、「駄目よ」といった。

「駄目？　どうして？」

「だって初めっから引き受けるとはいってなかったでしょ」

「そうかな。でも考えとくっていっただろ」

「考えとくっていうのは、気が進まないことを円滑にいう時に使う言葉よ」

「そうかなあ、ぼくはそうじゃないよ。考えとくといったからには、一所懸命考えて何とかしようと思うよ」

「とにかく駄目よ。この忙しいのに京都まで行ったりしていられないわ。海のものとも山のものともわからない仕事で」

「そうか……駄目か……」

「ゴロさん、トビコミで行ったら？　あたしの名前くらいなら出してもいいわ」

「いや、オレじゃ駄目だ。この風態、この人相、それだけで断られるよ」

美保は思わず吹き出した。

「自分のことはわかってるのね？」

「バカにするなよ……ああ、なんかうまい話ないかなあ……」

「そんなにお金が欲しいの？」

「部屋代は滞っているし、女の子の月給も払ってないし。企画は幾つか持ってるけど、スポンサー探すにも金が要るだろ。自主制作だとスタッフを揃《そろ》えなきゃならないからもっと要る。一番いいのが大モノタレントのサクセスストーリーだ。歌手とか女優とか」

「この頃のスターは苦労なしにスターになってるのよ。苦しい境界《きようがい》から抜け出ようとして芸能界に入るんじゃない。親が協力して子供の時から歌やダンスを習ってお金使って入ってる」

「いっそそういう裏話はどうだろう。裏話シリーズ。政界、企業、医学界、芸能界、作家」

「作家に裏話なんかないわ。あの連中は自分から全部晒《さら》け出すんだもの」

「それもそうだ。じゃあ花とか茶とか踊りとかはどうだろう」

「お花やお茶の組織の裏話？　誰が取材するの？　あたしはいやよ。第一、そんな品位のないことは出来ないわ。ゴロさんだって、いっているだけでいざとなると出来ないでしょ」

「ああ、オレはどんどんバカになって行く……」

安藤は両手で頭髪をかき廻《まわ》しながらいった。

「なぜバカになって行くか……金のためだ。なぜ金が欲しいか……。夢のためだ。理想の実現のためにオレはバカの道を歩いている！」

美保は何もいえず、ただ溜息《ためいき》をついた。

美保は仕事に対する責任感では誰にも負けないと自負している。どんな小さな仕事でも手を抜いた覚えは一度もない。それが組織に属さずフリーライターとして一人で生きて行く上で、美保が自分に課した鉄則である。美保はその鉄則を守る。その代りそれに対する正当な報酬を美保は要求する。それはフリーライターとしてのプライドだ。

だから美保は安藤に協力は出来ない。安藤の幾つになっても一本気な人柄は好きだが、だからといって理想と現実の狭間《はざま》を右往左往している安藤に巻き込まれたくはない。他人への親切というものには限度の線を引いておく。それが一人になってからの美保の主義である。

「君はたいした女になったもんだねえ——おっと、女なんていっちゃいけないか、女性っていわなくちゃ」

「そんなことどうだっていいのよ、あたしは。女でも出戻りでもおばはんでも」

時計を見て美保は立ち上った。

「じゃあたし、これから行くところあるから。お役に立てなくてごめん」

「これからどこへ行くの？」

「六本木《ろっぽんぎ》。サンウーマンのグラビアプロデュースの仕事がきたの。それでグラフィックディザイナーに会いに行くのよ」

「バリバリやってるんだ」

「バリバリってほどじゃないけど、そこそこやってるわ。ゴロさんに手伝ってもらってもいいんだけどファッションは無理でしょ」

　安藤は羨《うらや》ましそうにいった。

「離婚して君は翔《と》んだね。自信に満ちてる。キラキラしてる。恋もしてる？」

「そんな暇はないわ。とにかく一人になったんだから、いつ何があってもいいようにお金を蓄《た》めなくちゃ。年をとってから慌てなくてもいいように」

「君、子供がいただろ？」

「いるわ、小学生」

「置いて来たの？」

「そう」

「よく決心したね。辛かったろう」

「でもその方が子供にとって幸せなんだから、自分の気持は抑えなくちゃ。あたしと一緒じゃ鍵《かぎ》ッ子《こ》になるもの。その方が可哀《かわい》そうだわ」

「心配じゃない？」

「それはないわ。おばあちゃんもいるし、あたしの後に来た人もさっぱりした若い人だから、友達気分でやってるみたい。父親に似ておとなしい子供だし、時々会ってるけど元気よ」

「じゃ何も問題はないわけだ」

「お蔭《かげ》さまで」

満足そうに美保は笑った。

六本木での仕事の打ち合せをすませて高円寺のマンションへ帰る電車の中で、美保はさっき別れ際に安藤のいった言葉が胸に影を落しているのを感じていた。

「昔、日本で讃《たた》えられていた母性愛は、あれは女が自立していないために生れたものだったんだね」

安藤はいった。

「昔の主婦は家族のためにひたすら働くばかりで何の楽しみもなかった。唯一の楽しみを子供の成長に求めるしかなかった。それで子供だけが生甲斐《いきがい》になった。そしてそれが母性愛になった。しかし女性が解放され、自立したためにその母性愛が変ったね。生甲斐は他にいくらでもあるからね。昔の母親は子供のために犠牲になったけど、今は子供が犠牲になる」

安藤の言葉を聞き咎《とが》めたように美保はいった。

「ゴロさん、何をいいたいの？　母性愛の質が変ったから、だからどうだっていうの？」

「いや、だからどうだというわけではないけどね」

「ないけど……？　どうなの？　自分を押し潰《つぶ》して子供のために生きた結果、子供にしがみついて、子供の自由を奪うようになった母親は多いのよ。犠牲になったまま、子供の人生を尊重して黙って見守る——それを幸福に思う母親ってほんとにいたの?」

美保は気負っていった。

「母親である前に女は人間なのよ、ゴロさん」

そこまで送って行くよと安藤がいって、一緒に出て来た本郷三丁目の交差点だった。

信号待ちをしながら美保は次第に激してきた気持を抑えられずにいっていた。

「とにかくあたしは自分の力で生きたいのよ、誰にも隷属しないで、老後を子供を当になんかしないで、悔のない生き方をしたいのよ。大庭の家の姑さんだった人みたいに、六十を過ぎてから自分の人生が空《むな》しかったと思い始めて、ジタバタするようなことにはなりたくないの。子供には子供の人生があるわ。今、吉見が不幸だったとしても、吉見の人生は可能性に満ちているのよ。今の不幸は一時《いっとき》のものだと思うの。もしかしたら今の苦労は吉見の人生が充実したものになる元になるかもしれない……」

「それはいえるね、しかし」

「しかし……何?」

「いやね、ぼくは片親育ちだったものだから、自分の経験に則して考えるんだけど、成人してからの苦労は身になるけど、子供の頃の苦労はなるべくしない方がいいんだよなァ」

黙り込んだ美保に安藤はいった。

「親が離婚した子供に問題児が多いっていうデーターを見たものだからね」

電車の吊皮《つりかわ》を握ったまま、さっきから胸に落ちている影はその最後の一言だったことに美保はぼんやり気がついていた。

夜、電話が鳴って、

「お義母《かあ》さま？」

という美保の声が聞えてくると、信子《のぶこ》は、

「ああ、美保さん？」

思わず声が高くなる。美保からはもうお義母さまと呼ばれるような関係ではなくなっているのに、一年経ってもそう呼んでくれることが信子はしみじみ嬉しい。

「お変りありません？」

美保は必ずそういう。

「ええ、ありがとう。みんな元気よ。あなたも元気そうね」

「お蔭さまで」

それから美保はいう。

「吉見はどうしています？」

「特に変ったことってないわ。毎年今頃になると熱を出してたでしょ。でも今年は熱も出さないし、吉見なりに緊張しているのかしらね。聞きわけのいい子になってますよ」

「ありがとうございます。お義母さまにすっかりご苦労おかけしちゃって。そこにいます？　吉見……」

「向うにいるわ。この頃はこっちでは寝てないのよ。おばあちゃんッ子になってはいけないからって、謙一《けんいち》が。金曜日の夜は美保さんから電話がかかると思うからこっちへ来るんだけど、今日は木曜日だから」

「明日は電話が出来そうにないもので」

「ますます忙しいようね」

「ええ、吉見には申しわけないと思ってるんですけど」

「忙しいのは結構なことじゃないの。じゃあ土曜日も駄目なのね？」

「そうなんですの。仕事が次々に入ってきて」

「じゃ、吉見に後で電話させましょう」

「それが今、出先なんですの。今夜は遅くなると思います。お義母さまから伝えていただきたいんですけど」

「そうお、仕方ないわねえ。じゃあ気をつけて」

電話を切ると信子は暫《しばら》くの間、その場に立っていた。面白くない気持がだんだん広がっていく。息子の謙一の浮気が原因でこの家を去った嫁だが、一時は申しわけないと思っていたものの、何の傷も受けなかったように却《かえ》って前よりも生き生きとした声を聞くと信子は気持が冷えていく。

妻の座から降りたことで幸福になったらしい美保。三十九歳の女盛り。あたしは男社会に文句はいいません。だって自分に力をつければいいことですもの。そういって笑った美保。平気で子供を捨てて行った美保。お義母さまにご苦労をおかけするのがほんとうに心苦しいんですけど、申しわけございません、と神妙に頭を下げた美保。元はといえば謙一が起した不始末のせいなのに、一言も謙一の悪口をいわなかった。何もかも小《こ》癪《しゃく》な女。

今になって信子はそう思わずにはいられない。

丈太郎《じょうたろう》が岩手県の山村へ行ってしまってから一年経った。新川春江《しんかわはるえ》への今年の年賀状に信子は、「頑固と独断と偏見の権化《ごんげ》がいなくなってせいせいしています」と書いた。

春江からは「何もかもこれから、これから。したいことをするために健康で長生きしましょう」といって来た。もう一人の友達の塚野《つかの》妙《たえ》の年賀状は熱海《あたみ》のホテルからだった。「シアワセいっぱいのお正月です。今までのお正月を思うと夢のようです」と書いている傍に、妙の再婚相手の横山達郎《よこやまたつろう》が「思い出の地で正月を迎えました。この年になってはじめて幸福というものをしみじみ嚙《か》みしめています」と添書していた。

春の深まりを教えるように、庭先のささやかな花壇のチューリップはどれも茎が伸びて撓《たわ》み、花弁は開ききって今にも崩れそうにうなだれている。手入をしなければと思いながら、信子は縁側の籐椅子《とういす》からぼんやりとそれを眺め、夢を見ているようだわ、と思う。塚野妙は長い間、肩身の狭い思いをして息子夫婦の家に厄介になっていたが、そこを出て再婚し「今までのお正月を思うと夢のようです」と書いている。妙は「夢のように思える現実」の中にいるのだ。だが信子はまだ夢の中に呆然《ぼうぜん》と佇《たたず》んでいるだけで、足は現実を踏んでいないような気がする。確かに「頑固と独断と偏見の権化」からは解放された。四十年、信子の上に君臨していた夫はいなくなった。

夫に別れ話を持ち出したのは信子の方からだった。

「とにかくわたしは自由になりたいんです。誰からも束縛されず、意見を押しつけられず、自分自身として生きたくなったの」

その時の自分の言葉を信子ははっきり憶えている。それから鳩《はと》が豆鉄砲を喰ったような夫の顔も。夫は口をポカーンと開けて信子を見ていた。口をもぐもぐさせて言葉を捜している顔に一瞬哀れを覚えたことも。

「それが四十年連れ添った夫婦が別れる理由か？」

漸《よう》く夫はいい、それから「くだらん」と吐き出すようにいった。

「お前は自由にやってきたじゃないか。これ以上何をしたいというんだ」

「何をするかしたいかということは一人になってから考えます。とにかくわたしはすべてから解放されたいの！」

「解放？　解放って何だ？」

夫はいった。

「自分自身として生きるってどういうことだ。どこからそんなクソ理屈を仕入れたんだ」

「同じ苦労をするのなら自分のための苦労をしたいわ。四十年の間、わたしは自分のことなんか考えたことがなかったのよ。いつも家族を優先してきたわ。でももう沢山……」

そういうと涙で声が詰った。とにもかくにも信子はこの家を出たかった。何をいわれようと一旦固めた決心を貫こうと思っていた。春江はいった。

「要は幸福になろうとする意志よ、気力よ」

春江は六年前、間もなく六十の声を聞こうという時に、豁然《かつぜん》と（と春江は難しい言葉を使った）目覚めて浮気者の夫に離婚を迫ったのだった。

「その時の亭主の顔ったら、この顔見ただけでも決心した甲斐があったと思ったわ。もともとの狸面《たぬきづら》がスーッと凋んで狸がイタチになったのよ」

そういって春江は高笑いをした。その笑い声は長い間、家事の奴隷に甘んじてきた主婦が上げた凱歌《がいか》だった。春江は十五室ある賃貸マンションを夫から奪い取って離婚し、今は満ち足りた優雅な暮しを楽しんでいる。これから失ったものを取り戻すのだと春江はいった。このまま老い朽ちるなんて、それじゃあ何のために生れてきたのかわからないわ。男が威張る時代はついに終るのよ。わたしたち自身の力で終らせなくちゃ、じっとしてたんじゃ何も変らないわ……。

「お前はあの春江とかいうけたたましい有閑女に智恵《ちえ》をつけられたな」

と丈太郎はいった。彼はただの一度も「わしが悪かった」とはいわなかった。「改めるからやり直そう」ともいわなかった。最後まで反省というものを一切しなかった。自分に悪い所は何もない、悪いのは女房の我儘《わがまま》だと思い決めていた。

事実、四十年の結婚生活で丈太郎は家庭を省みず自分の好き放題をしたことは一度もなかった。彼は時代遅れの頑固な意見を押しつけはしたが、妻や子供を裏切ったことはない。夫たる者は一家を統《す》べ、家族の安穏を守るものだという信念を守っていた。それは二十年間の小学校校長という役目によって培われたものか、そもそもの彼の性向に依《よ》るものなのか、いまだに信子にはよくわからない。信子にわかることは他者の気持をわかろうとしないひとりよがりな男だということだけである。

丈太郎には「男はかくあるべき」「女はかくあるべき」「夫はかくあるべき」「妻はかくあるべき」という観念がある。その観念のもとでは信子の妻としての四十年は大いに満足のいくものだった。何の疑いも持たず彼は「妻は幸福だ」と思い込んでいた。そして自分もまた幸福な夫だと。

信子の申し出《いで》は彼には青天の霹靂《へきれき》だった。何が妻をそうさせたのか、彼にはさっぱりわからなかった。何が不満なのか、そうして一人になって何をしたいのか。信子はいった。

「とにかくね、とにかくわたしは自由になりたいのよ」

「自由？」

丈太郎は眉《まゆ》を寄せていった。

「自由って何なんだ？　よく考えていってるのか？」

「自由とは何かって？……自由は自由よ」

夫に向って信子はいった。改まって正面から自由って何なんだといわれると、何もいえない。（春江さんに教えてもらっておけばよかった、と思う）

「時代は変ったのよ！」

自由について答える代りにいった。

「主婦だって楽しんでいいのよ……」

「お前に楽しいことはなかったというのか。三人の子供が健やかに育っていく様子を見て楽しいとは思わなかったのか。わしが教えた生徒が成人して結婚し、子供が生れ、その子が結婚して孫を作ってくれたと喜んでいるのを見て楽しいとは思わないのか」

教え子に孫が出来たのがなぜ楽しいんですか。バカバカしい。

信子はそういい返すのも面倒になって黙り込んだ。

「お前のいう楽しいとはどういうことなんだ。教えてくれ」

丈太郎は迫ったが信子は黙っていた。とにかくこの家を出る。「夫」という存在から離れる。それだけで楽しくなるのだ。その時、信子はそう思っていた。

信子は庭先のチューリップを眺める。朝のうちは晴れていたのに間もなく曇ってきて、小粒の雨がポツンとチューリップの葉に落ちた。今頃、夫は何をしているのだろう？

夫は信子の気持を理解しないままにこの家を出て行った。ある日、夫はいった。

「信子の思うようにすることにしたよ。ただしお前が出て行く必要はない。わしが出て行く。年金の半分をくれれば家も金もお前のものにすればいい。籍を抜くのも抜かぬのも好きにしろ。委《まか》せる」

丈太郎は懇意にしていた幼稚園の戸部《とべ》スミ園長の故郷だというだけで、何の縁もない岩手県の山村へ行くことにしたのだった。山の中の過疎の村で素朴さと純真さが残っている子供たちを相手に私塾のようなものをやってみるつもりだ、といった。

そうして家を出て行った後、「無事着いた、何とかやっている」という電報のような葉書が来たきり、その後便りはない。四十年の夫婦生活を決裂させた妻に、今更便りを出す必要はないと思っているのだろう。思っていたよりも円滑に、というよりも呆気《あっけ》なく決着がついた。そうして信子は念願の自由を手に入れたのだった。

チューリップの上に落ちる雨滴が強くなってきた。今日は「六十歳からの社交ダンス」の教習所に妙から誘われているが、雨脚を見ていると億劫《おっくう》さが先立つ。この年になって傘をさしてまでダンスを習いに行くことはあるまいと思う。

あれもしたいこれもしたいと思い暮していたのは、丈太郎という厄介な夫がいたためだったかもしれない。今、ふんだんな自由の中で信子は不精になってただぼーっとしていた。

結局、信子は貧乏籤《びんぼうくじ》を引いたのではないのか。この頃、信子はそう思うようになっていた。夫の裏切りで離婚をしたのに何の傷も負わず、まるで二度目の青春がきたように溌溂《はつらつ》としている美保が癪だが、さっさと岩手の山村に行って好きに暮しているらしい丈太郎も憎らしい。

　自分からいい出した別れ話が思う通りになったのだから、文句をいうのは筋が通らない。それは十分わかっているが、夫にしてやられたという思いを抑え込むことが信子は出来ない。出て行く必要はない、家はお前にやるからここにいよといわれて喜んでいう通りにしたが、何のことはない、これではまるで家守ではないか。

　築後四十年以上も経つこの家は雨戸の敷居がすり減って、開け閉《た》てする時に上手にやらないと庭に向って外れてしまう。丈太郎がいる頃は雨戸の開け閉ては彼の仕事だった。何ひとつ信子の手伝いをしてくれたことがなく、威張りくさって用事をいいつけるだけの夫だと思っていたが、雨戸だけは受け持ってくれていたのだ。今になって信子はそれに気がつく。雨漏り、雨樋《あまどい》の詰り、夫がいた頃にはなかった故障がこの家に起きるようになった。それを見つけて自分で直せるものは直し、謙一に頼んだり、工務店に依頼したりすることを信子は一人でやらねばならない。

「お前よりはましだったわ、お父さんは」

　と信子は縁側に寝そべっている猫のハナに話しかける。

「カアカアカア」

　烏《からす》の真似《まね》しか出来ない九官鳥が突然鳴く。九官鳥の世話に来てくれていた向いの川端《かわばた》家の浪人生の浩介《こうすけ》は、川端家の移転でいなくなったから、九官鳥の籠《かご》の掃除もしなければならない。この九官鳥だって元は吉見のクラスで飼っていたものを、担任教師が代ったために始末しなければならなくなり、美保が俠気《きょうき》を出して引き取ったものだ。そうしておいて美保は九官鳥を置いて出て行った。

何もかも信子のところへ尻《しり》がくる。折角決意を固めて自由に向って翔ぼうと思ったのに、思いもかけないなりゆきになってしまった。吉見のズボンの破れ、汚れた靴下、セーターのほつれ、取れたボタン、むさくるしく伸びた頭髪。母親がいないから（若い継母だから）といわれないように、信子は吉見にも気を配らなければならない。なのに謙一はいった。

「おばあちゃんッ子になっては困るから、母さん、なるべく吉見のことはかまわないで」

かまわないでいたら、吉見はどんなになるか、わかっていってるの？　信子はそういいたいのを抑える。美保がいた頃は一日に一度は往《ゆ》き来《き》があった。だが千加は勝手な時だけ顔を出すが、用のない時は朝の挨拶にも来ない。だから信子も行かない。

社交ダンスというものを信子はそれほど好きではない。好きではないが「六十歳からの社交ダンス」の教習所に週一度行くことにした。「一流ホテルシェフに依るフランス料理」も習いに行っている。フランス料理も信子は好きじゃない。今更そんなものを習っても、食べさせる人がいるわけじゃなし、自分一人でフランス料理を作って、一人でお膳《ぜん》に向って食べてもしようがないのである。第一不経済だ。

自分が心から楽しめるものは何なのか、それが見つからないので信子は妙に誘われるままにダンスを習う。フランス料理の方は春江と一緒だ。三人で「女の生き方」についての講演会を聞きに行くこともあるし、二、三泊の旅に出ることもある。

だが二年前の春、三人で初めて熱海へ行った時のあの「極楽の思い」は今はなくなってしまった。あれは多分うるさい夫と煩わしい家事という背景があったからこその極楽感だったのだ。苦虫を嚙《か》み潰したような夫の顔を思い浮かべて敵愾心《てきがいしん》を燃やしながら帰って行く時のあの緊張は、旅の楽しさの薬味のようなものだったのかもしれない。

誰もいない、文句をいう者のいない空っぽの家に入って、パチンと灯《あか》りのスイッチを押す。猫に向って、「ハナちゃん、ただいま」という時の部屋の空気の稀薄《きはく》さ。丈太郎が嫌うので置いたことのなかった炬燵《こたつ》を今は出して春が深まってもまだそのままにしている。信子はベッドを買って二階の丈太郎が書斎にしていた部屋に据えた。朝夕、布団の上げ下ろしをするのが面倒だということもあるが、それは夫への信子の「仕返し」「自由になったことの確認」でもある。炬燵に入ってテレビを見ながら、明日の朝も夫のために早起きをする必要がないことの幸福を改めて思う。だがいつの間に眠り込んでしまったのか、ふと気がつくといつかテレビの映像は消えて、白い横筋がシャアシャアと音を立てて流れている。

その空白の何という怖ろしさ。果しない空間にたった一人で浮いている。これを孤独感というのだろうか？　総毛立つような寂寥《せきりよう》が信子を包む。誰一人信子を必要とする者はなく、関心を持つ者もいない。今ここで息絶えたとしても、明日の朝には気づいてもらえるという保証はない。

「とにかく積極的に何でもやることよ。あれもこれも貪欲《どんよく》にやってると、そのうち打ち込めるものが見つかるわ。誰かのために何かするとか、人にどう思われるからやめるとか、そんな考えは絶対捨ててよ」

春江のそんな言葉を思っては信子は自分を支える。

「楽しいことが見つからないなんて病気よ。そんな病気にしたのは丈太郎さんだわ。日本の男社会は女性の末期の病人をいっぱい作ってきたのよ」

雨が本降りになってきたのを見ると、信子は愈々出かけるのが億劫になってきた。気が進まないのは雨のためばかりでなく、この間から習い始めたルンバのステップがなかなか憶えられないためもある。憶えが悪い上に身体が思うように動かない。ブルースはやっと何とか踊れるようになったが、それでもパートナーの靴先を踏むまい、間違えるまいと思うと汗が出てきて、そう固くならないで、といわれると余計に固くなり、「あっ失礼」「あっごめんなさい」ばかりいっているみっともなさと、相手に対する申しわけなさで逃げ出したくなる。

それだけではない。壁の鏡に映る自分の何という貧弱な姿。同い年の妙にくらべると五つも六つも老け込んで、お揃いで買ったフレアースカートの何という似合わなさ。妙よりも見劣りしている自分に信子はショックを受ける。二年前までの妙は息子夫婦の厄介者だった。あれはいつ頃のことだったか。妙は泣いて訴えた。スキヤキの時だってね、え、ヨメが菜箸《さいばし》握って取りしきるのよ。肉やら野菜やら鍋《なべ》に入れながら、ハイ、煮えたわよ、あなた。早く食べないと煮え過ぎるとおいしくないわよ、っていって、息子の方に肉を廻すのよ。そしてあたしの側は、しらたきとお葱ばっかり……。

そんなの、遠慮しないでお箸を伸ばして肉を取ればいいじゃないの、と春江がいうと、妙は声を慄《ふる》わせていった。

「そんなこと出来ないわ。だいたいがお肉の分量だってそう沢山ないんだもの……二百グラムくらいしか買わないんだから」

「三人で二百グラム？　それは足りないわ。少くても四百グラムは買わなきゃ」

「だからねえ、わからない？　わたしに食べさせたくないのよ、ヨメは」

「でも二百グラムじゃおヨメさんだって食べないんでしょ。大黒柱にだけ食べてもらうのね」

「ヨメはね」

妙は声を落していった。

「見てたらね、お葱を取るふりをしてその蔭にお肉を隠して食べてるのよ……」

春江と信子は憤慨し、妙は涙を拭《ふ》いた。十年か、もっと前のことだ。夫に戦死された妙が母手《おんなで》ひとつで育てた一人息子は結婚して人間が変った。薄給の息子のためにヨメは一度やめたテレビ局の仕事に戻った。そして三人で二百グラムの肉でスキヤキをしなければならないような経済事情から脱出したにもかかわらず、妙は月三万円の小遣いで孫の世話をさせられ、孫のおやつ代をその三万円の中から出していた。

その妙が今はラメ入りの巾広《はばひろ》ベルトで腰を締め、エナメルのダンスシューズでしなしなとルンバを踊っているのだ。

妙はすっかり変った。みごとに変った。妙が六十七歳の不動産会社の社長と結婚することに決った時、春江はこれはきっと体《てい》のいい家政婦代りよ、といった。お妙さんはどこまでも人に利用されてしまう人なんだわ、と信子もいった。

だが妙は家政婦代りどころか、週に二回、掃除のおばさんを頼んでゴルフに行き、肩や腰に脂肪がついて去年の洋服がもう着られないの、といって会うたびに違った服を着ているようになった。脂肪がついたからといって特に魅力的になったとも思えないのに、妙はダンスの男たちに人気がある。春江のように美貌《びぼう》と才気で人を注目させるタイプではなく、どちらかというと言葉数の少い方で、気がよくつくたちでもないのに。

「お妙さんは愛想がいいのよ。『男は度胸』『女は愛嬌《あいきよう》』っていわれた頃の美徳が身についてしまってるのよ。つまり男の機嫌をとるのがうまいのよ。あたしみたいに男を見下したりしてないし、信子さんみたいに真面目《まじめ》のハチマキ締めてもいないし」

と春江はいった。信子さんは真面目すぎるのよ。真面目は今ははやらないのよ。はやらないといわれても六十五年の間に身についたものは流行遅れの洋服を脱ぐようなわけにはいかない。信子には思い出すだけでも恥かしさで身体が燃え上るような辛い失敗がある。そうだ、それはやはり「失敗」というべきことだと信子は思う。六十を過ぎてから初めて信子は恋をした。相手は向いの川端家のプレイボーイの二浪生だ。チャランポランのプレイボーイ。丈太郎が二言目には「向いのノラクラ」といった川端浩介。彼に信子は真面目な気持を傾けた。

今から思うと浩介の輝きは古木の瘤《こぶ》のような丈太郎の頑迷を照らし出す太陽の光だった。あるいは丈太郎を包んでいる蒼然《そうぜん》とした古色が、浩介の若さを引き立てた、といえるかもしれない。信子は浩介が来ると夫にも息子にも食べさせないでとっておいた初物の水瓜《すいか》を切った。まるで少女のようなピンク色の薄い唇が水瓜の種を庭に向って吹き飛ばすのに見惚《みと》れた。浩介が九官鳥の世話をしに来るのを毎日待った。「おばさん、いる？」という声に胸が慄えた。

ある日、浩介はいった。

「おばさん、ぼく、おばさんとやりたいな」

だが気がつくと信子は浩介が伸ばしてきた腕を夢中でふり払っていた。浩介はいった。

「どうしてなの？　だっておばさんはぼくがこうするのを待ってたんじゃないの？　違ったのかな？　ぼくのかんちがい？　ならごめんなさい……」

それは信子の六十五年の人生の中で、思い出すだけで死にそうになる深手だ。本当は信子はそれを夢見ていたのではなかったか。だが夢が現実になろうとした瞬間、信子の夢はかき消えた。――だっておばさんはぼくがこうするのを待ってたんじゃないの？

……そのこともなげない方に信子は水を浴びせられたようになり、恥辱にまみれた。

今は真面目さが喜劇になる時代なのよ、と春江はいった。あなたは丈太郎さんの奥さんにふさわしい人よ。丈太郎さんだって、どことなく喜劇的でしょ、と。

社交ダンス教習所は東中野《ひがしなかの》駅に近いビルの六階にある。「ダンス専科」という名の教習所で「六十歳からの社交ダンス」のクラスのほかに普通科や高等科があり、フラメンコやジャズダンス、タップダンスからクラシックバレエまで教える。

雨のために信子が遅れて入って行くと男女が別々にルンバのバリエーションを習っていた。やはり雨のためか数は少い。四人いる女性グループの端に妙がいて熱心にステップを踏んでいる。信子はその後についた。向うで男性が二人、ステップを習っている。女は信子を入れて五人だが男性が二人だとすると、自由練習の時に今日もまた信子は相手がいないことになる、と思う。誰だって上手な人と踊りたいから、信子が相手にされないのは当然だろう。

そんな時、教師が相手をしてくれるが、女性が多くて手が廻りかねると、有川《ありかわ》という新宿《しんじゅく》の鰻屋《うなぎや》の女将《おかみ》が信子の相手をしてくれる。有川は三年ほど前からこのクラスに入っている。六か月の受講期間が終ってもやめずに、新しいクラスに入ってつづけている。そのため男性のステップまでマスターしてしまっているのだ。

「大庭さん、ルンバはしなやかに、くねくねと踊るのよ」

有川の女将は教師気取りでやってみせる。

「どうして大庭さんはフロアーに立つと棒を呑《の》んだようになるの？」

と教師よりも遠慮がない。

休憩時間になると有川はいった。

「ダンスなんてね、楽しそうに踊れば下手でもいいのよ。あの横山さんて人なんか、ステップはなっちゃいないけど、にこにこして楽しそうだから見ていて気持がいいのよね。年寄りが真面目くさってさ、背中反《そ》らせて颯爽《さっそう》と踊ってるのはどういうもんかねえ……」

その通りだと信子は思う。しかし楽しそうに踊ることは信子にとっては、正確にステップを踏むことよりも難しい。

わたしはダンスに向いてないんだわ、と思う。踊っても楽しくないということは向いてないということなのだ。壁の鏡に自分の姿が映っている。黄色いフレアースカートに（ああ、どうして黄色なんか買ってしまったのだろう！）黒いベルトは妙とお揃いのラメ入りだ。ブラウスの胸にはレースのヒラヒラがついている。ちっとも似合っちゃいない、と思う。

——何をやってるんだ。正気か。

丈太郎の声が聞えるような気がした。

でも、と信子はその声に反発した。多分、わたしを楽しめない女にしたのはあなたたなのよ。

でも、とまた信子は思う。愛したこともなかったのに、反発して別れたのに、どうしていつまでもわたしはあの人から逃れられないのだろう。

その日のレッスンが終ると、これから仲間とお茶を飲みに行くという妙と別れて信子はエレベーターに乗った。急いで帰らなければならぬ用事があるわけではなかったが、妙のように愛想よく話題の盛り上りについていくのが面倒な気がした。特に男性がいると固くなって少しも楽しくない。といって早く帰ってもしようがない。デパートにでも寄って、何か格安の物でもあれば買ってもいい——。

そんな気持でエレベーターを出ようとすると、奥の方から「あらッ」という声がして、

「お義母《かあ》さま……」

ふり返ると美保だった。黒いレインコートの襟《えり》を立て、同じ布地で作ったレインハットをかぶっているのが、大柄な美保によく似合っている。美保はエレベーターから先に出ていた信子の前に来ると、

「しばらくでございます。お変りもなく……」

しげしげと信子を見て頭を下げた。

「吉見がいつもお世話をかけています。有難うございます。申しわけありません」

「いいのよ。申しわけないのはわたしの方よ。でも美保さん、元気そうでよかったわ」

電話では話しているが会うのは一年ぶりである。一緒にいる時は要領のよさが気に障

ったものだったが、自分でも意外なほど懐かしさが湧《わ》いてきた。

「吉見は元気で学校へ行ってるわ。以前から手のかからない子だったけど、美保さんが上手に育ててくれましたからね。ちっとも手を焼かさないわ」

「有難うございます。今週こそ今週こそと思いながら、ここんとこ呼んでやれなくて」

「仕方ないわ。あなたも精一杯やってるんだし、吉見だっていつまでもそうそう甘えていない方がいいわ」

信子は思いついていった。

「美保さん、忙しいの？　よかったらそのへんでお茶でも飲まない？」

「ええ」

美保は腕時計を見て頷《うなず》いた。

「お供しますわ」

同じビルの地下にしゃれた喫茶店があることを、信子はダンスの仲間と何度かお茶を飲みに行っていて知っている。テーブルに着くと美保はいった。

「お義母さまがこんなお店を知っていらっしゃるなんて、驚きですわ。それにこんな所でお会いするなんて、どちらへいらっしゃいましたの？」

「六十歳からの社交ダンス」のレッスンを受けにこの上の「ダンス専科」へ来ていると は信子はいいかねる。

「ちょっとお妙さんに用があって。お妙さんがこの上でダンスを習ってるものだから……。それで、ここへ来てくれっていわれたの。あの人の家に行くよりもここの方が近いのよ」

「まあ、ダンスを？」

美保の目がふとおかしそうに細まった。

信子は堰《せき》を切ったようにしゃべり始めた。まず吉見のことである。相変らずファミコンに夢中になっていること。仲のよかった加納くんが私立の中学校を受験することになって、遠方の学習塾へ行き始めたので、この頃は友達がいなくなったこと。おばあちゃんッ子になってはいけないからと謙一がいったので、この頃は以前のようには信子の所へ来なくなったけれども、金曜と土曜は顔を出す。それというのも美保からの電話が入ると思って来るのだろう。この頃は背が伸びたせいか、少し痩《や》せたようだけれども、風邪もひかずお腹《なか》も壊さない。おとなしい性質だから千加とは問題なくやっている。千加はこだわりのないあっさりした性格だから、冷たくするということはないが、何分にも若いから母親としての気配りは行き届かないのは当然である。

「シャツのボタンが取れてることもあるし、アイロンをかけないものを着てたりするのよ。でもね、文句はいわないで黙って直しておくようにしてるの。でもご本人は……ご本人って千加さんのことよ。直してあることにも気がついてないの」

ほ、ほ、ほと信子はわざとらしく笑った。

「まあネ、千加さんなりによくやってると思うのよ。二十三ですものね。ただ心配なのは食事のことなのよ。コンビニでレトルト食品をしょっちゅう買ってきてるみたいなの。吉見は結構おいしがって食べてるみたいだけど、ああいうものはねえ。防腐剤やらいろいろ入ってるでしょう？　わたしはやっぱり手間ひまかけたお惣菜《そうざい》を食べさせてやりたいの」

「お義母さまによくいただきましたわねえ。ひじきと油揚の煮たのとか、おからとか……あたしもそういうものはからきし駄目でしたから」

「あなたは仕事があったからしようがないわよ。でもあの人は専業主婦ですからねえ。一日中、何をしてるのかと思うわよ。雨が降りそうなのに洗濯物も入れないから、代りに取って持って行ったらアグラかいてファミコンやってるじゃないの……」

美保は笑い、そっと腕時計を見た。今日は楠田爽介が作家仲間の出版記念会で葉山から出て来ていて、その会に美保も顔を出すようにというファクシミリが入っていた。

──会の後で飯を食うのにつき合って下さい。

そう一行、書き足されていた。西村香の所へ電話をかけたら、香にはそんな連絡は入っていなかった。

「いよいよおいでなすったわね」

と香はいった。

行くか行くまいか、美保はまだ心を決めていない。「ダンス専科」でフラメンコを教えている柳里子《やなぎさとこ》に会いに行った後、一人でコーヒーでも飲みながら考えるつもりをしていたのだ。とめどない信子の饒舌《じょうぜつ》は迷惑だった。

結局、美保は楠田の誘いに乗らなかった。断りの電話も入れず、そのままにしたことに痛快なような満足があった。信子とはお茶を飲むつもりが食事まですることになり、美保の行きつけのすし屋へ案内して、別れたのが九時である。

「ああ、楽しかったわ、せいせいしたわ。まるで湯上りの気分よ……」

そういって喜んで帰って行く信子を見送って美保は感慨を覚えていた。すべてにそつのない姑だった信子が、とことんしゃべって鬱屈《うっくつ》のもとを吐き出したのだ。「何たってまだ若いから」という言葉を挨拶のようにつけては千加をこき下ろしていた。千加は美保の「仇《かたき》」であるから、いくら悪口をいってもいいという安心からつつしみを捨てたのだろう。

こういっちゃナンだけど、千加さんの至らなさは若さのためだけじゃなく「育ち」もあるのよ、と信子はいった。つまり家庭教育というものが欠けてるのよ。その点、美保さんのお母さまはたいした方だわ。今になってつくづくそう思うわ……。

——あの人のお蔭でわたしの株が上ったわ。

美保はそう思って唇をゆるめる。信子に対して格別の懐かしさはなかった。それでも九時までつき合ったのは、かつての姑に対する礼儀というものだ。

マンションの五階にある二ＤＫの部屋に入るとショパンのピアノ曲をかけ、コーヒーをゆっくり淹《い》れた。電話が鳴り出したがそのままにしている。直感的に楠田爽介からだと思った。電話は諦《あきら》めないでいつまでも鳴りつづける。その執拗《しつよう》さはいかにも楠田らしいと思う。ゆっくり立って受話器を取った。案の定、楠田からだった。

「来てくれなかったんだね。がっかりしたよ」

「申しわけありません。でもお約束したわけではありませんでしたでしょ？」

「約束はしてないけど、来てくれると思ってたんだよ。意地悪したんだね？」

「そんな、意地悪だなんて……よんどころない用で、たった今、帰って来たところですわ」

「そんならこれから出ていらっしゃい」

「これから？……無理ですわ」

「どうして？　ぼくはこの雨の中をわざわざ葉山から出て来たんだよ」

「でもそれは片桐《かたぎり》先生の出版記念会のためでしょ。発起人ですもの」

「君に会おうと思って発起人を引き受けたんだよ。それがなかったら誰があんなもの」

「それはどうも……光栄ですわ」

「どうしても駄目？」

「ええ、駄目」

　先生が今まで引っかけてきた女とは、あたしはちょっと違うのよ、そんな気持を籠《こ》めたつもりだった。冷たいなあ、じゃ諦めるよ、と楠田がいうのを聞いて、美保はクスクス笑いながら受話器を置いた。下ろしがけに、

「こら、笑ってるね？」

という声が聞えたが、そのまま切った。口もとに笑い皺《じわ》を残したまま、コーヒーを沸《わか》し直して今度はたっぷりミルクを入れた。悪い気持ではなかった。こうして男をあしらうことなど、もう何年もなかった。こういう仕事をしていると、夫や恋人がいても結構、誘惑に乗る仲間がいる。だが下手な情事が仕事に差しつかえることを思うと、そんな気持は美保には更さらなかった。

独り身になってからも美保は仕事一筋にやってきた。独り身の寂しさと恋愛感情とを混同させてはならないと自制している。美人だけれど色気のない女、と美保は評判されている。そういわれることが美保は満足だった。

——先生は面白い方だけど、恋愛の対象として考えると面白過ぎます……。

今度楠田に会った時にはそういってやろうと思いつつ、コーヒーを飲む。いや、待てよ、恋愛の対象といういい方を楠田相手にするのはむしろ滑稽《こっけい》だろう。恋愛を情事といった方がいい。情事の相手として考えるとしたら、彼は結構な相手といえるのかもしれない。

いつだったか、「キャリアウーマン恋愛講座」という特集で、美保は座談会の司会をしたことがある。その時、情事の相手としての理想の一位は「後くされのない男」だった。「お金持」「ケチでない男」「見た目も情もスマートなこと」「一緒にいて楽しい人」などと女たちはいいたい放題だった。少くとも楠田爽介はその幾つかの条件をクリアーしている。だが美保は、楠田が自分を情事の相手として（今まで彼が遊んできた女たちと同じように）見ていることに反発せずにはいられない。

翌日もまた雨だった。今日は外出をせず、一日ゆっくり家で原稿書きをするつもりだったから、雨は却って気持が落ち着いてよかった。明日は土曜日だから、久しぶりで吉見を呼んで泊めるつもりだった。昨日、信子にもそう約束したから吉見に伝わっているだろう。そのためにも今日はうんと精を出さなければならなかった。

昼近く、美保がワープロに向っていると電話が鳴った。楠田からだった。

「どうしてだろう。へんなんだよ、夢を見てね。それがこびりついてしまったんだよ」

いきなり楠田はいった。

「夢って？　どんな夢をごらんになったの？」

「君の夢なんだ。ぼくはふられて苦しんでるんだ。こんな苦しい思いは初めてだと夢の中で思っててね、目が醒《さ》めてもその苦しい気持が消えないんだよ……」

「先生、それって、口説いていらっしゃるの？」

壁の掛鏡の中に笑っている自分の顔を見ながら美保はいった。

「わかってくれた？」

楠田は真面目な声でいったが、それは多分真面目を装っているのだと美保は思う。

「でも多少、陳腐じゃありません？　作家先生ともあろう方が。も少し気の利いたやり方があってもいいと思いますけど」

言葉のきつさを和らげるために笑い声を入れた。

「うん、認めるよ」

楠田は素直にいった。

「だけど本当に夢を見たんだからね。君に向ってテクニックを使ってもしようがないじゃないか。夢の中でも君はオレをバカにしてたなあ」

「バカに？　あらどうしてでしょう……」

美保はまた笑った。

「あたし、何かいいました？」

「ある女の名前をいってね、彼女と同じ次元であつかわれると思うと、あたしは侮辱を感じるわっていったんだよ」

「ある女って、誰ですの？」

「それがね、君は知らない昔の女なんだよ。だが夢の中の君は知ってるんだ。君は自尊心の塊りなんだな、ってぼくがいうと、それがなかったら女一人、どうして流されずに生きて行けますかといったんだよ、君は」

「まあ、面白い。その通りですわ」

「目が醒めたら鉛を呑み込んだような気持だったよ。ぼくは今まで女に惚《ほ》れても夢にまで見たことは一度もなかったんだ」

「それは先生、あたしが目ざわりなんですわ」

「目ざわり？　当ってるかもしれないね。君はぼくをバカにしてるからね。だから気になるんだ」

「バカになんて……どうしてそんなことを……」

「惚れた男のヒガミかもしれないね」

「ヒガミ？　先生が？……笑わせないで下さい」

電話を切ると掛鏡に向ってペロンと舌を出した。女たらしの楠田をあしらってやったという快感が美保を浮き浮きさせる。鏡の中でにっと笑って自慢の歯並びをたしかめた。たとえ相手がどんな男であっても、男から関心を持たれるということは決して悪い気持ではない。それは生活の彩りだわ、と美保は思う。だけどそれ以上のものじゃない……。

美保はワープロに戻って原稿のつづきを打ち始めた。だが中断したためか、さっきまでの快調さがなくなっていた。頭が散漫になって何度も打ち直した揚句に完全に行き詰った。

電話が鳴った。少しじらしてから出た。だが予想を裏切って相手は楠田ではなかった。

予期せぬ失望のようなものが美保の胸をよぎった。

ひとりぼっちの吉見

金曜日の帰りがけ、吉見は青柳先生から、

「大庭くん！　給食着！」

といわれた。給食着を家へ持って帰って洗濯をしてもらいなさい、というところを青柳先生は、

「給食着！」

と叫ぶようにいう。何度もいわせないでね、といいたい気持が吉見にはわかる。汚れた給食着が青柳先生はとても気になるのだ。

「井上《いのうえ》さんもネ！」

と青柳先生は叫ぶ。吉見は「ハイ」というが井上和子《かずこ》は返事をしない。

「返事は？」

青柳先生の声が高くなる。

「わかったなら返事をしなさいよ！」

和子は目を下に向けて黙っている。

青柳先生のメガネはふしぎなメガネだ。先生がイライラするとメガネが光り出す。そ

んなの、吉見の気のせいだよ、加納くんは相手にしてくれない。だが吉見は前からそう思っていた。メガネは青柳先生の身体《からだ》とつながっているみたいだ。帰り途《みち》、加納くんは、

「チカちゃんは洗濯してくれないの？」

と訊《き》いた。吉見は加納くんにだけ、チカちゃんがママの代りに来たことを話している。加納くんは頭がいいから、吉見がしょっちゅう給食着や体操着が汚れているといって注意されているのは、チカちゃんのせいだと考えたのだろう。

「洗ってくれるよ」

と吉見はいった。

「洗ってあるんだけど、ぼくが忘れるの」

吉見は忘れ物の名人だ、とママはよくいっていた。学校へ行く前、必ずチェックしてくれた。今でも会うとママは、給食着と体操着、ちゃんと持って帰ってる？と訊く。チカちゃんはちゃんと洗濯してくれているのだが、ママのように「給食着、持った？」といってくれない。チカちゃんが悪いんじゃなくてぼくがダメなのだ、と吉見は思う。ママがいなくなったんだから、吉見もしっかりしなくちゃね、とおばあちゃんがいったが、本当だ。

和子も忘れ物の名人なのか？

岩手県から転校して来たばかりだから、まだよく呑《の》み込めないのだと思っていたけれど、いつまで経《た》っても馴《な》れないのは自分の責任だ、と加納くんがいった。もう一学期も

半分過ぎたというのに、誰《だれ》とも友達にならない。

「ぼくのおじいちゃんは岩手県にいるんだ」

と吉見は話しかけたが、「そう」と答えただけで吉見の顔も見なかった。

「井上って清潔感がないんだよな」

と加納くんがいった。和子は五日も同じ服を着ていると女の子たちがひそひそいっていた。

土曜日、久しぶりで吉見はママのマンションへ行った。少し会わないうちにママは前より若くなったようで、それにへんにはしゃいでいるみたいだった。吉見が部屋へ入って行くと、

「吉《よ》ッちゃーん」

と叫んで両手を広げ、吉見を抱き締めた。そんなことは今までしたことがない。

「元気ね？　どこも悪いとこないわね？　暫《しばら》く会わないうちに背が伸びたんじゃない？　学校はどう？　加納くんはどうしてる？」

そんなにいっぺんに訊かれても答えられないよ、と吉見はいった。

「確かにね、そうね、そうね」とママはいった。

「ここんとこずーっと吉見に会えなかったからギャクジョーしてるんだわ」

吉見のクラスで「逆上」という言葉がはやってるといつかいったことを、ママは憶《おぼ》えていて使ったのだ。

今日は吉見の好きなスパゲティミートソースを作るわとママはいった。それからアボカドのサラダと、スープは何だと思う？

「わからないよ、スープのことなんか」

吉見はいい、部屋の中を何となく見廻《みまわ》した。部屋の中は何も変っていない。書棚には本がぎっしり詰っていて、机の上にはワープロや電話、それからテレビ、ファクシミリなんかがごたごたと並んでいて、その間に赤いガラスの一輪挿しが押し込まれたように挟まっている。壁に○やら×やら書き込みのある大きなカレンダー、その横に吉見の写真が──七五三の時のと小学校へ入った時のと去年の運動会の時のと、三枚が一つの額の中に並んでいる。ママはいつもこうして吉見のそばにいるのよ、といっているように。ママは洋梨《ようなし》と苺《いちご》のショートケーキを出し、ミルク紅茶を淹《い》れながら、

「パパは元気？」

といってから、

「チカちゃんはどうしてる？」

といった。

「べつに……変りないよ」

と吉見は答え、

「ゆうべはそら豆を食べ過ぎて、パパにお腹《なか》をさすってもらってたけど」

といった。

「パパがお腹をさすった？　呆《あき》れた……」

ママは朗らかに笑い、

「吉見はそれを見てたの？」

と訊いた。

「ぼくはチカちゃんの背中に乗ってハイドウしてやったんだ。だっておならが出たら治るんだけど、出ない出ないって苦しがるんだもの」

「そしたら？……出たの？」

「うん。チカちゃんね、ぼくのこと命の恩人だってさ」

ママは面白そうに笑った。

吉見はママがスパゲティミートソースを作る手伝いをいろいろした。玉葱《たまねぎ》を刻んだり、冷蔵庫からバターやトマトソースを出したり、食卓を片づけて新しいテーブルクロスを掛けてコップやフォークやスプーンを並べた。

「粉チーズも出しといてね」

とママはスパゲティを茹《ゆ》でながらいった。

「オッケイ……それから何すんの？」

「じゃあ、レタスを剝《む》いて洗っといて」

「オッケイ。それから？」

「それから……サラダボウルを出して……」

ママはいった。

「お手伝い上手になったのね。することが手早いわ」

「うん、チカちゃんもそういうよ」

「うちでもやってるの？　お手伝い……」

「うん。後片づけなんかチカちゃんと競争みたいになるんだ。チカちゃんってよく皿を割るんだ」

ママは興味なさそうにふーんといって、

「さあ、出来たわ。いただきましょう」

とエプロンを外した。吉見はママと向き合って、リンゴジュースで乾杯した。

「さあ、お話してちょうだい。いろいろ」

ママは学校や友達のことを聞くのが好きだ。

「その後、どんなことがあったの？」

吉見は井上和子のことを話した。井上和子はキタナイ。和子と席が並んでいる永瀬《ながせ》は井上はクサイといった。吉見は和子のそばへ行ってそれとなく嗅《か》いでみたが、べつにクサイとは感じなかった。

「井上はべつに汚くないし、くさくもない。しかしぼくは井上が好きじゃない。なぜ好きじゃないかと考えてみたんだけど、要するに暗いんだよ。ウジウジしてる。はっきりしないだろ。永瀬たちがいいたいのはそういうことなんだよ、多分」

と加納くんはいった。加納くんは将来、ジャアナリストになるつもりなので、いろんなことを深く考えなければいけないと思っているのだ。青柳先生は潔癖性だから、給食着や体操着が汚れているのをとても嫌う。それで井上和子はいつも先生に注意されている。吉見はちょっとお道化《どけ》ていった。

「ぼくもだけどさ」

それまで、そう?……そうなの、といって聞いていたママの目が急に大きくなった。

「ぼくも? 注意されてるの? 先生に……」

「うん、だけど誰も、キタナイなんていわないよ」

「給食着は金曜日に持って帰ってないの? チカちゃんは洗ってくれないの?」

「洗ってくれてるけど、ぼくが持ってくのを忘れちゃうんだよ」

ママは何もいわず、吉見をじっと見ていた。

井上和子の話をママにしたのは失敗だった。吉見は和子のお父さんは五年前から東京でタクシーの運転手をしていて、和子はお母さんとおじいさんとおばあさんの四人で盛岡の近くで暮していたのだが、今度和子たちも東京へ出て来てお父さんと一緒に暮すようになったという説明をしたが、ママは上の空になっていた。

「初めて井上が学校へ来た日、井上はタクシーで来たんだよ。ぼくら窓からそれ見て、わァ、カネモチィってびっくりしてたんだ。そうしたらお父さんがタクシーの運転手だったことがわかって、みんな、なーんだ、っていったんだよ。なぜそれがわかったかっていうと、桜田さんの家でタクシーを呼んだら井上のお父さんが来たんだって。井上のお父さんはよくしゃべる人で、桜田さんが井上と同級だってわかって、仲よくしてやって下さいっていったんだって」

給食着のことにママがこだわっているのを消そうとして、吉見は一所懸命に和子のことを話した。

この間和子は学校を休んだ。青柳先生がどうして休んだの？　と聞いたら、「アダマ、いたくて」と和子は答えた。それで皆、笑った。緑川《みどりかわ》くんは授業中永瀬くんとおしゃべりしてて、何を話してるの、静かに出来ないのって、先生に叱《しか》られたら、「アダマいたくて」と答えた。みんな大爆笑して、大ウケだった。それからは「アダマいたくて」がはやってる……。

笑うかと思ったのにママは笑わなかった。

「吉見も笑ったの？」

と聞いた。

「うん」

と答えると、

「何がおかしいの？」

真剣な目になっていた。

「そういうのをイジメというんじゃないの？」

とママはいった。

「地方によって風俗習慣が違うように言葉も違うでしょ？　アタマをアダマという所があっても少しもおかしくないわ。東京の下町生れの人はシとヒが逆になったりするのよ。品川《しながわ》のことをヒナガワというかと思えば、ひどいをシドイという。けど誰も笑わない。そのくせ東北の人がおすしをおすすといったら手を叩《たた》いて笑う。何の資格があって方言を笑うのか、笑う人に聞いてみたいわ、ママは」

ママはいった。

「吉見、附和雷同《ふわらいどう》したら駄目。おじいちゃんがいらしたらきっとおっしゃるわ。吉見、弱い者虐《いじ》めするのは男の屑《くず》だぞ、って」

「ハイ」

吉見はしぶしぶ小声でいった。和子の話なんかしなければよかった、と思った。チカちゃんに話したら、チカちゃんは大笑いして、今じゃ「アダマいたくて」がうちのはやり言葉になっているのに。

食事が終る頃、電話が鳴った。

ママはうるさいわねえというように眉《まゆ》をひそめ、ナプキンで口を拭《ふ》きながら立って行った。受話器を取り、

「はい、中根《なかね》でございます」

といった。ママはもう大庭ではない。中根という苗字《みょうじ》になったのだ。マンションの表

札に中根美保と出ていたから、それは承知していたが、ママの口が「中根」というのを聞くのは初めてだった。

「あら」

とママはいった。どことなくいつもと違う「あら」だった。

「ごめんなさい。駄目ですわ……今ね、息子が来てますの、今夜ここに泊めて、明日の夕方まで……そう始終会えるというわけじゃありませんもの……そんなこと……無理だわ」

ママは吉見をチラッと見てから、身体の向きを変えた。そうして黙って向うの声を聞いている。それからママは突然、「ク、ク」と笑った。

吉見が見たことも聞いたこともない笑い方だったので、吉見はびっくりした。

「クッ、ク、ク……」

のどの奥をくすぐったがってるような、機嫌のいい鳩《はと》みたいな笑い方だった。

「いやぁねえ」

とママはいった。その声も吉見は初めて聞く声だった。美保さんは礼儀正しいけれど、切口上過ぎる、とおばあちゃんがよくいっていた。だが今、

「そんなことをおっしゃったって……」

といっている声は、切口上なんかじゃない。

「ハイ、ハイ。わかりました……わかりましたってば……。じゃ、おやすみなさい。お

となしく……」

それが終ったかと思うと、まだ受話器を耳に当てていて、

「え？　いや……ク、ク」

と笑って電話を切った。

ママはテーブルに戻った。吉見の目を見ずに、

「アイスクリーム、どう？」

といった。

「バニラとストロベリーと……ええとぉ……チョコレートもあったかしら……どれがいい？」

「どれも、みんな少しずつ」

吉見はいった。電話がかかってくる前と今とでは、ママは違ってる、と思った。どう違っているかを上手にいうことは出来ないが。

「どれもみんなだって？　わァ、欲張りィ……」

ママは冷蔵庫からアイスクリームの箱を取り出して来た。家にいた頃のママだったら、そんなこといけません、どれかになさい、といったものだ。アイスクリームを少しずつ皿に取り分けているママは、どこか上の空になっているようだった。

ママには「中根美保」の声と「大庭美保」の声とがあるのだ。初めて知った。中根美保の時はああいう声を出していたのか。

「いやぁねえ、ク、ク」と笑ったママは中根美保だ。

「吉見。附和雷同したら駄目。おじいちゃんがいらしたらきっとおっしゃるわ。吉見、弱い者虐めするのは男の屑だぞ、って」

そういった時のママは大庭美保だ。ママは使い分けをしているのだ。あの「いやぁねえ、ク、ク」は商売用なのか？　それともママは二重人格になったのだろうか？　うちにいた頃のママが、あんなふうにいやらしく笑って「そんなことをおっしゃったって……」なんていっているのを聞いたことなんかなかった。

ママは吉見に向っていった。

「いい？　わかった？　明日からは井上さんに優しくしてあげるのよ。みんなが意地悪したら庇《かば》ってあげなさい。もし吉見が井上さんのような目に遭わされたとしたらどうする？」

そんなことを考えたことがなかったから、吉見は黙っていた。

「考えたことある？」

「ない」

と吉見は答えた。

「じゃあ、よく考えてちょうだい」

ママはいった。厳しい顔だった。

「ママはね、吉見に他人《ひと》の気持がわかる優しい人になってもらいたいのよ。優しいといってもいろんな優しさがあるわね？　おとなしいのも優しい中に入るようだし、気が弱くて何もいえないのも優しく見えるし、でも本当の優しさってどんなものなのかな？　よく考えてちょうだい」

今は「大庭美保」がしゃべってるんだな、と思いながら吉見は、「わかったよ」といった。

「わかったわね？」

ママは立って来て吉見の頭を胸に引き寄せた。

「ママはね、吉見がね、ママがいないから、あんな子になったと他人《ひと》からいわれないように、間違ったことをしない人になってもらいたいの。わかるでしょ？」

「わかったよ」

吉見のおでこはママのぽってりした柔らかなふくらみに押しつけられていた。いい匂《にお》いがしていた。ママの匂いって、こんなんだったっけ？

違うような気がした。これは香水か？　化粧品の匂いか？　前のママは家にいる時は髪をザンバラにして化粧もせず、一日中台所と居間と階段を駆け上り駆け降りして殺気立っていた。あの頃のママは汗とシャンプーの匂いがしていた。コーヒーの匂いや時には魚の匂いがしていることもあった。

これは「中根美保」の匂いなんだ。だが吉見はその匂いが嫌いじゃない。ずっとこの匂いの中にいたかった。

和子が給食当番の時、永瀬は、

「食えねえよ、汚いから」

といった。緑川は「ゲェーッ」と吐く真似《まね》をした。その癖二人とも結局はパクパク食べていた。汚いと思うんなら食わなきゃいいのに、と思ったが、吉見は何もいわなかった。掃除の時、女の子たちは和子の机を運ばないで周りを掃いていた。緑川はゴミを和子の机に押し込んでいた。

「やめろよ」

と吉見はいったが、あまりに小声だったので誰にも聞えなかった。けれどぼくは「やめろ」といったことはいったんだ、と吉見は思った。

ママにいわれた通り、吉見は和子に優しくすることにした。こんないい天気の日は教室にいないで校庭で遊びなさい、と青柳先生にいわれて、男子も女子も外へ出て行ったので、突然でおかしいかもしれなかったけれど、誰もいなかったからいった。

「川井村《かわいむら》って知ってる？」

和子はいつも自分の席に括《くく》りつけられたように坐《すわ》っている。いきなり話しかけられたので、自分にいわれたかどうか、よくわからないようだった。キョトンとして吉見を見たが、すぐに目を逸《そ》らして、「知らない」といった。

「ぼくのおじいさん、川井村ってところにいるんだ」

岩手県下閉伊《しもへい》郡川井村、と吉見はいった。和子は何もいわず、まるで何も聞えなかったみたいに机の上を見詰めていた。仕方なくいった。

「井上さんのいたとこは岩手県のどこ？」

机の一点を見詰めたまま、「小岩井《こいわい》の方」と和子はいった。

「ふーん」

吉見はいった。小岩井がどのへんになるのか、吉見はわからない。そのうちふと思い出した。

「知ってるよ！　小岩井牛乳の小岩井だね！」

和子は吉見から視線を逸らしたまま、

「その奥」

といった。それきりいうことが見つからなかったので吉見は教室を出た。出がけにもう一度見たら、和子は黒板の方を向いてさっきと同じ姿勢のままだった。

校庭に出ると加納くんが鉄棒で「両足かけ後転」をやっていた。吉見は「前廻り」と「逆上り」しか出来ないので感心して見ていた。女の子たちが塊まってそんな加納くんを見ていた。加納くんは鉄棒に坐ったまま、クルクル廻り、パッと飛び降りると尻《しり》もちをついた。

「イテ、テ、テ」

と加納くんはいったので女の子たちは声を上げて笑った。それほどキャアキャア笑うほどのことでもないのに。加納くんはわざとやったんだと吉見は思った。

和子はカワイクない。

なぜカワイクないかというと……と吉見は考えて、まずあの目だな、と思った。

和子の目は腫《は》れたように瞼《まぶた》が盛り上っていて、目はその瞼に押し潰《つぶ》されたように細い。

どことなく眠そうな、機嫌の悪い猫みたいだ。目尻がピッと上ってる。

それに顎《あご》だ。顎がうちのおじいちゃんみたいに角張っている。おじいちゃんはよくいっていた。

「おじいちゃんのこの顎を見なさい。これは子供の時から固い物を咀嚼《そしゃく》して鍛えられた顎だよ……」

炒《い》り豆《まめ》やスルメや固い煎餅《せんべい》なんかをおじいちゃんはおやつに食べたのだ。今の煎餅なんて、ありゃ何だ、スカスカしてあんなもの煎餅じゃないよ。昔は牛肉だって鶏だって固いのが普通だった。それを嚙《か》んで嚙んで、味も何もわからないほどに嚙んでから呑み込んだものだ。ご飯は一口、六十回嚙んだ。十分に咀嚼すれば胃に負担がかからないから、胃痛になんかなったことがなかった……。

自慢そうにおじいちゃんはいった。それから辛《つら》い時、苦しい時にぐっと奥歯を嚙みしめて、臍《へそ》の下に力を籠《こ》め、「うーんッ」と気を入れて耐えた、だからこういう顎が出来上ったんだ。男の力は顎にショウチョウされる。わかるか？　ショウチョウという言葉の意味が？　とおじいちゃんはいった。

わからないというと説明が長くなるから吉見は、「うん、何となく」と答えた。おじいちゃんは満足そうに、うんと頷《うなず》いて、男はこういう顎にならなければ駄目だ、と声を大きくした。

「この頃の若い男どもの面を見るとわしは情けなくなるよ。向いの川端のあのナンキン豆面ののらくら息子――あいつの顎がいい見本だ。あれは心身を鍛えることを忘れた顎だよ。男は顎で値打ちが決るということを、今は誰も知らん……」

和子の顎は立派に張っている。おじいちゃんが見たら褒めるかもしれないが、和子は女だ。カワイクないのは顎のせいもあるかもしれない。

和子の横顔を盗見しながら、吉見はカワイクない子の味方をするのは努力がいるなあ、と思う。桜田町子のような、睫《まつげ》がクルンと上に向って巻いてるようなかわいい顔だったら、自然に味方をしたくなるかもしれないけれど……。

何をされても和子は泣かない。

奥歯を噛みしめて、臍の下に力を籠めて一心に我慢しているのだろうか？

あの顎は我慢のしるしか？

だが、と吉見は思う。

もしかしたら和子は我慢しない方がいいんじゃないか？　我慢をするものだから、永瀬たちはこれでもか、これでもか、という気持になるのかもしれない。

我慢をした方がいいのか、しない方がいいのか、吉見はわからない。おじいちゃんにこのことを訊きたいものだ、と吉見は思う。

「ならぬ堪忍《かんにん》するが堪忍」とおじいちゃんはよくいっていた。普通なら堪忍の出来ないぎりぎりのところを更に堪忍するのが本当の堪忍である――そういう意味だとおじいちゃんはいった。

だが吉見は本当の堪忍って何なんだ、と思う。ならぬ堪忍をしていたら、ますます虐められるんじゃないのか？

吉見はおじいちゃんから聞いた「韓信《かんしん》の股《また》くぐり」の話を思い出して加納くんにいってみた。

「韓信の股くぐりって知ってる？」

「何だい、それ」

加納くんは知らないことをいわれると、バカにしたように唇の右端に皺《しわ》を寄せる癖がある。

昔、中国の漢《かん》に高祖《こうそ》という人がいた。韓信は高祖の家来として、手柄のあった武人だ。若い頃、街でならず者にいいがかりをつけられたが、我慢してそいつのいうままに股の下をくぐった……。加納くんは唇の皺をもう一本増やしていた。

「それがどうしたんだ？」

「それを見た街の者が、弱虫だの臆病者《おくびょうもの》だのといってわらったんだけれど、後になって韓信は漢の統一に大功を立てる大武人になった……そういう話だよ」

「ふーん」とつまらなそうに加納くんはいった。

「それだけかい?」

「そうだよ」

加納くんは暫く黙って考えをまとめようとしている様子だった。

「若い頃は意気地なしだったけれど、後に発奮して強い人間になったという意味だろ? 股くぐりなどさせられた口惜《くや》しさが発奮のもとになった……」

そういうことだったのかと吉見は素直に感心した。だとしたら和子は今、「バイキン」といわれてることの口惜しさを発奮のもとにして偉い人になればいいんだ……。だが和子はどんな「偉い人」になればいいんだろう? 教室でも何ものをいわないで、ハキハキしないといって青柳先生までがこの頃、目の仇《かたき》にしてる、そんな和子がどんな「偉い人」になれるのか?

吉見は晩ご飯の時、パパに訊いた。

「パパ、韓信の股くぐりって知ってる?」

「知ってるよ。韓信という男がやくざにからまれて股をくぐった……隠忍自重の大切さを教える話だろ。韓信は天下を制するという大望があった。その大望の前には股くぐりくらい屁《へ》でもなかったんだ。人間は志を持てば小事にこだわらなくなるという教訓だよ」

それからパパは苦笑いをしていった。

「パパなんか、毎日股くぐりの心境だよ。だが大望って別にないなァ……」

おじいちゃんの教えてくれたことは、たいして役に立たない話ばかりだなあ、と吉見は思う。

「へたな我慢はしない方がいいのよ」

とおばあちゃんはいった。

「おじいちゃんて人は、人に我慢させるばっかりで、自分はいったい何を我慢したんだろう。聞いてみたいわ」

へたな我慢はしない方がいい、というのが吉見に一番ピッタリくる意見だ。和子にアドヴァイスしてやるとしたら、そういってやるのが一番わかりよくていいと思う。和子にいけど、我慢せずに元気を出せ、といってやっても、和子にしてみればどうしたらいいのかわからないのかもしれない。ママがいなくなった時、おじいちゃんは、吉見、元気を出せ、がんばれよ、といったが、そういわれてもどうしたら元気を出せるのかわからなかった。

「簡単にいうなよ」といいたかった。

吉見は考えて、だからぼくが和子にしてやれることは、せいぜい話しかけてやることや、永瀬たちが和子を虐めている時、面白がって見物したり笑ったりしないことや、それから掃除の時、誰も和子の机を運ぼうとしない時に、一人で動かすこと——それぐらいだ。それでもしないよりはした方がいい。ほんとなら永瀬たちをスーパーサイヤ人みたいに殴り飛ばすことが出来たら一番いいんだけど……。

──弱い人を虐めるのは人間の屑よ、とママはいった。何べんも吉見はそう思う。いつかママにいいたい。

──ママ、ぼくは虐められてる井上の味方をしてるよ……。

月曜日の朝、一時間目が始まる前、気がついたら和子の背中にセロテープで紙が貼《は》ってあった。

「私はバイキンです」

サインペンで大きく書いたバイキンという字の横に、「ブス」と別の字が書いてあった。その横に「便ピ」とつけ加わっている。

「便ピのピの字わかんないのかよ！」

と加納くんがバカにしたようにいっていた。

「便ピのピはこうよ」

桜田が黒板に「秘」と書いた。

吉見はのどの奥がムズムズした。

「やめろ！」と叫びたかった。

今こそスーパーサイヤ人に変身したかった。顔に血が上るのがわかった。心臓がドキンドキンと打っていた。

──みんな！　弱い者虐めはやめろ！

いいたい言葉が口の中で躍っていた。

その時、加納くんがいった。

「吉見、真赤になってどしたんだ?」

それがきっかけになった。吉見は机にうずくまっている和子の後ろへ行き、さっとその紙を剝《は》いだ。剝いだ紙を吉見はクシャクシャに丸めた。そうして教室の隅の紙屑箱に捨てに行った。組中の目がシーンとして吉見を見ていた。自分の席へ戻る時、足は雲を踏んでるようだった。

席に着いた時、吉見は加納くんを見た。吉見と視線が合うと加納くんはプイと顔を背《そむ》けた。吉見はショックを受けた。吉見は加納くんが「よくやった」とＯＫマークをしてくれると思っていたのだ。

その時、青柳先生が入って来た。

「どうしたの?　みんな」

入って来るなりそういった。

「へんね、へんに静かね」

何か悪戯《いたずら》が仕組んであるのじゃないか、と疑うように周りを見廻した。

吉見は不安のコンクリートで塗り籠められたようで身動き出来なかった。ぼくは余計なことをしたんだろうか?　何がいけないんだ、何がいけないんだ、と思いつづけていた。

先生は「邪馬台国《やまたいこく》と女王ヒミコ」について話していた。邪馬台国の王はもと男だったが、争いが長く続いたので話し合いの結果、女性のヒミコが王位についた。ヒミコが死んで再び男性の王が立つとまた国は乱れたので、ヒミコの一族のトヨという女の子を立てたら国は治まった……。

「女子の方が男子より力があるんですか?」

桜田町子が訊いていた。先生は機嫌よく笑って、

「さあ、どうだろう?　そう思う人……」

と手を上げさせている。

誰が手を上げて誰が上げなかったか、吉見はわからない。吉見はそれどころではなかった。あんなこと、しなければよかったという思いで頭がいっぱいだった。つまりあれは「余計なこと」だったんだ。先生はよく「協調精神」が大事だという。協調を破ったというので加納くんは吉見に腹を立てたのか?

その日一日、吉見は土の下に埋められたような気持だった。加納くんはよそよそしかった。昼休み、加納くんは「両足かけ後転」を何回もやり、「吉見、やってみろよ」と、朝以来初めて口を利いてくれた。吉見は出来なかった。

「怖いよ、出来ねえよ」

というと加納くんはチェッといって満足したように笑った。

その日のことを吉見は忘れない。二日つづいた雨が漸《ようや》く上って初夏の風がそよそよと

吹き、空はキラキラ光っていた。晴々するような一日だったことが、却《かえ》って吉見の胸を塞《ふさ》いだ黒い影を際立たせるようだった。

その日から吉見は一人ぼっちになった。加納くんは吉見に話しかけなくなった。「おはよう」といっても聞えないふりをする。今までは一緒に帰っていたのに、遠くの学習塾へ行くようになったからといって、走って帰るようになった。

「吉見みたいに塾へ行かない奴《やつ》はいいよな」

と加納くんはいった。「いいよな」といういい方に軽蔑《けいべつ》が籠《こも》っていると吉見は思った。前から加納くんには塾へ行く奴と行かない奴との差別があった。けれど吉見の前ではそれを出さないようにしていたのが、この頃ははっきり態度に出すようになった。

「学校の授業なんてつまんないよ」

と加納くんはいった。

「わかりきってること、チンタラチンタラ教えるんだもんな。退屈でたまんないや」

しつこく加納くんはいった。

「チンタラチンタラ教えられてもわかんない奴がいるんだもんなあ……。やってらんないよ……」

そんな時、吉見は答に困る。

「悪いな、チンタラ組で」

くらいいえたらいいのだが、吉見はいえない。

桜田町子の誕生会に、吉見は呼ばれなかった。去年もおととしも、その前も……幼稚園の時からずーっと呼ばれていたのに。

町子の誕生会は家ではなく、マクドナルドを借り切って祝ったのだ。町子のお父さんもお母さんも出て来て、おみやげは女の子はキャラクターもののタオルとハンカチ、男子はプラモデルだった……。

吉見の席の後ろで高田《たかだ》清美《きよみ》と原悦子《はらえつこ》が話していた。桜田町子は「シャーリーテンプルのドレス」とやらを着て、パールのネックレスをしていた。清美がいっていた。

「でもうちのママは、そんなの少しやりすぎだわ、っていってたわ」

だが悦子は、

「でもステキだったわァ。あたしもあんな洋服着たい」

と何べんもいっていた。男子は誰と誰が呼ばれたのか、聞きたかったが吉見は我慢した。なぜ今年に限って呼ばれなかったのか。吉見に思い当ることといえば、和子の背中に貼られた悪口の紙を剝がしたことしかない。

「目立ちやがって」と誰かがいっていた。そのうち「ウジウジしてる」という声が聞えるようになった。和子のことだと思っていたが、吉見のことだった。それに気がついて全身から血が引いた。「ウジウジ」と「クサイ」は最低の悪口だ。ウジウジしていなくても、クサくなくてもそういわれる者は「イジメられる立場になった」という印だった。

夜、吉見は思い切って加納くんに電話をかけた。加納くんは面倒くさそうに、

「何だい？」といった。

「ぼく、みんなが井上の背中に貼紙した時、剝がしただろう？　あんなことして、いけなかったのかなあ、と思ってるんだけど」

「何だ。そんなことか」

加納くんはいった。

「いけないもいいもないだろ。吉見はそうしたかったからしたんだろ。なら、それでいいじゃないか」

「うん……だけど……」

「だけど？　何だよ？」

投げ出すようにいわれると、いいたいことが何だったのか、わからなくなった。

「もういいよ」

仕方なくいうと、

「じゃ、グッナイ」

といって、電話は切れた。

吉見は長椅子《ながいす》に凭《もた》れてじっとしていた。身体から力が抜けていった。加納くんとの関係はもう修復不可能だった。

パパが会社から帰って来た。吉見は長椅子に凭れたまま、「おかえんなさい」といった。パパは上着を脱ぎ、ネクタイをほどきながら、どうだった、今日は、といった。パパは帰って来ると必ず吉見にそう訊く。

「べつに」と吉見は長椅子から答えた。加納くんがよそよそしくなったことをパパに話したところでしようがないのだ。パパは「なぜだ」というだろう。だが吉見こそそういいたい。

「パパ、なぜだろう?」と。

けれど、パパに答えられるわけがない。おとなは何でもわかってると以前は思っていたが、それほどわかっちゃいないことがこの頃、わかってきた。

このことをママに話したらママは何というだろう? 弱い者虐めをする奴は屑だ、とママはいった。だから吉見は勇気を出して和子の味方をしたのだ。その話を今度、ママに会った時にするのを楽しみにしていた。ママは「よくやったわね」と褒めてくれるだろう。そう思っていた。なのにその報告をする前にこんなことになってしまった。

ママにどう話せばいいのか……いや、話せない、と吉見は思う。虐められてる井上和子の味方をしたら、今度は吉見が虐められるようになったなんて、情けなさ過ぎる。

「どうした、吉見。元気ないじゃないか」

ビールを飲みながらパパがいった。

「べつに」

と吉見はいった。

「『べつに』ばかりだな」

「しゃべりたくない時は子供にだってあるわよねえ？」

とチカちゃんがいった。

今日は金曜日なのでママから電話がかかってくるかもしれない。そう思って、吉見はおばあちゃんの母家へ行った。おばあちゃんはスカートにアイロンをかけていた。吉見が濡《ぬ》れ縁《えん》から入って行くと、「今日はまだかかってこないよ」といった。

「ふーん」といって吉見はテレビをつけた。べつに見たいものがあるわけではなかったが、テレビをつけていればしゃべらなくてもすむからだった。

おばあちゃんは明日と明後日、熱海へ行ってくるといった。それでスカートにアイロンをかけていたのか、と思いながらまた「ふーん」といった。

「行きたくないんだけどねえ。これもつき合いよ」

とおばあちゃんはいった。それからテレビを見ないのなら消しておくれ、といい、

「ああ、どうしてこの頃の若い女のタレントはこんなキイキイ声を出すんだろう。女の子三人いたらまるで猿山だわ。普通の声でしゃべるわけにいかないもんかねえ」

といった。

おばあちゃんはこの頃文句の多い人になっている。温泉もいいけど旅館の食事、何だってあんなに沢山出すんだろう、といった。あんなに山のように食べられやしないわ。分量は少くてもいいから、おいしいものを少し出せばいいのに。これでもかこれでもかって調子で出てくるんだもの。勿体《もったい》ないと思って無理に食べるものだから、寝てから気

持悪くなるのよ。好きなものだけ食べて残せばいいなんてパパはいうけど、そんな勿体ないこと出来ないしね。残したものは捨てるんでしょ。そんなのバチが当りますよ。おばあちゃん達ね、勿体ないからと思って、家からタッパーを持って行って、余った料理をタッパーに入れておいてね、夜食に食べることにしたのよ。だけどもうみんな年だから、夕食の後でまた夜食なんて、お腹に入らないの。タッパーの中の焼魚やら揚げ物の始末に困って、とうとううちまで持って帰って来たんだけど、ハナちゃんに煮直してやっても食べなかったわ……。

「捨てたの？　それ」

吉見がいうとおばあちゃんは、心から無念そうにいった。

「捨てたよう……勿体ない……」

おばあちゃんは元気だなあ……吉見は羨《うらや》ましく思う。文句をいってる時のおばあちゃんは生き生きしてる。おじいちゃんがいた頃のおばあちゃんはこんなんじゃなかった。もっとおとなしい人だったような気がする。

電話が鳴った。ママからだ！　急いで立って受話器を取った。

「あっ吉《よ》ッちゃん？　ママだけど……」

ママのその声で吉見は、「明日は駄目なんだ」とわかった。

電話は短かった。ママはもう少し弁解したそうだったが、吉見は「わかった」といって切った。アイロンをかけながらおばあちゃんが吉見を見上げていった。

「駄目だって？」

吉見はこうなることはわかってた、という顔で「うん」といった。

「忙しいんだねえ……」

おばあちゃんは溜息《ためいき》をつくようにいった。

「女が一人で生きて行くって、たいへんなのよ」

それはもう聞き飽きた。それより明日は第四土曜日だから学校は休みだ。どうして過ごそうか？

おばあちゃんは温泉へ行ってしまう。パパは多分会社だ。休日でもパパは会社へ行く。チカちゃんはエアロビクスへ行く。加納くんとは……もう遊べない――。

パパたちは吉見はファミコンさえしていれば満足なんだと思ってる。おとなは何もわかってやしない。勝手に決めて、子供のことを思ってるつもりでいる。ファミコンだって、何もすることがないからするのと、しなければならないことがあるのにする時とでは、気持が違うのだ。

パパなんか、子供の時は遊び道具なんて買ってもらえなかったから、自分で工夫して遊んだものだよ、とパパはいつもいう。竹トンボの飛ばしっこしたり缶蹴《かんけ》りとか、川で魚を追いかけるとか。

だが今、その川は暗渠《あんきよ》になっている。

竹トンボを作るには竹がいる。大地主の大倉《おおくら》さんの竹林で取って来たんだ、とパパはいった。

だが今、そこはマンションが建っている。

竹トンボの作り方は自転車屋の息子の大八《だいはち》というガキ大将に教わった。こいつは何でも出来た。竹トンボも水鉄砲も作れた。喧嘩《けんか》が強いの何のって、左の眉毛が途中で切れてた。柿《かき》の木から落ちて下にあった石で切ったんだ。だが勉強は駄目だった。パパより二年上だったけど、パパが解ける算数が大八にはわからないんだ。

「しかしいい奴だったなあ。大八は……」

パパは懐かしそうにいい、今は大八のようなガキ大将がいなくなった、と溜息をついた。

「パパは大八の子分だったの?」

「そうだ」

パパは嬉《うれ》しそうに笑った。

「喧嘩に負けると大八にいいつける。すると必ず仕返しに行ってくれたんだ」

「いいなあ……」

思わず吉見はいった。どこかに大八がいたら子分になりたい……。

今の子供は可哀《かわい》そうだなあ、川も原っぱもない。道でキャッチボールも出来ない、とパパはいう。可哀そうだと思うんなら何とかしろよ、と吉見はいいたい。可哀そうだ可哀そうだといいながら、おとなは何もしない。

じゃあ、ハナちゃんのゴハン、忘れないでね、といっておばあちゃんがバスに乗るのを吉見は見送って、今日一日の長さを思った。

パパは思った通り、会社へ行った。パパは営業所長だもの、ヒラより忙しいのよ、とチカちゃんは自慢そうにいっている。パパは去年、安田《やすだ》自動車直営の新小岩《しんこいわ》営業所から、池上《いけがみ》の営業所に異動になった。前よりも近くなったからいい、とチカちゃんは喜んでいた。それに課長代理から今度は所長になったのだ。地位が上り月給も上った。でもおばあちゃんは電話で、多分、相手は新川のおばさんだろうけど、

「一見、栄転のようだけど、ほんとはトバされたのよ。だって今度は小さな営業所なの。マンションの一階を借りてショウルームにして、二階が事務所なの。前に較《くら》べたらうんと小さいのよ……」

そういって声をひそめた。

「勿論《もちろん》、例の問題のためよ。部下の女の子とあんなことになって、離婚までしちゃったんだもの。よっぽど成績でも上げなくちゃ、先は見えてるのよ……」

パパは先が見えてるのか……。だが「先が見えてる」ってどういうことなんだろう？

「あんなことになった部下の女の子」というのはチカちゃんのことだ。チカちゃんのためにパパは苦労を増やしてしまったんだな。

「ほんとにバカよ！」

おばあちゃんはひそひそ声に力を籠めた。

「この頃の男って幾つになっても分別というものがないのよ。高校生と同じ。妻子に対する責任感なんてこれっぽちもないんだから」

どこへ行くという当《あて》もなく、吉見はぶらぶら歩いた。チカちゃんはエアロビクスの教室へ行く。家には九官鳥と猫のハナちゃんがいるだけだ。加納くんとはもう遊べない。両方の肩にずっしりと重い荷物がかぶさっているようだった。この頃は天気がいいと却って吉見の胸は沈む。

吉見はこども公園に入って行った。土曜日の朝なのでみんな寝坊をしているのか、人影が少い。向うの砂場に小学生らしい女の子が三歳ばかりの子供を二人連れて砂遊びをしているのが見えた。その傍に鉄棒がある。そこで両足かけ後転の練習でもしてみようか、と思った。

近づいて行くと砂場の女の子が笑う声が聞えてきた。砂の山に隠した手を動かして、二人の子供をからかっている。笑いながら顔に垂れかかる髪の毛を振り上げるように仰向いた顔は、井上和子だった。

「や、井上」

思わず吉見はいった。へんに懐かしく嬉しかった。

「誰？　その子たち」

笑っていた和子の顔はみるみる笑いを消してお面のようになった。

「井上の家、この近くなの？」

吉見はいったが和子は答えず、手を入れた砂の上をじっと見詰めている。それからゆっくりと右手を抜き、それから左手を抜いた。

「その子たち、君の妹？」

と吉見はいった。井上和子と特に仲よくなりたいとは思わないけれど、今のところ話し相手がほしい。

「よく似てるね。そっくりだ、その二人」

吉見はいった。

「ふたごなの？」

和子は吉見を見向きもせずに立ち上ると、手の砂をスカートで払った。

「可愛《かわい》いね。二人、同じ顔してて人形みたいだ」

吉見はお世辞を使った。だが和子は、

「行こ」

と女の子にいい、手提袋の中からタオルを取り出して子供らの手を拭いた。それから砂の中から小さなシャベルを拾い上げ、子供らの先に立って向うへ行ってしまった。吉見は取り残された。後姿を見送りながら、

「なんだい！　バカヤロウ！」

といった。どっと寂しさがやってきた。

——お前の味方をしてやったんじゃないかよ！

和子のために吉見はみんなから無視されるようになったのだ。和子の背中に緑川たちが貼った「私はバイキンです」の紙を剝がしてやったからじゃないか。

——ぼくがお前に何をした？

追いかけて行ってそういいたかった。緑川や永瀬は和子を「バイキン」といってる。「汚い」「クサイ」「ノロマ」という。だけど吉見は一度もいったことがない。和子が「アダマいたくて」といった時は、みんなと一緒に笑ったけれど、それだけじゃないか。

見ていると和子は向うのブランコで遊び始めた。チビの一人をブランコで、もう一人をすべり台に乗せて、何がおかしいのかキャッキャッ笑っている。

和子が笑ってる……。

吉見は思った。

あいつでも笑うんだ……。

惹《ひ》き寄せられるように吉見はブランコの方へ近づいて行った。和子はブランコに腰をかけて少しずつ揺れを大きくしている。吉見の方を見もしない。急に思いついたように、揺らしながら腰かけの上に立ち上った。腰で調子を取りながらだんだん大きく漕《こ》ぐ。吉見の目の前を高く風を切って通り過ぎたと思うと、ブランコの鎖をきしませて空中から戻ってくる。

和子にこんな芸当が出来るとは知らなかった。吉見は圧倒された。これ見よがしに和子はブランコを漕ぐ。まるでサーカスみたいだ。

「すげえ……やるじゃん」

和子がブランコから降りた時、吉見はそういった。だが和子はそれを無視して行ってしまった。

いったいぼくが何をしたというんだ。ぼくの何がいけないんだ……。

何回も何回も同じことを自分に向っていいながら、吉見はさっきまで和子が大漕ぎに漕いでいたブランコに腰をかけていた。まるで悪い夢の中にいるようだった。いくら考えても答は出てこない。考えても考えてもわからないんだから、もう考えるのはよそうと思うが、気がつくとまた考えていた。

──お前のあの態度、あれは何なんだ……。

和子にそういってやればよかった。

──ぼくはお前の味方をしてやったんだぞ。それで組中を敵に廻してしまったんだぞ。そのことをどう思ってるんだ！　ありがとうくらいいえよ！

なぜそういってやらなかったんだろう？　和子のあの四角い顎がプイと横を向いた憎たらしさを思い出すと腹の中が熱くなる。

何だい、生意気な……バイキンめ！　みんなに嫌われてるくせに、でかい態度すんなよ……。

だが、嫌われてるといえば、吉見もそうだった。ついこの間までは嫌われていなかったのに、急に嫌われるようになった。

和子のためだ。

和子のために嫌われ、そして和子にも嫌われているぼく……。なぜなんだ……なぜなんだ……。

吉見は顔を空に向け、湧《わ》き出してくる涙をこぼすまいとして欅《けやき》の高い梢《こずえ》の上の白い浮雲を睨《にら》んだ。

ママ……と思った。ママに会いたい、ママに話して、ママの考えを聞きたい。ママはいった。弱い者を虐めるのは男の屑よ……。

だけどぼくは弱い者虐めをする「屑ども」からゴミ屑のようにあつかわれている。皆からゴミ屑のようにされてきた和子からも。

——ママのところへ行こう。

たとえ留守でも、行こう。ママが何というか、聞きたい。もしも留守で、部屋に入れなければドアーの外に坐って待っていよう。いつかは帰って来るだろうから、夜中までも朝までもぼくは待つ……。

そう心に決めるとらくになった。チカちゃんはもうエアロビクスへ行っただろうか？急に時間が気になった。さっきまでは人気のなかった公園に、犬を連れた人や乳母車に赤ン坊を乗せた夫婦などが次々にやって来る。仲のよさそうな白髪のおじいさんとおばあさんもいる。そんな人たちを見ると吉見は寂しい。うちはバラバラだ、と思う。ぼくが不良になったら、パパやママやおばあちゃんやおじいちゃん、みんなの責任だぞ。新聞で評論家がいう。

──そもそもその子の家庭に問題がありそうですね……。

家の前まで来た時、突然、どこからか「吉《よ》ッちゃん！」と呼ぶ声が聞えた。

声は空家になってる筈《はず》の向いの二階からだった。

向いの二階を見上げて思わず吉見は叫んだ。

「あ、浩介さん……」

川端さんチが空家になってから一年以上経つ。おばあさんが病院に入ってもう出てくることはないだろうということになって、家は売りに出されたのだ、とおばあちゃんがいっていた。もともと川端のおじさんは札幌に転勤になっていて、ヤキモチやきのおばさんはそっちへ行ってばかりいて、おばあさんの面倒は浩介さんとお兄さんとで見ていたのだ。そのおばあさんが手に負えなくなって病院に入れられたので、お兄さんは会社の寮に、浩介さんは「どっか」へ行ってしまった。うちのおばあちゃんは腹を立てたようにいった。

──薄情なもんよねえ、体《てい》のいいうば捨て山よ。

一年も空家のままほっとくなんて、用心が悪い、ともおばあちゃんはいっていた。早く売ればよかったのに、バブルが崩れて不動産はどんどん値下りしている。欲ばるものだから売り損なったのだ、ともいっていた。おばあちゃんは川端さんのことになると、なぜかいつも悪くいう。

「懐かしいなあ、吉ッちゃん。今行くから待ってて」

浩介さんは二階の窓からそういうと、間もなく門の低い鉄の扉を乗り越えて出て来た。だぶだぶの麻袋のようなシャツを着て、裾《すそ》を引きち切ったような膝下《ひざした》のズボンを穿《は》いて、スニーカーの後ろを踏んづけて、マダラの茶髪だった。

「家に買手がついたので掃除に来たのよ」

といった。

「ふーん、そう……」

「どうした？　元気ないね。六年生だろ？　勉強疲れか？　塾へ行ってる？」

立てつづけにいい、

「ちょっと、寄ってっていい？　久しぶりにおばさんとも会いたいし、そうだ、ルーちゃん、どしてる？」

ルーちゃんというのは浩介さんが勝手に九官鳥につけた名前だ。

「相変らずカアカアいってるよ」

くぐり戸の錠が下りていたので、郵便受の口から手を突っ込んで鍵《かぎ》を取り出した。

「何だい？　誰もいないの？　おばさんも？」

「うん、おばあちゃんは熱海へ行った。パパは土曜日も会社へ行くんだ。営業所長になったんだよ、パパ」

「そうなの。ふーん、所長さんか、偉いんだね。でママは？……」

といってから浩介さんはいい直した。

「そうだった。美保さんはいなくなったんだったっけ?」

「うん」

「可哀そうに、吉ッちゃん、鍵ッ子かい」

あっさり浩介さんはいった。

居間に入るとテーブルの上に「吉ッちゃんへ」と書いた紙があった。

「黙って出て行っちゃダメじゃん。

ハンバーガーとミルクコーヒー、冷蔵庫にあるよ。三時頃帰る予定。チカちゃんより」

浩介さんは横から覗《のぞ》き込んで、

「そうか、チカちゃんていうの、今度のママ」

といった。

「面白そうなひとだね」

吉見は冷蔵庫からハンバーガーを出し、「食う?」と浩介さんにいった。

「いや、いい。それよりビールあるかな?」

勝手に冷蔵庫の中から缶ビールを出して、飲みながらテラスへ出た。

「ああ、懐かしいなあ、このテラス。殆《ほとん》ど毎日来てたものね。ルーちゃんの世話、ここの家じゃ誰もしてやらないもんだからさ」

浩介さんの声がわかったのか、母家の縁側で九官鳥がカアカアと啼《な》き出した。

「やってるね。十年一日《いちじつ》のごとし。カアカアカア」

浩介さんは母家の縁側へ行き、ガラス戸を開けて腰を下ろした。

「おじいさんがよくこの籐椅子に腰かけてテラスを睨んでたよね。おじいさんはぼくのこと嫌いみたいだったけど、ぼく、わりかしあの人、好きだったな。いつもへんにおごそかなんだよね。そこが何とも愛嬌《あいきょう》があっていいんだ。元気なのかな？　どっか東北の田舎へ行っちまったんだって？　おばさんと仲が悪かったのかな？　おばさんはイライラしてたよね。ああいう人は誰からも理解されないんだ。理解されなくても平気なんだ。そこがぼくは好きなんだよ」

吉見はテラスへ出てハンバーガーを食べた。

「うまいかい？」

「うまくない」

「そうだろうな、結構。君は健全な味覚の持主である証拠だ。ぼくはアメリカが好きだけど、奴らがハンバーガーをうまがる点だけ気に入らないな。ハンバーガーって、大口を開けて食うだろ？　大口開けて食うものにうまいものなんかあるわけないんだ……このおじいちゃんならきっとそういうよ」

浩介さんは楽しそうでいい。缶入りのミルクコーヒーを一口飲むと急に悲しくなった。

あの頃──おじいちゃんがいて、ママがいて、おばあちゃんが熱心に庭に花を植えていた頃はよかった。浩介さんは九官鳥に桃太郎《ももたろう》のお話を一所懸命に教えていた……。

──ムカシ、ムカシ、アルトコロニ、オジイサントオバアサンガ……。

「どうしたの？　吉ッちゃん……」

泣くまいと頑張ったが、涙が溢《あふ》れてきて止らなかった。

パパやママやおばあちゃんの前では泣けないのに、浩介さんの前で吉見は泣いた。浩介さんは吉見のそばへ来て肩に手を置いたまま、黙っていた。それから吉見の涙が少しずつ鎮《しず》まっていくのを見ていていった。

「どっかへ遊びに行こうか？　ゲームセンター、どう？」

手のひらで涙を拭き拭き吉見はいった。

「ぼく、高円寺へ行くつもりしてたの」

「高円寺に何があるの？」

「ママのマンション」

「ママの？　美保さん、高円寺にいるの？」

浩介さんはいった。

「比較的ぼくんとこと近いな。ぼくは吉祥寺《きちじょうじ》だから」

浩介さんは弾んでいった。

「じゃあ一緒に行こう。久しぶりでぼくも美保さんに会いたいよ」

「だけど、いないかもしれないんだ……」

「その時はぼくんとこへ来ればいいよ。ぼくね、この頃、料理に凝ってるの。そうだ、吉ッちゃん、アイスクリームのてんぷらって食ったことないだろ？　それに挑戦してみよう」

また涙が湧いてきた。浩介さんの気らくな調子が却って悲しさを誘うのだ。浩介さんはまた泣きそうになった吉見を見て、慌てていった。

「行こうよ、行こう。ママんとこへ」

吉見は靴下を履き替えた。ママは汚れた靴下をとても嫌う。それから顔を洗い、居間のテーブルの上にあったチラシの裏に書いた。

「高円寺へ行って来ます。

川端の浩介さんも一緒です。吉見」

「川端の浩介さん」といってもチカちゃんはわからないだろう。だが吉見が一人でないことがわかったら安心するだろうと思った。

昼過ぎママのマンションに着いたが、ママはいなかった。浩介さんは「待とうよ」といってドアーの前の床にお尻をつけて膝を組んだ。吉見も同じように並んだ。浩介さんは去年一年は札幌やらニューヨークやらバリ島やら、あちこちウロウロして面白かったという話をした。浩介さんは時々モデルの仕事をしているが、べつに本業というわけではないといった。浩介さんは本業というものを持たないで、好きに生きているらしい。金はある時はある、ない時はない。それでいいんだ、といった。

どれくらいそうしていたか、二人とも時計を持っていないからわからない。毎週、土曜はママの所へ泊るのだけれど、実は今夜は都合が悪いといわれていたのだ、と吉見がいうと、浩介さんは、「なんだ、わかってたんじゃないか」とちょっと呆れたような顔をしたが、すぐ「ま、いいや、待とう」と暢気《のんき》に膝《ひざ》を組み直した。

どれくらい経ったのか。マンションの廊下には窓がないので、日射しがどの程度傾いたのかわからない。エレベーターが止っては人が出て来たり、入ったりしている。ママが出て来ないことはわかっているのだ。土曜日はダメになったのよ、ごめんね、とママはいった。なのに吉見はここでこうしている。したいことは何もなく、ほかに行き場がないからだ。浩介さんも多分、同じなんだろう、と思った。

浩介さんはグアム島の「大ナマコ」の話をしていた。島の人はこのナマコを悪魔の使いだと思っているので、誰も獲《と》らない。ナマコはまっ黒でものすごく大きい。ぼくの友達で、そのナマコのハラワタを取ってコノワタを作って儲《もう》けようって考えた奴がいるのよ。日本のナマコの五倍はあるから、ハラワタだって五倍取れるだろうっていってさ。飛行機賃がないから十万円、何とかならないかっていうもんだから、しようがないからラーメンのコマーシャルとかに出て、お金作ってやったの。どうしたかなあ、あいつ。金、持って行ったきりだ……。けど「悪魔のコノワタ」って面白いと思わない？　ぼく、そのネーミング、気に入ってたの……。

それから浩介さんはいきなりいった。

「ハラ減ったなあ……何か食べようか？」

そういわれれば、昼頃にハンバーガーを一つ、食べただけだった。浩介さんは、「吉ッちゃん、金、いくら持ってる？」と訊いた。

「ぼく、これだけ」

ポケットに入れていた千円札を見せた。

「千円か……千円じゃ、たいしたものは食えないな。帰りの電車賃のこともあるしね」

浩介さんはズボンのポケットから摑《つか》み出した百円玉を手のひらの上で数えた。

「ヒイ、フウ、ミイ、ヨオ、イツ、ムウ……おや、五百円玉がひとつあったぞ。それに十円が三つに一円玉が八つ……、合計いくら？」

「千百三十八円」

「ピンポーン。吉ッちゃんのを入れると？」

「二千百三十八円」

「ピンポーン、ピンポーン」

いいながら浩介さんは立ち上った。

「さあ、行こうか？　何を食う？」

吉見はここへ来た印を残しておきたかった。ポケットには千円札のほかにチューインガムの食べ残しがあるだけだった。吉見はドアーの下からチューインガムを二枚、さし入れた。ママは吉見が「忍たま乱太郎」のガムが好きなことを知っている。だからこれを見たら吉見が来たことがわかる筈だった。

エレベーターで階下へ降りると、出入口のガラスの向うが見えた。あんなによく晴れていたのに、今は薄暗くなって激しい雨が降っていた。

雨が降る

傘の用意をしていなかったので、謙一は百メートルばかり先の月極《ぎ》めの駐車場から濡《ぬ》れて帰って来た。こんな時、この門脇《わき》の桜の木を伐《き》ることが出来ればガレージを作れるのに、と思う。だが丈太郎が生きている間はそれは出来ない。いいのよ、お伐りなさいよ。お父さんはこの家はお前にやるといって出て行った人だから、桜を伐っても文句はいわないわ、と母はいつもいう。そんな時の口調は車のためというよりは、丈太郎をないがしろにしたいという一心からのように謙一には思えた。

それでも謙一が不自由を忍んでガレージを作ろうとしないのは、謙一なりの父への想《おも》いのためである。といって謙一には父親に対して深い愛情や尊敬を持っているという自覚はない。丈太郎は若い頃《ころ》から一貫して息子をうんざりさせる父親だった。丈太郎の人生観は常に不動の信念に裏づけられていて、何者もその確信を覆《くつがえ》すことが出来ない。その確信に閉口しながら謙一は一目置かざるを得ない。

丈太郎が桜の木を伐ることを許さないのは、樹齢七、八十年にもなるだろうと思われるこの老樹が、風雨や暑さ寒さ、空襲、終戦の中を自若として生きつづけてきたその生命力に敬意を払うからである。

「日本の国は変った。日本人も変り果てた。だがこの桜だけは何ものにも負けず、万古《ばんこ》不易《ふえき》の姿を保とうと頑張っている……。それを人間の勝手でむざむざと伐るなんて桜に対して申しわけないと思わんか」

たかが桜の木一本に大袈裟《おおげさ》な、と信子はバカバカしそうに唇を歪《ゆが》めた。だが謙一は自分が父のために出来る親孝行はこれくらいしかないと思っている。

桜の梢《こずえ》から落ちてくる雨滴を肩に受けながら家の中に駆け込むと、千加がビデオテープの音楽に合せて、跳《は》ねながら脚を交互に上げていた。

「おかえりィ」

といって片脚を高々と上げる。

「俄《にわ》か雨だと思ってたが本降りになってきたね」

壁の時計を見ると五時を廻《まわ》ったばかりだが、冬のように小暗くて冷々する。

「吉見は？」

「吉《よ》ッちゃんは高円寺」

と反対側の脚を上げる。

「高円寺？　今日は都合が悪いっていわれたんじゃなかったのかい？」

謙一は千加を見ていった。

「おい、いい加減にやめろよ……」

千加はビデオテープを止めて汗を拭《ふ》きながら、謙一に近づいて頬《ほお》にキスをした。

「今日は二人きりよ……」

千加は嬉《うれ》しそうにいった。

「でもとにかく行ったのよ。メモがあったもの。高円寺に行って来ます。川端の浩介さんと一緒にって書いてあったわ」

謙一が風呂《ふろ》に入って出てくると、テーブルの上にそら豆の塩茹《しおゆで》といかと鰹《かつお》の刺身の盛り合せが載っていた。吉ッちゃんがいると思ってカニコロ買ってきたのに、と流しで千加がいっている。

「おふくろは熱海か……。よく遊ぶようになったなあ、うちのばあさんも」

いいつつ冷蔵庫からビールを取り出した。

「だから今日は二人っきり」

千加は手に菜箸《さいばし》を持ったまま、謙一の背中にかぶさるように抱きついた。

「今夜は、堪能《たんのう》させてね」

そう囁《ささや》くと身を翻すようにして調理台の前に立ち、何を作っているのか、不器用に長い菜箸で鍋《なべ》の中をかき廻している。

「ハナちゃんの飯はやったかい？」

「あ、忘れてた……」

千加は雨の中をテラスから母家へ走って行き、間もなく猫を抱いて戻って来た。

「キャットフード、どこにあるのかわからないから、うちのご飯、食べさせてもいいでしょ？」

「猫の食うもん、あるのかい？」

「そのお刺身……」

「煮干はないの？」

「ないわ」

「鰹節は？」

「ない。鰹味のだしの素《もと》ならあるけど……。お刺身はいけないの？」

「いけなかないけど、勿体《もったい》ないじゃないか」

千加はクスクス笑った。

「母家のおばあちゃんみたいなこといってる」

謙一は猫を抱き取って刺身を一切、食べさせながら、ばあさんが見たら目を剝《む》くぞ、といった。

「千加はこの前、セーターを丸めてゴミ袋に入れたろ？　怒ってたぞ、まだ着られるのに勿体ないって」

「だって飽きちゃうのよ。セーターって」

「飽きたからって捨てることはないよ。ぼくら子供の頃はすり切れた肘《ひじ》とかズボンの膝《ひざ》におふくろがウールの当布なんかしてくれたもんだ」

「うちの父さんもよくそんな話してる」

千加は笑った。

「年とった人って、昔貧乏だったことを自慢するのね。昔はカボチャや芋を米に入れて炊いたのが主食だったって。米よりもカボチャの方が多くて、カボチャのまわりにご飯粒がまといついてるようだったとか、海藻入りうどん、あんなに臭くてまずいものはなかったとか。愚痴をいってるんじゃないのよ。どうだ、って感じなの。でもなんでそれが自慢なんだろうって思っちゃう」

謙一は苦笑してビールを飲む。千加の若さをもて余す一方で、やっぱり可愛《かわい》いと思う。


その夜美保は楠田爽介に食事に呼ばれ、その後赤坂《あかさか》のクラブで夜を更かした。吉見との約束を反古《ほご》にしたのはそのためだ。

クラブからハイヤーで楠田に送られて帰って来た。マンションの入口で一旦《いったん》はサヨナラといったのだが、強引にエレベーターに乗り込んでくる楠田をそう強くは拒まなかった。ここまで来られれば部屋に入れないわけにはいかなくなるだろうが、それ以上のことにはならないという自信があった。楠田という男は「厚かましいけれど、無理強いはしない人よ」と西村香もいっていた。

「いい年して女に無理強いする奴《やつ》がいるだろ。ああいうのはがっついてる奴なんだ」

といっているのを聞いたことがある。

部屋のドアーを開け、壁のスイッチを探っている間、背後から楠田の腕が伸びて来そ

うな気配を感じたが、楠田はおとなしく立っていた。美保はレインコートを脱いで楠田を客用のソファに坐《すわ》らせ、

「お茶だけですよ。お酒はあげません」

と釘《くぎ》を刺すようにいった。

「いいよ、お茶で」

楠田は部屋を見廻しながらいった。

「この雨に葉山まで帰るのは億劫《おっくう》だから泊って行きたい……そういったら君はいうだろうね？……先生、定石通りじゃ知恵がなさすぎますって……」

「何もかもわかっていらっしゃるのね」

美保は笑いながら湯を沸《わか》して、玄米茶を淹《い》れた。

「はい、先生のお好きな玄米茶」

「ニクいねえ」

楠田は湯呑《ゆのみ》を受け取り、一口すすって、

「うまい」

と大仰な声を上げた。

「君に欠点があるとしたら、ソツがなさ過ぎることだな。何でも見てるし心得てる。ぼくがいつ、本格的に君を攻めるか、面白がって見てる……」

美保は何もいわず、笑顔を向けただけだった。

「君はさびしいってことはないの？　心も……身体《からだ》の方もだよ」

「さあ？　どうでしょう？」

　美保は首をかしげ、小さく両手を広げてみせた。

「あたし寂しいの、っていう女が先生はお好き？　何ならいってみましょうか？」

「その方が手っとり早いね。しかしあんまり手っ取り早いのもなあ。面白みに欠けるね」

　そういって楠田はソファを立った。思わず美保が身構えると、いやタバコだよ、と笑いながら下駄箱《げたばこ》の脇のレインコートの方へ行き、ふとかがんで何か拾った。

「何だい……チューインガムだよ」

　美保は受け取ってそれを見た。忽《たちま》ち顔色が変った。


　風呂上りのす裸に、バスタオルを胸から巻きつけただけの格好で寝室に入って来ると千加は、

「あーん、課長さーん」

　といいながらバスタオルを剝《は》ぎ捨てて、謙一のベッドへ飛び上って来た。

「課長さん」と呼ぶ時、千加は謙一と人目を忍んで恋愛をしていた頃の気分に戻っている。吉見は素直な子供だから、特別の目で千加を見ることはないし、姑《しゅうとめ》の信子は棟の違う母家にいる。それでもこの敷地内に信子と吉見がいないということで、千加ははしゃぐのだ。

「ね、あの頃に戻ろ」

千加は謙一の首に齧《かじ》りつきながら囁いた。

「あの頃みたいに愛して」

「よし」

謙一は横になって見ていたテレビを消すと、

「さあ来い」

とふざけながら、元気だなあ、千加は、と思う。千加の元気は屡々《しばしば》、謙一をたじろがせる。だが半ばサービスのつもりでその元気につき合っているうちに、千加の溢《あふ》れる若さの中に惹《ひ》き込まれ、いつか精も根も尽きるほどに惑乱していく自分に気づくのである。

そんな時間の真最中に、階下で電話が鳴るのが聞えた。

「出ないで。ほっとこ……」

千加はいったが、熱海へ行った信子に異変でも起きたのではないかという不安が謙一の頭を掠《かす》めた。千加が蛸《たこ》のように巻きつけてくる脚の力にからめ取られている間、電話は鳴りつづけている。一旦切れたが、すぐにまた鳴り出した。

「駄目だよ、千加。出るよ……」

謙一は千加を引き摺《ず》るようにしてベッドから出て、そこにあったバスタオルを腰に巻いて階段を降りて行った。受話器を耳に当てると、待ちかねたような声がいった。

「謙一さん？」

久しぶりに聞く美保の声だった。せっかちに挨拶《あいさつ》もなしにいった。

「吉見、帰ってます？」

「吉見は君のところじゃないの？」

「今夜は都合が悪いからって、昨日、電話したんです。吉見が直接出て来て、わかった、っていったんだけど、今、帰って来たらドアーの下からチューインガムが差し込んであるのよ。吉見が来たんだろうと思って」

美保の言葉を謙一は遮った。

「いないよ、吉見は。そっちにいるとばかり思ってたんだ。テーブルの上に高円寺へ行って来ますってメモが残してあったんだよ」

「いないって……どうしたんですか！」

美保は謙一を責めるように声を強くした。

「で、吉見が出かけたのは何時頃なんでしょう？」

美保は切口上にいった。

「それがよくわからないんだけどね、おふくろは熱海へ行ってるんだ。八時頃、家を出たらしいんだけど、吉見はその後、出かけたんじゃないかと思うんだ。ぼくは営業所へ行くんで九時頃出たが、その時吉見はいなかった。バス停までおふくろを送って行くようなことをいってたから、べつに心配しなかったんだよ」

「じゃあ、テーブルの上のメモはいつ見つけたんですか？」

「千加も外出してて三時頃帰って来たらあったっていうんだけどね」

「では吉見は一旦、家へ帰ったのね？　帰ったら誰もいないので、また出かけた……」

「そういうことだろう。川端の浩介くんが来たらしいんだ。メモに浩介さんと一緒に高円寺へ行くって書いてあった。だからぼくらは君の所にいるとばっかり、今の今まで思っていた」

　謙一はなだめるようにいった。

「君がいないんできっと浩介さんの所に泊ることにしたんだよ。明日は日曜日だし、この雨だ。メモを残してきたからぼくらは心配しないと思ってるんだろう」

　押し黙っている美保を安心させようとするように謙一はいった。

「大丈夫だよ。心配しなくても。明日帰ってくるよ」

「そう？　そう思ってるの？　暢気《のんき》でいいわね。あなたたちは……」

　そういって電話は切れた。

　謙一はベッドに戻った。

「吉見は高円寺へ行ってないらしいんだ」

　千加は裸の上半身を起した。

「電話はどこから？」

「高円寺からだ。さっき帰って来たらチューインガムが二枚、ドアーの下から入れてあったっていうんだ。らんたまとか、にんたまとかいうやつ……」

「忍たま乱太郎よ。吉ッちゃんが好きなの」

「それが入ってたから吉見が来たのかもしれないと思って電話したらしい」

「じゃあ、どこへ行ったの、吉ッちゃんは」

謙一はベッドに腰をかけた。

「浩介くんと一緒だろうから、多分」

「泊ったんだ……」

千加は無造作に受けていった。

「そうだ、泊ったんだ。電話がないので、この雨だし、連絡出来ないんだわ」

「だとぼくも思うんだけどね」

「そうよ、そうに決ってる」

千加は謙一の腕を摑《つか》んだ。

「さあ、課長さん……早くぅ……」

美保は電話を切るとふり返って楠田を見た。

「今夜は本当は息子が泊りに来る日だったんです。土曜日はそういう約束の日なんですの。だけど今夜は……先生とお約束してしまったものだから、昨夜《ゆうべ》のうちに駄目になったことをいってやったんですよ。本人が出て来てわかった、っていったのに……」

自分に訊《き》くように美保はいった。

「でも……どうして？　なぜ来たのかしら」

そこに楠田がいるのを忘れたようにつづけた。

「なぜ来たんだろう……いつもなら駄目になったのよといえば、無理に来たりしないのに……何かあったのかしら……」

美保は楠田を見詰めた。

「でも何が？……」

さっきまで自信に満ちて婉然《えんぜん》と男をじらしていた女が、突然母親に変貌《へんぼう》したことに驚きながら、その驚きを愉《たの》しむように楠田は美保を見ている。

「いないことがわかっているのにそれでも来た……来ずにはいられないことが何かあったんだわ……先生、そう思いません？」

目を光らせて楠田を見たが、答を求めているわけではなく、しゃべりつづけた。

「おばあちゃんは熱海へ行っていないんです。土曜日でもパパは会社。新しくママになった人も出かけていた……。家には誰もいなかった……それで吉見はメモを残して出かけた……。泊るのは駄目といわれてたけれど、もしかしたら昼のうちならまだいるかもしれないと思って来た……」

美保の顔は紅潮し、まるで楠田のせいのように凝視した。

「何かあったんだわ……あったんですよ……例えば彼女……新しく吉見のママになった人……吉見はママといわずにチカちゃんといってるけど、チカちゃんと喧嘩《けんか》でもしたのか……喧嘩くらいならいいけど、何かもっと……耐えられないようなことが……」

楠田は困ったようにいった。

「よしんば君の想像が当っていたとしてもだね。その浩介って青年と一緒なんだから、今夜のところは心配することはないとぼくは思うよ。浩介くんの所に泊ってるんだよ」

美保は楠田の言葉に取り合わず、

「家出したんだわ！」

と叫んだ。

「ああ！　罰が当ったんだわ！　息子よりも、楽しい食事の方を選んだ……それで神さまが懲らしめてやろうと……。先生！　先生のせいよ。先生が誘わなければこんなことにならなかったんです……」

そういうと美保は楠田を睨《にら》みつけたまま、楠田に向ってよろめいた。


遠くで電話が鳴っていた。

「ちょっと、誰か、電話」

美保は夢の中にそういっている自分の声を聞きながら、はっと覚醒《かくせい》して謙一からだ、と思った。強い光がカーテンを漉《こ》して部屋を明るませている。雨はやんで陽《ひ》は高いらしい。思った通り電話は謙一からだった。

「吉見が帰って来たよ。今……十分ばかり前だ。まだ話は聞いてないんだけど、とりあえず帰ったことだけ報《し》らせておこうと思って」

「帰りましたか！」

といった声が嗄《かす》れていた。

「ああ、よかった。ほっとしたわ。有難う」

嗄れた声を聞いて謙一がいった。

「寝てたの？」

「そうなの。朝まで眠れなかったの。今、何時です？」

「もうそろそろ昼だよ。やっぱり浩介くんの所だったんだ。また後で報告するよ」

明るくいって電話は切れた。急に身体の力が抜けて、顔を枕《まくら》に落した格好のまま暫《しばら》くじっとしていた。すぐにでも吉見に会いたかった。吉見に来るようにいえばよかったと思い、すぐにそんな勝手ないい分を通せる立場ではないと思い直した。

——吉見は美保の所へ来ようとしないで、やはり世田谷の家に帰ったのだ……。

心配と緊張がほどけると寂しさがやってきた。あのダイニングで謙一から根掘り葉掘り訊かれている吉見の姿が浮かんだ。千加は吉見に何を食べさせるのだろう。吉見はスパゲティミートソースが好きだから、普段からミートソースを作って冷凍しておけばこんな時、すぐに使えるのだ。千加にそれを教えたい。それから吉見が疲れて食欲のない時は、玉子と韮《にら》の雑炊がいいことも。

昨夜、ヒステリックに楠田を帰した後、無理に眠ろうとして飲み過ぎたウイスキーが吸収されずに胃に溜《たま》っているようだった。動くと吐気を覚える。軽い頭痛もある。電話が鳴った。謙一からだと思って受話器を取ると、いきなり楠田の声が、

「どうなった？」といった。

「あっ、先生……。帰ってきました。吉見」

「帰って来た？　お父さんのところへ？」

「ええ、今しがた電話があって。でもまだ詳しいことは何も……」

「それはよかった」

楠田は喜ばしそうに声を高め、

「これでいつもの中根美保に戻ったね？」

「すみません。昨夜はとり乱して」

「うん。チャンスだったかもしれないけれど、弱り目につけ込んだのでは楽しくないからね」

「先生は紳士でしたわ」

美保は元気の出た声でいった。

——浩介さんが来て、これからママの所へ行こうってことになって、それで行ったんだ。そしたらママはいなかったんで、浩介さんとラーメンを食べて、それからシューマイとギョーザも食べたもんだから、帰りの電車賃がなくなって、浩介さんの友達の美容

院へ行った。お金借りて帰るつもりだったんだけど、泊ることになってしまったの。

吉見はＵＦＯ焼きそばを食べながらそれだけいった。

「美保がいないことはわかってたんだろう？　なのに行ったのかい？」

謙一が訊いたが吉見は答えず焼きそばを頬張った。

「その友達ってのは美容院をやってる人？　男？」

「おばさんだよ」

「美容院なら電話はあるだろう？　なぜかけてよこさなかったんだい」

その質問にも吉見は答えず、箸を置いて缶ジュースを飲んだ。

「いいじゃない、帰って来たんだから」

面倒くさそうに千加はいい、

「でもおばあちゃんがいなくてよかった。いたらたいへんだったよう」

と明るく笑った。

「そうだ、おばあちゃんが帰って来ても何もいわない方がいいな。心配させるだけだから」

「そうね、いわないでおこう。いいね？」

「うん」

吉見はいった。

「ごめん」

「よし、これでオワリ！」

そういって千加はパチンと手を叩《たた》いた。

謙一は立って美保に電話をかけた。

「あ、さっきは失礼。今、吉見に話を聞いたんだけど、浩介くんと一緒にそっちへ行って、その後、ラーメンとシューマイかなにかを食べたんだな。そうしたら帰りの電車賃がなくなったんで、金を借りに浩介くんの知り合いの美容院へ行って、そのまま泊っちゃったらしいんだよ」

「そうですか……でも、あたしがいないことがわかってるのになぜ来たんでしょう?」

「浩介くんと何となく行ったんだろう」

「何となく?」

美保は急に改まっていった。

「何かあったんじゃないんですか? 留守だとわかってるのに来るのは不自然だわ」

「ぼくもそう思って訊いたんだけど、何もいわないんだ」

「おかしいわ。何もいわないなんて……いえないことがあるんじゃないんですか?」

きつい調子だった。

「とにかく帰ったばかりなんだから……他人の家でよく眠っていないだろうし、追々聞くよ……」

なだめるように謙一はいった。

「吉見を寄越して下さらない？」

美保は高飛車にいった。

「よく訊きたいわ。なんだか心配なの。浩介さんと泊ったとしても、なぜ電話をかけてこないの？　そんなことに気がつかないほどバカじゃありませんよ、あの子は。何かあったんじゃないですか？　こんなこといいたかないけど、千加さんとは？……どうなんです？」

「何の問題もないよ。気が合ってるよ」

「そうですか？」

美保は苛立《いらだ》った時の切口上になった。

「あなたも若い女房にハナの下伸ばしてないで、子供のこともよく観察してやって下さいね」

「何だい、そのいい方は」

謙一は思わず声を荒げたが、思い直して「わかったよ、そうするよ」といって電話を切った。

「何なの？」

千加は謙一の紅潮している額を見た。

「何でもない……帰って来たっていってるのにまだ心配してるんだ」

「何が心配なの？」

「とにかく神経質になってるんだよ。離れてるものだから、あれこれ想像するんだろう」

「そんなに心配なら引き取ればいいのにねェ」

千加は無邪気な口調でいった。

「そうはいかないさ」

吉見は大庭家の跡取りだからね、という言葉を呑《の》み込んだ。千加には跡取りを産む可能性がない。話がそこへ行くことを謙一は千加のために怖れたのだが、千加は、

「ふーん、そういうもんなの……」

何も気づかないでそういうと、

「小さな石鹼《せっけん》　カタカタ鳴った」

と歌いながら掃除機を持って二階へ上って行った。

日が暮れてから信子は熱海から帰って来た。春江たちと東京駅の地下街で早目の夕食をすませてきたといい、熱海土産の鯵《あじ》の干物と温泉饅頭《まんじゆう》をテーブルの上に置いた。謙一はビールを飲みながら吉見の算数の宿題を見ているところだった。

「どうでした、熱海は？」

「そうねえ。この頃は最初の頃みたいに楽しくないのよ。お父さんがいた頃はとにかく上げ膳《ぜん》下げ膳、床の上げ下げをしてもらえるだけでも幸せだったものだけど。今となるとねえ。一日に三回も四回も温泉に入っても湯疲れするばかりだし、でも折角温泉へ来

たんだと思うと、入らないでいるのも勿体ないと思うし」

千加はお茶を淹れながらさもおかしそうにクックッ笑っていた。

信子は千加が淹れたお茶の味を調べるように一口飲み、

「土曜日と日曜とつづきの休みだったんだから、吉ッちゃんも連れて行ってやればよかったと思って」

といって吉見の方を向いた。

「何をしてたの？　吉ッちゃんは？」

「子供が温泉へ行っても面白くないでしょう」

謙一は吉見の代りに急いで答えた。

「そりゃあそうねえ。やっぱり子供は子供同士が一番いいよね。加納くんと遊んだの？」

「遊園地のようなものは熱海にあるんですか？」

また謙一は信子の質問を遮る。

「ＭＯＡ美術館は吉見にはまだ面白くないだろうし……。熱海の魚はやっぱりおいしいんでしょう？」

「それは新しいことは確かね。それより……」

「それより料理の品数が多過ぎて、また勿体ない病が出ましたか？」

「そうなのよう。その上に朝早く寝床を上げにくる人がどかどか入ってくるのよ。ゆっくり寝てもいられないの。朝食は何時とか。まるで修学旅行だわ」

「それじゃ行かない方がましみたい」

千加が笑った。

「そうなのよ。そりゃあうんと高級旅館へ行けばそんなことはないだろうけど」

「じゃあ二回行くところを一回にして、次はそういう所へ行けば」

「お妙さんがいうのよ。そういう所へ行くと十五畳もあるようなお座敷の床の間の前に、ツルツルの大座布団があって、うっかり横坐りするとすべり落ちるんだって。とっかえ引きかえ仲居さんが入って来る。その度に居ずまい正さなくちゃなんないし……」

「お客なんだから、いいんじゃないですか、気を遣わなくても」

「そうなんだけど、でも馴《な》れてないからついそうしてしまうっていうのよ。そのうち女将《おかみ》が挨拶にくる。それがトビキリの美人でいーい着物、着てるんで気圧《けお》されるんだって……するとね、春江さんがいうのよ。お妙さんも社長夫人だなんていったって、そんなことがいちいち気にかかるようじゃ、たいした社長じゃないわね、って」

信子が母家へ帰って行くと、千加はクスクス笑いながらいった。

「おばあちゃんって愚痴こぼしたり文句いってる時が一番面白いわね」

謙一は苦笑して、「あんまり面白がるなよ」といった。美保ならばこんな時、調子を合せてもっともらしく不平につき合う。千加が笑いつづけていたことは多分、信子の気に障っているだろう。だがそれを千加にいったところで、無駄であることはわかっているから、謙一はいわない。

信子は母家へ戻ってテレビをつけ、ほうじ茶を淹れた。千加の淹れたお茶は気に入らない。買って来た温泉饅頭の箱を開けて一つ摘《つ》まんだ。自分で買って来た温泉土産を自分一人で食べている――。侘《わ》びしいとも口惜《くや》しいとも言葉にならない気持だった。

「まったく千加さんときたら……」

声に出していった。何を話してもバカにしたように笑うばっかり。それじゃあ今度は二回行くところを一回にして、高級旅館に泊れば……なんて。姑を友達だと思ってる。だいたい千加は信子のことを馴れ馴れしく「おばあちゃん」と呼ぶのが気に入らない。美保さんは「おかあさま」と呼んだ……。信子は思う。謙一も謙一だ。母さん、千加は下町育ちだからそのつもりでね。我慢してよ、といったことがあるけれど……。

「――我慢してるわよ、いっぱい……」

また声に出していい、もうひとつ饅頭を摘まんだ。食べたいわけではないが、この頃、ムシャクシャすると何かしら食べてしまう。

その時、電話が鳴った。一人暮しにかかってくる電話は嬉しいものだ。信子は「はい、大庭でございます」と声を張った。

「お義母《かあ》さま……」

美保からだった。

「ああ、美保さん。今しがた熱海から帰って来たのよ」

「お疲れのところをお邪魔します」

いつもと違うへんに低い声がいった。

「吉見、そこにいます？」

「いないけど」

「もう休んだんでしょうか」

「さっきわたしが顔出した時は、パパに宿題見てもらってたけど」

「あのう、お義母さま……」

美保はいった。

「こんなことといっていいかどうか、ずいぶん迷ったんですけど……でもやっぱり気がかりなものですから」

「なに？　何なの？　気がかりって」

「あのう吉見、千加さんと……うまくいってるんでしょうか」

信子は眉《まゆ》を寄せた。

「どうしたの？　何かあったの？」

「こんなこと、いいつけ口になるのはいやなんですけど」

「いいから、いってちょうだい」

「吉見が昨日、あたしの所へ来たんですの。あたしがいないってことわかってるのに……」

「なんですって！　知らなかったわ」

信子は乗り出した。

「あの人たちは何もいわないわ！」

美保はいった。

「ご存知ないんですか？　お義母さま……。吉見は浩介さんと一緒だったんですのよ」

「浩介さん？」

信子は思わず叫んだ。

「ええ、川端さんの」

「あの人が来たの？　ここへ……」

「そうらしいんです」

信子は感情を整えようとして口を噤《つぐ》んだ。

「多分、家に誰もいないので退屈してたところへ浩介さんが来て、それで一緒に出かけたんでしょうけど、でも、あたしがいないことがわかってるのに来たんですのよ！　おかしいとお思いになりません？　あたし、直感が働きましたの。何か、来ずにはいられないことがあるんだって。そうしてねえ、お義母さま、昨日の晩は家へ帰らずに浩介さんの所へ泊ったっていいますでしょ。なぜ帰ろうとしないのか。いくら雨が降っていてもですよ。泊るなら電話をする筈《はず》でしょう。そういうことは教えてあるのに、それをしてないんですよ」

「浩介さんの所に泊ったの、本当なの？」

「吉見がそういったっていいますわ」

「謙一に聞いたの？」

「ええ」

「でも謙一は何もいわなかったわ。さっき向うへ熱海のお土産持って行って、お茶を飲んだのよ。でも二人とも何もいわなかったわ」

「吉見はどうしてました？」

「パパに宿題見てもらってたわ」

「変った様子はありませんでした？」

「もともとあの子はしゃべらない方だけど、わたしを見て『お帰んなさい』っていっただけよ。そういえば疲れた顔してたかしら……」

叫ぶように信子はいった。

「ああ、わたし、熱海へなんか行かなければよかった……」

「熱海へ行く行かないの問題じゃありませんわ。前々から何か……」

「千加さんが虐《いじ》めてるのかしら……」

「そんな……」

あまりに率直過ぎる信子のいいように美保は困って絶句したが、本当は美保が考えているのはそのことだった。

「お義母さま、何かお気づきになっていらっしゃいません？」

「だいたいね。千加さんて人は感情が粗《あら》いのよ。自分が子供みたいな人だから、子供の気持をわかってやれないのよ。テラスで謙一にキスするんだから。吉見がいるのに、よ。謙一も謙一なの。やめろともいわないでされるがまま。お父さんがいらしたらどうなるか……」

信子は次第に興奮していった。

吉見が抱えている問題は、とりあえず明日にでも信子から吉見に話を訊くこと、しかし何を聞いても性急に千加に注意することは見合せよう。注意することが却《かえ》って厄介な状況を招くかもしれないから——。

そういう結論に達して二人の電話は漸《よう》く終った。電話が思いの外長くなったのは、その合間に信子の千加への悪口が挟まったためである。

それにしても吉見が耐えていることというのは、千加に辛《つら》く当られていることなのか。千加のような大ざっぱな女でも、やはり吉見は邪魔者なのだ。こうなった以上はことをはっきりさせて、吉見を母家で暮させることを主張しよう……。

信子は電話の傍に坐り込んでこめかみを指で押しながら考え込んだ。吉見はすぐ側にいる祖母の信子に何もいわずに、去って行った美保に訴えに行こうとしたのだ。それを思うと突き放されたような寂しさを覚える。吉見の支えになっていると思うことで自分の存在が役に立っているという満足を得ていたのに。

何よりも癪《しゃく》にさわるのは吉見が外泊したことを、謙一と千加が内証にしたことだ。謙一は千加が吉見にした「何か」を、千加のために隠そうとしているのにちがいない……。

――こんな時にお父さんがいたら……。

ついそう思っていた。お父さんがいたらただじゃおかないわ。丈太郎の憤怒の顔を信子は懐かしく思い浮かべる。丈太郎がいた頃は信子はいつも取りなし役だった。丈太郎が雷のように怒ってくれるお蔭《かげ》で信子の怒りたい気持はいつも鎮《しずま》った。そのお蔭で信子はいつも「穏やかな奥さん」といわれていたのだ。

だが今は信子は独りで怒り、心配し、独りで息子夫婦に立ち向わなければならないのだった。それにしてもこんな所へ突然浩介が現れるなんて……。

丈太郎がよくいったあの「のらくら」で「ぐうたら」の「ろくでなし」。けれど信子が生れて初めての、自分でもわけのわからない、熱病のような感情に揺れた相手。彼の存在は信子の人生の唯一の恥部だ――。

そういう思いを固めてきた月日の後で、突然現れたその名に信子はとまどいを覚える。もし浩介に会わなければならないようなことになった時、信子はどんな顔をすればいいのかわからない。

電話が鳴った。救われたように受話器を取り、「大庭でございます」といった。

「あ、おばさん？」

声は浩介だった。

「あら！　まあ！……浩ちゃん！」

浩介さんというべきだったと思いながら、あの頃の呼び方を口にしてしまっていた。

「久しぶりねえ、お元気？……そうそう、昨日は吉見がお世話になったんですってねえ……」

すっかりアガって声が甲高くなっていた。

「吉ッちゃん、どうしてますか？」

屈託のない声で浩介はいった。

「わたし、熱海から少し前に帰って来て、何も知らなかったんだけど、さっき美保さんからの電話で、吉見が浩ちゃんのお世話になったことがわかってびっくりしてたところなの。吉見は向うにいるけど、呼びますか？」

「べつにいいんです。連絡しない上に送って行きもしないで一人で帰したから、お父さんに一言謝ろうと思ったんだけど、その前におばさんに様子を聞いてからにしようと思って電話したんです」

あの頃のことはすっかり忘れたような口調だった。

「吉ッちゃん、叱《しか》られてませんか？」

「べつにそんな様子もないようだけど、それより、浩ちゃん、吉見から何か聞いてないかしら？」

「何かって?」

「寂しいとか、悲しいとか、辛いことがあるとか……」

「何もいってなかったけど……何かあったんですか?」

「あったってわけじゃないけど、黙って帰って来なかったりするから何かあるんじゃないかと思って心配してるの」

「あれはぼくがいけないんです。雨だし、夜だし、吉ッちゃんを一人で帰すわけにいかないんで送って行こうとしたら、電車賃が足んないの。それで近くに知り合いがいたんでそこへお金、借りに行ったんです。美容院なんだけど。そしたら丁度、先生が一人で肉焼いて酒飲んでたもんだから、つい一緒に飲んでるうちに遅くなっちゃって、泊ってしまったんですよ。無論、初めは帰るつもりだったんだけど、そういう成り行きになっちゃって……すみませんでした」

「美容院なら電話があったでしょうに」

「そうなんだけど、実はぼく、その先生にちょっとした義理があって……その上、肉食ったり酒なんか飲んだもんだから、つい金貸してっていえなくなっちゃってズルズルと……」

「その先生って女のひと?」

「ええ。おばちゃんです。寂しい人なんだけどキツイところもあって、つい断れなくなって……イヤっていえない事情もあったりして」

「断れない？　何を？」

「わかってるでしょう、おばさん」

ことしもなげに浩介はいった。

「帰ろうとした時は吉ッちゃん、ソファで寝込んじゃってて起きないの」

まあ、と信子は呆《あき》れ、「相変らずなのね」といった。

「あ、そうだ、今思い出したけど、吉ッちゃん、泣いてたなあ。わけはわからなかったけど」

吉見が泣いていた……。信子は緊張した。

相変らず浩介のいうことは大ざっぱだった。吉見が泣いていた……。だがその理由はわからないという。

「なぜ泣いたのか、何も訊いてやらなかったの？」

何度も信子はいった。だが浩介がいったことは吉見はハンバーガーを食べ、缶入りミルクコーヒーを飲んでいて、突然泣いたというだけである。あの子は滅多に泣かない子なのに、よっぽどのことがあったんだ、と信子は思う。だが「よっぽどのこと」とはどんなことだろう？

泣いた理由を浩介は訊《たず》ねなかったのだ。なぜ訊ねなかったのだろう……。子供がミルクコーヒーを飲みながらいきなり泣き出したのにわけを訊ねてやらないなんて……。泣いている子を見たら、たとえ通りすがりであっても「どうしたの？」と訊いてやるのがおとなというものではないのか。

なのに浩介は「ゲームセンターへ行こうか?」といったのだという。

――なんてひとなの……。

信子は思う。以前からとりとめのない男ではあったけれど、幾つになっても変らない。その変らなさが懐かしさを呼ぶが、腹も立つ。

「遠慮しないでいってほしいのよ。吉見は千加さんのこと、何かいってたかしら?」

「千加さん? ああ、新しいママね……。何もいってなかった……と思うけど……」

気のない調子でいって、「じゃあネ」と電話を切った。だがすぐにもう一度かかってきて、謙一の方の電話番号を訊き、そうしてつけ加えた。

「ぼく、今ふと思ったんだけど、吉ッちゃんはやっぱり寂しいんだと思うのね。前は大庭さんの所、賑《にぎ》やかだったでしょう? 美保さんは仕事持ってたからいないことが多かったけど、母家へ行けばおじいちゃんとおばあちゃんは必ずいたし。あのおじいちゃんの存在感ってものはなかなかのもんだったもの。きのう、ぼく久しぶりに行ったでしょう。何だか家の中も庭もシーンと寂しいのね。芯《しん》がないっていうのかな」

「でもあの子は前からファミコンばかりしていて、母家へなんか来たことは殆《ほとん》どなかったのよ」

「でもね、中心があるのとないのとでは違うんだなあ。ぼくの家がそうだったからよくわかるの」

寂しい？

信子は思った。寂しさに吉見が泣いたとしたのなら、それはやっぱり千加のせいだ。わたしは吉見が母家で生活すればいいとずーっと思ってきたわ。なのに謙一がわたしから吉見を離したがったのだ。おばあちゃんッ子になったら困るとか、もっと千加になつかせたいとかいって。でもそれをいうなら千加さんにももうちょっと努力してもらわなくちゃ……。主婦であり母であるという自覚を持ってもらわなくちゃ……。

翌日、信子は吉見を呼んで、吉見の好きな蛸のお好み焼を焼きながらいった。

「吉ッちゃん、おばあちゃんに聞いてほしいことって何かある？」

吉見は鉄板の上のお好み焼をヘラで押えながら、

「何なの？」と反問した。

「いえね、吉ッちゃんはおととい、高円寺へ行ったでしょ？　美保さんがいないことがわかっているのに……。なぜなの？」

吉見はお好み焼を見詰めたまま黙っている。

「家へ連絡も入れないで人の家に泊ったりして、吉見にも似合わないことしてるわ。おばあちゃんね、何だか心配なの」

「…………」

「高円寺のママもとっても心配してるの。浩介さんの前で吉ッちゃん、泣いたんだって？」

お好み焼の焼け具合を見ようとするように吉見は人さし指を突っ込んで、「アチチ」と叫んだ。

「ねえ、話してよ。どんな悲しいことがあったの？　何か隠してることがあるんじゃないの？　誰にもいわないから、おばあちゃんにいってちょうだい」

吉見の人さし指の火傷《やけど》の具合も無視して信子はたたみかけた。

「なぜ何もいわないの？　いえないわけでもあるの？」

信子は急に声を低めた。

「あの人が、何か……意地悪するんじゃないの？」

吉見は暫く黙っていてから、「あの人って？」と訊いた。

「新しいママよ……。チカちゃんよ……」

吉見は驚いたように、初めて信子の顔を見た。

「チカちゃんは何もしないよ」

「じゃあ、何なの？　この頃、吉見がいじけている原因は何？」

「ぼく、いじけてなんかいないよ」

「じゃあ、泣いたのはなぜ？」

「泣いたりしないよ、ぼく」

「嘘《うそ》おっしゃい。浩ちゃんにちゃんと聞いてるんだから……」

信子は苛立って思わず吉見を睨んだ。

「でも泣かないよ、ぼく」

「じゃあ、浩ちゃんが嘘をいったというの？」

吉見はお好み焼を頬張っていった。

「ぼくにはわかんない」

「まあ……」

睨んでいた目を吉見から逸《そ》らして信子は溜息《ためいき》をついた。そうして思い決めた。

——千加だわ！

あの粗野で自分中心の、おとなになり損ねた千加なら平気で吉見を傷つけることをしかねない。吉見はその千加の仕返しが怖くて何もいえないのだ……。

「困ったわねえ……」

信子は両手の人さし指でこめかみを揉《も》みながら溜息をついた。

「ああ、どうすればいいのかしら……」

吉見は子供心に後々のことを思って何もいわないでいる。それを思うと軽々しく千加に文句はいえないと信子は考える。まず謙一にいうべきだろうが、十八も年下の女房に鼻毛をよまれている亭主というものには何の力もないどころか、母親の口から女房の悪口を聞くと、ことの是非を考える前に女房の味方をするものだ。

——それはお母さんの思い過しだよ。

謙一はそういうように決っている。

——吉見が何か、苦情でもいってるんですか？

——いっているわけじゃないけど。

——じゃあ、尚《なお》のことお母さんの思い込みだ……。

そんな息子とのやりとりを想像しただけで信子は胸の底が熱くなってくる。実際、吉見が何もいっていない以上、どうすることも出来ないのだ。確かに吉見は何もいっていない。だが何もいわない吉見を見ているうちに、信子は却って次第に確信を持ってしまう。

「吉ッちゃん！」

信子は我と我が想像に気持を昂《たか》ぶらせていった。

「おばあちゃんはどんなことがあっても吉見を守ってあげるからね……。今夜からパパが何といおうと吉ッちゃんはここで寝なさい」

「ここで寝るの？　どして？」

吉見は不思議そうに信子を見る。

「いやなの？」

「いやじゃないけど……どしてなの？」

「だって、その方がいいんじゃない？　おばあちゃんだって安心していられるし……」

とまどうように信子を見ている吉見を励ますように信子はにっこりした。

「大丈夫。安心して、さあ、沢山おあがり」

信子は新しく玉子を割り、取っておきのエビと筍《たけのこ》を小麦粉に混ぜた。

「さあ、エビよ。高いのよ。冷凍のエビじゃないんだから、おいしいわよう……。おばあちゃんは今まで何もいわなかったけれど、ちゃんと気がついてたんだから……。吉見が二日も三日も同じシャツ着てたり、靴下だってね、白いからわからないと思ってるらしいけど、メーカーの違うのを右と左に履いていたり、いろんなこと知ってるのよ。いつだったか北海道から送ってきたとうもろこしだって、十本のうち吉見が食べたのはたった一本だったわ」

「ぼくがとうもろこし嫌いだからだよ」

吉見の言葉を信子は黙殺した。

「ほんとに吉ッちゃんがこんなに気を配る子になったなんて……」

信子は涙ぐんだ。


いきなり信子は立ち上り、濡れ縁に出て謙一の名を呼んだ。ダイニングは明るく、レースのカーテンの向うに謙一がテレビを見ている姿が見えているのに、テレビの音に邪魔をされているのか動きがない。信子は庭下駄をつっかけて小走りに近づくと、テラスのガラス戸を叩いた。

気がついた謙一が立って来た。ガラス戸を開け切らないうちから信子はいった。

「ちょっと謙一、来てちょうだい」

「何ですか？」

　謙一は酒を飲んでいたらしい赧《あか》い顔をしている。

「よく飲むようになったのね、この頃は」

いわでものことをいい、「ちょっと」と目で招いた。

「何です？」

　謙一はスリッパのままテラスに降りる。

「千加さんは？」

「風呂に入ってるけど」

「そう？　じゃあちょっとあたしの方へ来てちょうだい」

　謙一がスリッパをつっかけに履き替える間ももどかしく、信子はいった。

「知ってる？　おとつい、吉見が泣いたこと」

「泣いた？　何のことです？」

「とぼけないで。わたしはみんな知ってるんだから。昨夜《ゆうべ》、川端の浩ちゃんから電話がかかってきたのよ。なによ、隠したりして……」

「すみません。お母さんに心配させたくなかったんで……浩介くんからはぼくの方にもかかりました」

「その時、聞かなかった？　吉見が泣いたってこと」

「いや……泣いたって……なぜです？」

濡れ縁の前に立ち止って信子は謙一を見詰めた。

「なぜだと思う？　謙一……。だいたい察しがつくでしょ？」

「察し？……いや……」

「いいたかないけど、千加さんでしょう。問題は」

とにかく上ってちょうだい、と先に濡れ縁を上った。謙一が茶の間へ上ると、吉見がお好み焼の汚れた皿や小鉢を台所へ運んでいた。

「まあ、吉ッちゃん！　よく気がきいて……」

信子は謙一に当てつけるように大袈裟にいった。

「何もしなかった子が、こんなになったなんて……可哀《かわい》そうに」

「六年生なんだからそれくらい当然でしょう。どこの子供もしてますよ」

謙一は何となく母に向って身構える気持になっていった。信子の表情は固いが、最近見たことがなかった活気のようなものが漲《みなぎ》っている。

「謙一……」

戦いの開始を告げるようにいった。

「今日から吉見はわたしが面倒を見るわ、今夜からここで寝かせます……」

「何だい、藪《やぶ》から棒《ぼう》に。いったい何だっていうのさ」

謙一は努めて穏やかにいって、台所へ入って行った吉見の後姿に目をやった。

「吉見が何かいったんですか？」

「吉見は何もいわないわ。でも子供が何もいわないからそれでいいってものじゃないでしょう。何もいわない子にはそれなりに心を配ってやらなくちゃ」

吉見は台所へ入ったまま出て来ない。謙一はいった。

「だから何があったのか訊いてるんですよ」

「何があったか、こっちで訊きたいくらいだわ。吉見は一所懸命、我慢しているのよ。その我慢をさせているのはあなたたちよ」

「だから、何をしたというの、ぼくらが……」

謙一は声を荒げた。

「はっきりいってくれないとわからないよ！」

「わたしの目についてることだけでもいろいろあるわ。第一、食事だってたいていスーパーのお惣菜《そうざい》だし、おやつは焼きそばにカップラーメン。学校の給食で栄養取ってるからと思って目をつむってるけど」

「おばあちゃん……」

いつの間にか台所から出て来た吉見がいった。

「ぼく、ＵＦＯ焼きそばが好きなんだよ」

「好きだからといって、しょっちゅう食べさせればいいってものじゃないでしょ」

「ホットケーキ焼いてくれることもあるよ」

「まあ！」

信子は泣き声になった。

「謙一、聞いた？　吉見は千加さんを庇《かば》ってるのよ！　気を遣ってるのよ！……」

謙一は吉見に向っていった。

「吉見、お前、浩介さんの前で泣いたんだって？　それを聞いておばあちゃんは心配してるんだよ。何が悲しかったの？　いってごらん」

吉見は眉を八の字にして足もとを見たまま、

「よくわかんない」

「寂しかったのかい？　誰もいなかったから」

「そうかもしれない……」

話を打ち切ろうとするように謙一はいった。

「吉見、今夜はおばあちゃんと寝るかい？」

「ぼく、自分の部屋で寝る……」

吉見はいった。

「だっておばあちゃんのイビキものすごいんだもん」

吉見が謙一に連れられて行ってしまうと、信子は台所の片づけもせずに美保に電話をかけた。

浩介の前で吉見が泣いたことは美保は知らない。早くそれを知らせなければ、と気が急《せ》いていた。それを急いで美保に知らせたところで、どうなるというものではない。だが信子は今すぐにこのことを美保にいってしまわなければ、何も手につかないほどの気持だった。

だが留守番電話の美保の声が、ご用件をどうぞ、というのを聞いてがっかりして受話器を下ろした。今、胸の中にふくれ上っているこの思い——吉見への心配はいうまでもないが、それにも増して千加への不満、悪口があれもこれも湧《わ》き出してきて、誰かにしゃべってしまわないと今夜はとても眠れそうにない。

信子はお妙さんに電話をかけた。千加の悪口を信子の期待するように受け止めてくれるのは、昔、嫁に苦労をさせられたお妙さんが一番である。だがお妙さんは信子の話を聞くと、気が抜けたような返事をした。

「まあ、それは……たいへんねえ……」

いかにもおざなりのその声に一瞬失望を覚えたが、気づかぬふりをしてつづけた。

「ああわたし……どうしたらいいか、一人でやきもきするばかりなの。謙一は何しろすっかり嫁のお尻《しり》に敷かれてるから、見えるものも見えなくなってるのよ」

「困ったものねえ……でもしようがないのよ」

「しようがないってお妙さん、あなたもいろいろいってたじゃないの」

「そりゃあいったわよ、でももう過ぎたことだから忘れてしまったわ。ホホホ」

その軽い笑い声は信子の愚痴を嘲《あざけ》っているように信子には感じられる。信子は躍起になっていった。

「あなた、よくいってたじゃないの。あんな冷血女、見たことないって。自分で頭がいいと思ってる女ほど始末に負えないものはないとか……」

「そんなことといってたわねえ。ホホ」

また、さもおかしそうに笑う。

「あの頃のわたし、何でもかでも気に障るようになってたのよ。エリマキトカゲみたいに、ちょっとしたことですぐ、パーッとエリマキ広げたんだわ」

「今はお幸せだから、何を見ても聞いても笑っていられるのね」

お妙さんは「ホホホ」と笑っただけである。

「それより信子さん、熱海は飽きたから、今度は少し足を延ばして、下田《しもだ》の方へ行ってみない?」

「それどころじゃないわ……じゃまた」

お妙さんの笑い声の途中で受話器を下ろした。すぐに春江の番号を押した。吉見の心配と千加への悪口の上に、お妙さんへの憤懣《ふんまん》が胸から溢れるほどだったのだ。

その翌々日から信子は元気が出て来た。今まで低血圧で寝起きが悪かったのに、目が醒《さ》めるとすぐに寝床を離れた。雨戸を繰ると目はすぐに謙一のいる離れの二階の窓に向く。謙一の所には雨戸がないので、起きたか寝ているかは窓のカーテンの様子ですぐに見当がつくのである。

——まだ寝てる……。

そう思うとムッとしながら、一回の表で点を入れたような、妙な満足感を覚える。それから信子は階下の居間のガラス戸に目をやる。そこにもカーテンが引かれたままだ。大急ぎで階段を降りる。時間は七時五分だ。吉見の学校は八時半始まりだから、八時前には家を出なければならない。八時前に家を出るには遅くとも七時過ぎには朝食をとらせねばならぬ。それには吉見は六時半に起き、千加は遅くとも六時には起きるべきだ。信子は座敷と茶の間の雨戸をわざとガタピシいわせて開ける。だが離れはシーンとしている。時計を見る。五分経《た》っている。信子は庭下駄をつっかけてテラスへ行き、カーテンが閉ざされているガラス戸を叩いた。

「千加さん、千加さん！」と呼ぶ。

「もう七時過ぎてるわよ！」

大声に叫びながらもう遠慮はしないわよ、と思う。

「お母さんから見たら千加はまだるこしいところがあると思うけど、気長に見てやって下さい」と初めに謙一はいった。それは千加のすることに干渉するな、と暗に釘をさしていることだったから信子は「うるさい姑」になるまいとして、「見ざる、聞かざる、いわざる」とおまじないのように唱えて横を向いていたのだ。だが昨夜、春江はいった。

「信子さん、それはいけないわ。やっぱり見るものはよく見、いうことはいって教えてあげなくちゃ。今の若い人って何も知らないんだから黙ってちゃ駄目なのよ。年寄りが何もいわなくなったから、常識も人情も育たなくなってきてるのよ。蔭でいってないで、積極的に注意するべきよ」

信子は目が醒めたような気持で同感し、そうすると元気が出てきたのだ。

「千加さん、千加さん」

と呼びながら、この分では今まで吉見は遅刻してばかりいたにちがいない、と思う。その時、閉っていたカーテンが少し開いた。吉見が立っていた。テレビがついている。うす暗い中で吉見は片手にパンを持って、口をもぐもぐさせながらいった。

「なあに？」

「なあにってあんた……」

信子は絶句した。

「千加さんは？」

「寝てるよ」

何の不思議もないように吉見はいった。

吉見の我慢

月曜日の夜、吉見は三十七度八分の熱を出した。晩ご飯の後、ファミコンをする気になれなくて、いつもパパが横になっている長椅子《ながいす》に寝てぼんやりしていた。そこへおばあちゃんが苺《いちご》を持ってやって来て、食べるかというのでいらない、といった。おばあちゃんはおかしいわね、大好きな苺なのに、といいながら吉見の顔を見て、どうしたの、赧《あか》い顔して。目がトロンとしてるわ、といった。

それから騒ぎになった。

「ダメじゃないの、気をつけてやってくれなきゃ」

とおばあちゃんはチカちゃんにいった。そこへパパが帰って来て、どうした、といった。熱があるのよ、とおばあちゃんはいった。わたしが来てみたら妙にぐったりしてるじゃないの、顔は赧いし、すぐ熱を計ったら三十七度八分もあるの。わたしが来たからよかったようなものの……と、もっといおうとするのをパパは打ち切るように、雨の中をほっつき歩いたからだ、と吉見を叱《しか》るようにいった。

「夕飯はどうだったの？　何を食べたの？」

おばあちゃんはチカちゃんを訊問《じんもん》するようにいった。

「豚のしょうが焼きと、ポテトサラダと……」

「吉見は食べたの？」

「うん」

と吉見は横から答えた。

「ポテトサラダは角屋スーパーのもの？」

「ええ」とチカちゃんがいった。

「ポテトサラダくらい、うちで作ってやってちょうだいよ」

チカちゃんは肩をすくめていった。

「でもうまく作れないんです。吉《よ》ッちゃんは角屋のが好きなのよ、ね？」

「うん」

と吉見はいった。

「角屋のはおいしいよ」

「そんなことはこの際どうでもいい」

パパは怒ったようにいった。

「明日は休んだ方がいい。熱が下らないようなら駒田《こまだ》先生に診《み》てもらうんだな」

しめた！　と吉見は思った。

熱よもっと出ろ。

吉見は「うーん」と唸《うな》ってみた。

「どうしたの、吉ッちゃん、どっか苦しい？」

おばあちゃんは長椅子のそばに膝《ひざ》をつき、心配そうに吉見の額に手を当てた。

「また上ったんじゃないかしら。この様子じゃ三十八度出てるわね、きっと」

体温計で計ると三十八度三分あった。

「三十八度三分！　やっぱりね……」

吉見はおばあちゃんは、得意そうにいい、気をつけてやってよね、とチカちゃんにいった。

おばあちゃんはおばあちゃんに抱きかかえられるようにして二階の自分のベッドに入った。

「大丈夫かしら。心配だわ。駒田先生に電話してみなくていい？」

おばあちゃんの声が聞えた。吉見は目を開けるのも億劫《おっくう》だ。うつらうつらしながら周りの声を聞いている。

「この時間じゃ、往診は来てくれませんよ」

「だから薬だけでも貰《もら》えないかしら」

「診察せずに薬は出さないでしょう」

「葛根湯《かっこんとう》、どうかしら。あれならあるけど」

チカちゃんの声だ。

「葛根湯？　お父さんがバカのひとつ憶《おぼ》えみたいに飲んでたわ。あんなもの効かないわよ」

「でもお父さんはあれで治ってたでしょう。いつも」

「お父さんの身体《からだ》はほっといても治るのよ」

「じゃあたし、薬屋さんへ行ってくる。症状を話して何か買ってくるわ」

——いいよ、薬はいらないよ。

吉見は夢うつつでそういったつもりだった。

——このままでいい……。

なに？　なんていったの？　とおばあちゃんがいっていた。

「このままでいいっていったみたい」

とチカちゃんの声。

「じゃあ、頭、冷やしてあげようか？　吉ッちゃん。冷やすと気持いいよ」

うん、と吉見は頷《うなず》いた。熱はもっと出てほしいが、やっぱり苦しかった。頭を冷やせば気持いいだろうけど、冷やして熱が下ったら困る。

この苦しい思いと学校でシカトされるのとどっちがマシか？

——この方がマシだ、と吉見は思う。加納くんは見下すような冷たい目で吉見を見る。あいつ、何やってもダメなくせに生意気なんだよな、といっているのを吉見は聞いた。吉見のどこが生意気なのか？　何をされても黙って我慢してるのに、どこが生意気なのか加納くんによく訊《き》きたいが、もう駄目だ。もう前のように加納くんと話せない。

サッカーの練習で走ってる時、吉見は後ろから蹴《け》られた。それも一度や二度ではない。太腿《ふともも》の外側に痣《あざ》が出来るくらい蹴ったのは緑川だ。

冷たいタオルが額の上に載せられた。

「どう？　気持いい？」

チカちゃんがいった。吉見は頷いた。

「あなたたち寝たら？　わたしが暫《しばら》くついてやるわ」

おばあちゃんがいっている。

「何ならわたし、ここで寝てもいいんだわ。夜中におしっこへ行くかもしれないし、もしも汗かいたら着替えさせなきゃならないし。あなたたちにそれ出来る？」

声がだんだん遠くなって吉見は眠りに落ちた。


おばあちゃんは急にうるさい人になった。なぜうるさくなったか、吉見にはわかっている。おばあちゃんはチカちゃんが吉見を虐《いじ》めていると思い込んでいるのだ。なぜそう思うかというと、それは吉見が浩介さんと出かけて無断で泊って来たからだ。

でもそれはチカちゃんとは関係のないことだ。チカちゃんは何もしていない。そのことをおばあちゃんに呑《の》み込ませたいが、どういうふうにいえば呑み込むのかがわからない。

「吉ッちゃん、隠さないでいってごらん。あるんでしょ、辛《つら》いこと……」

とおばあちゃんはいった。辛いことはある。楽しいことなんか何もない。だがそれはチカちゃんのせいじゃない。じゃあ何のせいだ、と訊かれると困るから吉見は何もいわない。学校でどんな目に遇《あ》っているかなんて、いえない。おばあちゃんにも、パパにも、ママにも！　誰にも。

熱は少し下った。それでも三十八度だ。駒田先生は薬をくれてそのうちお腹《なか》にくるかもしれませんよ、といった。「お腹にくる」と病気は長引くのか？　それを待ちうける、といった気持だった。

「ジュースばっかり飲んでないで、何か消化のいいものを食べた方がいいよ」

おばあちゃんはいった。

「玉子のおじやはどう？　それとも茶碗蒸《ちゃわんむ》し？　野菜スープがいいかしらね」

べつに食べたいものはなかった。

「食べたくないといってるからって、ほっとかないでね。あれやこれや考えてやってちょうだい」

おばあちゃんはチカちゃんにいった。

「お粥《かゆ》くらいは作ってやってよね。コンビニで買って来たりしないで。お粥、作れるんでしょ？」

「お湯にご飯入れて火にかければいいんでしょう？」

「それは冷ご飯を始末する時よ。病人なんだからお米から炊いてちょうだいよ。でないとおいしくないし、第一力がつかないわ。水をたっぷりにして弱火でコトコトとね。吹きこぼれないように注意して」

おばあちゃんは昨夜《ゆうべ》は吉見が心配で殆《ほとん》ど眠らなかった、といい、チカちゃんがコーヒーを淹《い》れるというのを断って昼寝をしに母家へ戻って行った。

眠らなかったなんて嘘《うそ》だ。三時頃から朝まで、吉見はおばあちゃんのイビキのために何度も目が醒《さ》めた。チカちゃんにそういうとチカちゃんは面白がって、どんなイビキ？ ブルドーザー型？ 蒸気機関車型？ それとも断末魔？ といった。

「そのミックスだよ」

というと、

「そりゃスゲエ」

と面白がった。さっきおばあちゃんからあんなにやられてたのに。チカちゃんはエライ。

熱は三十七度五分になった。だがまだ学校は無理だと駒田先生はいった。吉見は駒田先生が好きになった。

吉見は駒田先生の薬を飲んだふりしてトイレに流した。先生は「お腹にくる」といったのに下痢は始まらない。吉見はパジャマのズボンをずらしてお腹を出して寝た。それでも熱は少しずつ下っていく。吉見は体温計を逆さに振って三十七度八分にしておいた。夜、パパが部屋に入って来たので眠ったふりをしていると、パパは黙って体温計を見て下へ降りて行った。

「駒田先生の薬、効《き》かないなあ」

といっている。

「明日は土曜日だけど、第一だから学校は休みじゃないのよね。青柳先生に電話しなくちゃ。月曜から行けるかしら」

チカちゃんがいうのが聞えて、吉見はギョッとした。

そうだ、明日は土曜日だ、しまった、忘れていた！　ママの所へ行く日だ……。ドジった！

吉見は唇を嚙《か》んだ。学校を休むことばかり考えて、体温計を逆さに振ったりしたのはやり過ぎだった。ママは今夜、おばあちゃんの所へ電話をかけてくるだろう。熱を計ると三十七度二分だ。それを振って下げ、下げ過ぎて、また上げ、やっと三十六度七分にして吉見は下へ降りて行った。

「何だい、おしっこかい」

テレビの前でパパがいった。

「熱下ったよ、パパ……。ほら」

と体温計をさし出した。パパはちらっと見ただけで、

「三十六度七分か。平熱ではないな。ここが大事なところだ、静かに寝てなさい」

といった。

「でも、もう何ともないよ」

吉見は体操の真似《まね》をした。

「ぼく、お腹空《す》いちゃった」

「お腹空いたの？　何か食べる？」

チカちゃんは椅子から立ち上った。

「オムレツ作ろうか？　トマトオムレツ。今日、練習したのよ。夕飯に吉ッちゃんに食べさせようと思ったんだけど、おばあちゃんが茶碗蒸し作って来たでしょ。玉子ばっかりになるから持ってくのやめたのよ」

おばあちゃんがほうれん草のおひたしと茶碗蒸しとやなぎ鰈《がれい》を運んで来た時にいっていた。

「千加さんがトマトオムレツ作ったからって吉ッちゃんに食べさせたがってたけど、何だかグチャグチャしてて、そのくせ焦げてるのよ。食べないでしょ、吉ッちゃん」

だけどチカちゃんはニコニコしていった。

「チカちゃんね、料理の勉強始めたんだ。食べる？　トマトオムレツ」

「ぼく、カップラーメンでいい」

悪いけど、と吉見は思った。

カップラーメンの「一平ちゃん」にお湯を入れて、出来上るのを待っているところへおばあちゃんがやって来た。吉見はシマッタ！　と思って思わずチカちゃんを見た。おばあちゃんはカップラーメンを目の仇《かたき》にしているから、吉見は両手で一平ちゃんを隠そうとしてしまった。それをおばあちゃんはジロッと見たが何もいわず、

「高円寺から電話がかかってきたわ。吉見は熱を出してるっていって断っといたわ」といった。へんによそよそしい、意地の悪い顔つきだった。(やっぱり一平ちゃんを怒ってるんだ)

「熱は下ったんだよ。六度七分」

と吉見はいった。熱が下ったといっているのに、おばあちゃんは、「そう」といい、「でも高円寺へいくのは無理ね」といった。

そのままおばあちゃんは椅子に坐りもせず、母家へ戻って行った。チカちゃんは首をすくめて、

「まずかったわネ」

といった。暫くするとおばあちゃんが「千加さん、ちょっと」と呼んだ。チカちゃんはハーイといって庭へ出て行った。

パパは新聞を広げたまま、黙ってじっとしていた。いつまで新聞を読んでいるのか、吉見はいつだったか新宿のデパートのショウウィンドウの長椅子で、新聞を広げている男の人形を見たのを思い出した。

大分経《た》ってチカちゃんは戻って来た。

「叱られちゃった」

といって、ちょっと舌を出した。けどチカちゃんは笑っていた。

「一平ちゃんのこと？」

と吉見は訊いた。

「うん、それもあるけどついでにいろいろ」

パパは新聞を広げたままのさっきからの格好で、

「気にするな」

殆ど口を動かさないいい方をした。

「うん、べつに気にしない」とチカちゃんはいった。

「いろいろってなに？」

と吉見はいったが、チカちゃんは黙って一平ちゃんのカラを屑籠《くずかご》にほうり込んだ。

「吉見、もう寝なさい」とパパがいったので吉見は「おやすみ」といって二階へ上った。

おばあちゃんはどうしてあんな人になってしまったんだろう？　以前は「人間、諦《あきら》めがかんじんよ、おばあちゃんの一生なんて諦めの見本みたいなものだわ」といっていたのに、だんだん諦めなくなってしまった。おばあちゃんが諦めなくなったのでおじいちゃんが田舎へ行ってしまったんだ。きっとそうだ。

チカちゃんのことが気になるので、そーっと階段を降りて行って見ると、チカちゃんはパパの膝に坐って、首にかじりついていた。

おばあちゃんに学校でのことをいえば、チカちゃんのヌレギヌは晴れるのだ。おばあちゃんはチカちゃんがぼくを可愛《かわい》がらないと思ってる。おばあちゃんの目の届かないところで何をしているかわからない、と電話で誰かにいっていた。吉見がママがいないことを知っているのに行って、帰って来なかったのはそのせいだと思ってるのだ。

チカちゃんは何も悪くない。ママの所へ行きたくなったのはチカちゃんが原因じゃないんだ。

だが吉見は何もいえない。なぜいえないのか、自分でもわからない。あんなことを口に出すのはたまらない。誰かにいってしまったらもう「おしまい」という気がするのだ。

(何が「おしまい」なのかわからないけれど)

吉見の熱は日曜日にはすっかり平熱に戻った。明日からまたあの学校へ行くのか！　体温計を逆さに振ったって、ずーっと振ってるわけにはいかないだろう。なぜ学校なんかあるんだろう？　あるのはかまわないけど、行きたくないのにどうしても行かなければならないのはどういうわけだ？　行きたい人だけ行けばいいじゃないか……。

知識がなければ幸せになれないのよ、と青柳先生はいった。一所懸命勉強して知識を豊富にするのは自分のため。幸せを摑《つか》むため。

そうか、知識がなければ幸せになれないのか、とその時吉見は納得した。だが今は思う。知識のほかに幸福のモトはほんとうにないのか？　それから考えた。

——知識って何なんだ？

青柳先生は先生だから知識を豊富に持ってる人なんだろう。では青柳先生は幸せなのか？　パパはどうだろう？　おじいちゃんは？

日曜日なのにパパはまた会社へ行った。営業成績がふるわないから必死なのよ、可哀《かわい》そう、とチカちゃんはいった。チカちゃんに可哀そうがられてるパパは幸福とはいえないんじゃないか。パパよりもチカちゃんの方が幸福そうに見える。チカちゃんはそう豊富な知識がある人ではないけど。

チカちゃんはおひるに茶碗蒸しを作った。鶏《とり》とカマボコとおいもと三ツ葉が入っていた。鰹節《かつおぶし》でだし取って正式に作ったのよ、とチカちゃんは自慢そうだった。

「おいしい？」と訊くので「うん」といったがおいしくなかった。味が薄い上に玉子のところが固かった。おばあちゃんにも持ってってあげよう、といって母家へ持って行った。戻って来て「おいしくないって」といった。玉子とだしの分量がいい加減だったのよね……。

チカちゃんはちょっとしょげた顔になっていた。吉見はチカちゃんが可哀そうになった。チカちゃんもおばあちゃんに虐められてるのか……。吉見は胸が苦しくなった。ぼくのせいだ、と思った。

「チカちゃん、ごめん」

思わずいっていた。そういうとどっと涙が噴き出た。

「ぼくが浩介さんと一緒に行って……そのまま帰って来なかったもんだからおばあちゃんは……」

そこまでいうと、声がのどに詰った。

「何なのさ、突然どしたのよ、吉ッちゃん」

チカちゃんにそういわれるとたまらなくなって、声を上げて泣いた。

「吉ッちゃんたら、吉ッちゃん。しっかりしなよ、どしたの？　え？」

「学校で……みんなで虐めるの、初めは井上だったの……今はぼく……」

チカちゃんの問題を話すつもりだったのに、そんなことをしゃべっていた。

「吉ッちゃんを虐めるの？　どうしてさ？」

チカちゃんはいった。

「おかしいよ。どうして吉ッちゃんが虐められるの？　何をしたっての、吉ッちゃんが」

「井上の背中の貼紙《はりがみ》、剝《は》がしたの」

「貼紙？　何さ、それ」

「私はバイキンですって書いた紙」

「井上ってあの『アダマイタイ』の子？」

「うん」

「『アダマイタイ』が書いたの？」

「いや、貼られたの」

「『アダマイタイ』がバイキンですって書いた紙を貼られた。それを吉ッちゃんが剝がした……そういうこと？」

「うん」

「書いたのは誰？」

「多分、緑川」

チカちゃんは事情を呑み込もうとするように暫く黙っていてからいった。

「それで今度は吉ッちゃんが虐められるようになった……」

突然チカちゃんは大声になっていった。

「バッカみたい……」

「だけど、本当なの」

吉見は泣きながらいった。

「それでぼく……高円寺のママに会って……」

「相談しようと思ったのね」

「ごめん」

吉見は頭を下げた。

「なにも謝ることはないわ。吉ッちゃんの気持はチカちゃんにだってわかるよ」

「でも……おばあちゃんは、チカちゃんが悪いからだと思ってる……ぼくがおばあちゃんにいえばいいのに、いわないもんだから……」

根ほり葉ほりチカちゃんに訊かれて、吉見は学校でのことを話した。聞いているうちにチカちゃんの顔はだんだん赧くなっていって、鼻の穴がふくらんだ。

「ヤな奴《やつ》。加納って」

と加納くんを呼び捨てにした。

「権力主義者だわね。そういうのっているのよ、ちょっと頭がいいと思って威張る奴が。緑川や永瀬よりもヤな奴だわ。加納の親ってどんな奴？」

「知らないよ。加納くんは将来ジャアナリストになるんだって」

「ふーん、えらそうに何かかんかいいたいんだね。自分のことは棚に上げて」

チカちゃんはしんそこ憎らしそうにいった。

「親も似たような奴にきまってるよ。エリート意識のカタマリ。自分の息子がどんなイヤな子供かちっとも気がつかないで、成績がいいのを自慢にしてる」

「加納くんは青柳先生の気に入ってるんだ」

「そうだろうよ。先生ってのは手のかからないのが一番気に入るんだから。加納みたいのが気に入るんじゃたいした先生じゃないわね。クラスで虐められてる子がいることにも気がつかない……」

チカちゃんは急に改まっていった。

「吉ッちゃん、開き直りなさい。奴らに向っていうのよ。『ぼくのどこが悪いのか、悪いところがあったらいってくれ』って」

「そんなこと……」

いえるくらいならこんな苦労はしないのだ。

「いえない？　どしてさ。いいたいことがいえなくて、男の子が、どうすんのよ。ほん

となら そんなの殴りとばしてやるのが一番いいのよ」

「そんなこといったって」

吉見にそんな腕力はない。それに断じて暴力はいけないのだ。すぐに暴力に走る人はヤバン人だと青柳先生はいった。いつだったか緑川と中村とが喧嘩《けんか》して、中村が椅子を投げつけた時だ。それ以後、加納くんは中村のことを「ヤバン人」と呼んでいる。チカちゃんは暫く吉見をじっと見ていてから、

「吉ッちゃんはいい子だけど、おとなし過ぎるねえ」

と歎《なげ》くようにいった。

「でも何とかしなくちゃね。吉ッちゃん」

「うん」

「学校へ行くのイヤなんでしょ？　辛いんでしょ？」

「うん」

「一週間休んだから、明日行ったら何をされるかわかんないよ。酷《ひど》いことされたら必ずチカちゃんにいってよ。チカちゃんが何とかするから」

チカちゃんは力強くいってくれたが、それで吉見の気持が晴れたわけではなかった。

青柳先生は教壇から吉見を見下ろして、

「大庭くん、ずいぶん長い風邪《かぜ》だったのね」

といった。青柳先生の唇の両脇《りょうわき》に薄笑いが浮かんでいた。すると後ろの方からクスクス笑いが聞えてきた。青柳先生はいった。

「風邪で一週間も休むなんて、よっぽど酷い風邪だったのね」

吉見は小声で「はい」といった。先生はいった。

「そのわりには痩《や》せてないわね」

さっきからのクスクス笑いが待っていたような笑い声になった。吉見は斜め前にいる井上和子を見た。和子は笑わず、「何がおかしい」というように机の上に目をやっていた。青柳先生は、

「今日は先週の復習をします。五分で答を書いて下さい」

といって黒板に算数の問題を書き始めた。その時並んでいる中村が吉見の方へ身体《からだ》を寄せるようにしていった。

「先生、いってたぞ。大庭くんは本当に病気なのかしらって。お前、疑われてるんだ」

「そんなら駒田医院へ行って聞けばいい」

吉見は精いっぱい頑張っていった。中村はそれには答えず、

「先生、怒ってたぞ。大庭さんの家じゃ最初の日に二、三日休みますっていってきたきり、何もいってこないって。常識がないってさ」

吉見が黙っていると中村はいった。

「大庭んチのママ、いなくなったんだってな。別の人がママになったんだって？」

吉見が休んでいる間にそんなことが明るみに出て広がったらしい。それを知ってるのは加納くんだけの筈《はず》だから、加納くんがしゃべったのだ。

「父さんが浮気したってほんと?」

と中村はいった。

吉見はショックを受けて身体が棒のようになった。黒板の問題なんか目に入らない。目に入ったとしても、先週の復習だから休んでいた吉見にはさっぱりわからない。じっと黒板を見ていると、

「どうしたの、大庭くん。早く書きなさい」

と青柳先生はいった。どうしたの、だって先生はとぼけてる。一週間休んだ吉見に問題が解けるわけがないのだ。それを知ってて「早く書きなさい」という先生の意地悪がこたえた。

チカちゃんが電話連絡をしなかったので先生は怒ってるのか? それならぼくに怒らずにチカちゃんに怒ってほしい……。そう思いながら吉見はいつまでもぼーっと黒板を見ていた。

次の授業は体育だった。体操着を取り出そうと廊下の棚を開けると中は空っぽだった。ほかの棚に紛れているかと思って方々探したがどこにもなかった。

やられた! と吉見は思った。前に井上和子がやられたことがあったのを思い出した。教室へ入ると中村が着替えているところだった。吉見は中村にいった。

「ぼくの体操着がないの……」

「知らねえよ」

と中村はいった。そのへんにいたほかの連中は黙っていた。誰も何もいわず、へんに静かだった。そしてみんな次々に校庭へ出て行った。

吉見は青柳先生のところへ行って、体操着がありません、といった。先生はメガネを吉見の方へ向けて少しの間、じっと吉見を見た。

「洗濯に持って帰ってそのまま忘れてるんじゃないの？」

「持って帰ってません」

吉見は思わず強くいい、それから先生のメガネの光り方を見て、いいに来たことを後悔した。

「家へ持って帰ってよく忘れるじゃないの、キミ。給食着だって何べん忘れた？」

「でも」

こんな時吉見はいい張る気持を失う。先生のメガネがそうさせる。

――ゼッタイ、ぼくは家へ持ってってない！　ゼッタイに。先生のメガネに射すくめられまいとして、吉見は必死の力を振ってメガネを見返した。すると先生はいった。

「持って帰ってないとしたら、体操着は盗まれたってわけ？」

「――盗まれたんじゃない……です」

「じゃ何だっていうの？」

「隠されたんだと思う……」

「隠した？　誰が？」

「それは……わからないけど」

「証拠でもあるの？」

「前にもそういうことがあったから……。ぼくじゃないけど、井上さんが」

メガネの光は消えて先生は思い出そうという目になった。

「知らないわ、そんなこと……。聞いてないわ」

あの時井上和子は何もいわなかった。その代りアダマ痛いといって保健室で休んでいた。先生だけが知らなくて、みんな知っている。箒《ほうき》入れに緑川が隠したのだ。

「しようがないわ。今日はそのままで」

先生はもういいから向うへ行け、というように顎《あご》をしゃくった。

「今度から気をつけなさいよ」

という声が後ろから追ってきた。

井上が保健室へ行った気持はわかる。吉見もそうしたい。だがそうしたら奴らに負けたことになる。頑張ろう、と吉見は思った。

一週間、学校を休んだために吉見はもともとニガテだった算数がますますわからなくなった。算数の抜きうちテストで吉見は八点しか取れなかった。吉見は体温計を逆さに振ったことを後悔した。

「大庭くん、居残りして補習する？」

青柳先生はそういい、それから考えを変えたように、一度、お父さんかお母さんに学校へ来てもらってよ、といった。

ＰＴＡの集りには今までおばあちゃんが出ている。だが青柳先生はおばあちゃんに、といわないで「お父さんかお母さん」といったのだ。チカちゃんに連絡帳を渡しながら、チカちゃんはぼくの「お母さん」なんだ、と思った。

吉見は体操着の事件をチカちゃんには話していない。何かあったら何でもいうとチカちゃんと約束したけれども、いざとなると体操着を隠されたなんて、カッコ悪くていえなかった。

「今日はどうだった？」

とチカちゃんに訊かれて、

「べつに」

と吉見はいってしまった。だが考えてみるとチカちゃんが先生に会ったら体操着のことはバレるだろうから、やっぱりいってしまった方がいい。そう思って吉見はチカちゃんにあらましを話した。

「先生はぼくが家に忘れてきたくせに隠されたっていってると思って怒ってるのかもしれない」

そういうとチカちゃんの顔色はみるみる変った。

「家には持ってきてないわよう。忘れただなんてどうして一方的に決めるんだろう。ダメな先生だ。自分の考えが絶対正しいと思ってる先生って、いるんだよねえ」

「でも」

と吉見はいった。

「今までにぼくが何べんも給食着や体操着を忘れたから……前科があるからだよ、きっと」

「そんなの下ッパ刑事の考え方だ！」

食ってかかるようにチカちゃんはいった。

「来いといわれなくたって行くわよ。行ってやっつけてやるわ、なにさ。組の中でイジメがあることにも気がつかないで、自分もイジメの片棒担いでる。虐める者も悪いけど、虐められる方にも問題があるなんてね、そういうことをいう手合よ、この先生は」

チカちゃんでなく、パパが学校へ行ってくれればいいんだけど、パパは忙しいから行けないだろうし、チカちゃんはパパを押し退《の》けてでもすっかり自分で行く気になってる。

「明日でも明後日でも来いという時間に行くから首洗って待ってろって、そういっといて」

「そんなこといえないよ……」

いわなければよかった……。吉見は困った。

チカちゃんはいつもよりうんと早く起きていた。吉見が学校へ行こうとすると、テレホンカードを渡していった。

「いい？　吉ッちゃん。何かあったら電話しなさい」

「何かって？」

「虐められたらよ。チカちゃんがやっつけに行くから。いい？　電話するのよ」

吉見はわかった、といったが電話なんか出来っこないと思っている。もしかしたら井上和子がやられたように上履きが隠されているかもしれないが、そんなことで電話なんか出来ないと思う。

だが上履きは無事だった。靴の中にも何も入っていなかった。教室へ行くともう半分以上が来ていて、緑川や永瀬もいた。吉見が自分の席へ向うのをへんに静かに見ている。机の上に鞄《かばん》を置き、椅子を引いて吉見は思わず「わァーッ」と声を上げた。椅子にゴキブリの死骸《しがい》をびっしり貼った厚紙が置いてあった。吉見はゴキブリが嫌いだ。嫌いというよりも怖い。ゴキブリは机の中にも入っていた。前の日誰かが食べ残した給食の茶碗蒸しの紙カップの中にも詰っていた。

緑川がのけ反《ぞ》って笑っていた。永瀬はシャックリのような笑い声を上げていた。吉見は夢中で教室を飛び出し階段を駆け降りた。学校の裏口を出たところに公衆電話がある。吉見は息を切らせてダイアルを廻した。

「はーい、大庭ですぅ」

気楽そうなチカちゃんの声に向って叫んだ。

「助けて、チカちゃん……」

「吉ッちゃん、どしたの？」

「ぼくの椅子にゴキブリがいっぱい……死んだ奴が、机の中も……」

自分の声ではないようなキイキイ声になっていた。

「ぼく、ゴキブリって怖いんだよぉ……」

「よし、わかった、すぐ行く……」

そういうとガチャンと電話は切れた。

吉見は暫くそこに立っていたが、おそるおそる教室に戻った。机から離れて立っていると出席簿を抱えた青柳先生が入って来た。日直が号令をかけ、みんな「おはようございます」と大声を合せた。ガタガタと椅子を鳴らして皆は腰を下ろす。吉見だけが立っている。椅子にさわることも出来ない。先生は出席を取りかけて吉見に気がついた。

「どうしたの？　大庭くん……」

「ぼくの椅子に……」

「椅子に？　椅子がどうしたの？」

「ゴキブリが」と吉見はいえない。青柳先生はメガネを光らせて教壇を降りて来た。その時、後ろの出入口の戸がびっくりするような音を立てた。

「うちの吉見を虐めるのはどの子？」

いきなり金切声がいった。チカちゃんだった。

チカちゃんは青柳先生が立っているのも目に入らないようにつかつかと吉見のそばへ

来て、ゴキブリの死骸が何十匹も貼りつけられている厚紙を摑んでふり上げた。

「誰がやったの？　え？　誰がやったかいいなさい！」

フヌケのように突っ立っている吉見の耳にその声がなだれ込んできた。教室の中はシーンとして、青柳先生も緑川も永瀬も魔法で石になってしまったみたいだった。隣の教室で朗読する声が聞えていた。

「誰がやったかいえっていうのになぜいえないの？　え？　なぜッ？」

チカちゃんがゴキブリの厚紙をふり廻したので、セロテープが剝がれてゴキブリの死骸がバラバラと飛んだ。

「キャーッ」

と女の子は悲鳴を上げた。

「こんなことしておいて知らん顔しようっての？　卑怯者《ひきようもの》！」

その時緑川が何やら唸った。「オレがやった」といったのだ。チカちゃんはキッと緑川を見て、

「坐ってないで立ちなさいっ！」

と怒鳴った。緑川がふらふらと立った。顔色が真青だった。チカちゃんは緑川のTシャツの胸の所を摑んでゆさぶった。

「こんなことして何が面白いの？　え？　何が面白いのかいいなさい……」

青柳先生はその時になってやっと凍結が解けたみたいに動いた。チカちゃんに近づい

ていった。

「まあ落ちついて下さい。ひとまず落ちついて、静かに話しましょう」

「先生はこれを見て何とも思わないんですか。こんなことを子供がされているのに落ちつけると思うんですか！」

そう怒鳴ってからチカちゃんは教室を見廻《みまわ》した。

「やったのはこの一人？　ほかにいない？」

チカちゃんは永瀬に目を止め、

「キミ、慄《ふる》えてるね」

といった。そういっただけなのに永瀬はふわーっと立ち上り、「ボクもやりました」といって俯《うつむ》いた。

「やりました……それだけなの？　えっ？　ごめんなさいはないの？」

「ごめんなさい」と永瀬がいい、緑川も口の中でムニャムニャいって、頭を下げた。

「だいたい、先生がダメだからこんなことになるんだわ。ここは先生も生徒も最低が揃《そろ》ってるね」

チカちゃんは吉見の机の中を覗《のぞ》いて、ゴキブリの詰っている茶碗蒸しの紙カップを屑籠に叩《たた》き込んだ。

「何かあったらまた来るからね！」

そういい捨てて教室を出て行った。チカちゃんはハダシで、スリッパを手に持っていた。

緑川と永瀬は「ごめんなさい」といった。だが「ごめんなさい」はチカちゃんにいったのだ。吉見にいったんじゃない。だから何も変らない。

「ごめんなさいといわせてやった」とチカちゃんは得意そうだった。だが緑川や永瀬はチカちゃんのことを「ヒス女」と呼んでいる。

「うちの吉見を虐めるのはどの子！」

とチカちゃんの金切声を真似してる。組では「××するのはどの子！」というのがはやってる。吉見はそれをチカちゃんにいわない。チカちゃんは試合に勝ったサッカー選手みたいにはしゃいでいう。

「なに、あの緑川って奴。妙に小綺麗《こぎれい》で色なんか白くて、目が細くて顎がすぼまっててさ。カツラかぶせたら江戸《えど》のお店《たな》の小意地の悪いご新造《しんぞ》だわ」

そういって緑川のことを「ご新造」と呼ぶ。

「永瀬って奴は、あれは図体は大きいけど、大将になれる器じゃないね。どこまでいっても三下奴《さんしたやっこ》よ」

といい、吉見が学校から帰って来ると、

「今日はどうだった？　三下奴は何もしなかった？」

なんていう。チカちゃんはこの頃、テレビの江戸捕物帖《とりものちょう》に凝っているのだ。

チカちゃんは頼もしい。チカちゃんがしゃべるのを聞いていると憂鬱《ゆううつ》を忘れる。だが学校へ行く道はやっぱり気持が沈んだ。体操着を隠されたりゴキブリを机に入れられたりするようなイジメはなくなった代り、まるで吉見が透明人間になって目に見えないみたいに、みんなが無視する。給食当番の奴はスープを注《つ》ぐ時、吉見の所だけをとばして行ったりする。

「いい？　吉ッちゃん。ちょっとでもイジメられたと思ったら、チカちゃんにいうのよ」

チカちゃんはしつこくいうけど、「ぼくだけスープをついでくれないの」なんてこと、どうしていえるだろう。

青柳先生はハッキリ、チカちゃんを憎んでいる。吉見はそう思う。

「大庭くんのお母さんて、元気いいのねえ」

といって唇の端っこで笑った顔を見て、吉見はそう感じた。

「謝らされた緑川や永瀬より、一番ショック受けたのは先生だよ。先生は自信家だもん」

と加納くんがいっているのを吉見は聞いた。青柳先生は勉強の出来る生徒が好きだから、吉見はもともと好かれていなかった。だがあれからはもっとよそよそしくなったと吉見は思う。

夜、青柳先生はうちへやって来た。パパに会いたいといったけど、帰っていなかったので仕方なさそうにチカちゃんとダイニングのテーブルを挟んで坐り、「吉見くんは外してくれない？」といった。吉見はドキドキしながら二階へ上った。

吉見は一旦《いったん》二階へ上り、それからそーっと降りて来て階段の途中に坐って、チカちゃんと青柳先生が話すのを聞いた。

初めは二人とも静かに話しているのでよく聞えなかったが、だんだん二人の声は大きくなっていき、青柳先生の声は教室の声になった。

「でも、あれはイジメじゃなくて、イタズラだというふうに考えてみたらどうでしょう。イジメとイタズラとは違います。わたしたちの子供の頃にもイタズラをしたりされたりしました。当時はとりたてて珍しいことじゃありませんでした。子供が泣いて帰って来ても、親は何を泣いてる、また喧嘩で負けて来たね、弱虫、ですんだんですよ。この頃はそういうイタズラをイジメととるのがはやっていて……」

「イジメだわ！」

チカちゃんは負けまいとするように大声で喚《わめ》いた。

「うちの吉見ばっかり、こんな目に遭うというのは立派なイジメでしょ。イタズラも重なるとイジメになります」

「私にいわせていただければ」

青柳先生は負けずにキイキイ声をはり上げた。

「吉見くんは素直でいい子なんですけど、どこかはっきりしないところがあって、そこに問題があるように思うんです。いいたいことをはっきりいったら、と思うんですけどねえ。何もいわないでウジウジしてるものだから、いたずらッ子たちをつけ上らせてしまう……」

「吉見が悪いというんですか！」

椅子がガタンと音を立てたのはチカちゃんが興奮して立ち上ったからだ。

「ウジウジしてる？　うちの吉見はおとなしい優しい子ですよ。今の学校ではおとなしい子はウジウジしてるってことになるんですか……」

「そんなふうにいわれると私、困ります。私がいいたいのは、子供同士なんだから余計な遠慮なんかしないで……」

「遠慮？　そんな問題じゃないでしょ！　あのね、吉見はね、感受性が鋭敏なんですよ！　先生やっててそんなこともわからないのかなあ。吉見がウジウジしてるとしたら感受性が鋭敏だからだわ。そのへんの鈍感なガキとは違うのよ！」

「感受性が鋭敏」とは、いつかパパがいっていた言葉だ。その時チカちゃんは、「ふーん、ああいうのを感受性が鋭敏というのかァ」と感心していた。それを今、使ってる。それにしてもそんな上等みたいなことをいった後で、「ガキ」といったのには吉見はギョッとした。青柳先生もびっくりしたようにチカちゃんを見つめ、それから急に声の調子を落していった。

「クラスのことも大事ですが、家庭に問題はないか、そんなことも考えてみたいですねえ」

パパが帰って来るのを待ちうけていて、チカちゃんは青柳先生が来たことをしゃべった。パパは疲れた顔をして黙って聞いていたが、自分で立って冷蔵庫からビールを取り出した。チカちゃんは報告に夢中になって、いつものようにビールを出すのを忘れていたのだ。パパは、

「じゃあ先生はあれはイジメじゃなくて、イタズラだというのかい。むつかしい問題だなあ」

と疲れた声でいった。

「ちっともむつかしくないわ。イジメに決ってるじゃないの」

チカちゃんの見幕にパパは黙ってビールを飲み、うどの酢味噌和《すみそあ》えを一口食べて、

「あっ、すっぱい！　砂糖が足りないよ」

と鼻に皺《しわ》を寄せた。

「そう、ごめん」

チカちゃんはあっさりいって、

「まったく、あの先生ときたらいうことが気に入らない。――わたくしは一人一人の子供を仔細《しさい》に観察しているつもりです。六年二組はいい子ばかりだと思っています。イジメがあるなんて信じられません……だって。現にあるじゃないの。目の前にイジメられてる本人がいる前でよくいうわよ。そうしてさ、人さし指でメガネの端をちょっと押し上げるのよ。あたしのニラミではあの先生はなんていうのかなあ。世の中で自分が……自分の熱心さとか真面目《まじめ》とかが一番気に入っててね。自分に限って間違うことはゼッタ

イないと思ってる。そんな気持の時にメガネを押し上げるらしいのよ。いい合いみたいになって、旗色が悪くなってきたもんだから、クラスのことも大事ですが、家庭に問題はないか、そんなことも考えたいですねえ……」

チカちゃんは青柳先生の口真似をした。そっくりだったので吉見はさっきからの困った気持の中で思わず笑った。

「そんなこといったのか、先生は」

「そうよ、生意気に逆襲したのよ」

パパはまたうどの酢味噌を一口食べ、今度は何もいわずに鼻と口を縮めた。それからいった。

「で、君はなんていったの？」

「どこの家だってほじくれば問題はあるでしょ、っていったの。そんなことほじくるよりもイジメられてる子供を救う方法を考えた方がいい」

パパは何もいわず、考え込んでいるようだった。それから吉見を見て「おばあちゃんにいうんじゃないよ」といった。

「大丈夫、吉ッちゃん、チカちゃんにまかせなさい。今度から時々、チカちゃんが学校へ様子見に行くわ」

とチカちゃんはいった。

「来なくていい」と吉見はいった。「お願いだから」と心の中でいった。

一時間目の社会の時間、青柳先生は、今日は社会のお勉強はやめて、イジメの問題についてみんなで考えたいと思います、といった。吉見はギョッとして、もういい、やめてくれ、といいたくなった。そんなことしたって何もよくなりはしないんだ。お願いだからそーっとしておいてほしい、といいたかった。だが先生は光るメガネで教室を見廻して、

「先生がなぜこんな問題を出したかわかる人……」

といった。だが誰も手を上げないので、

「加納くん、どう？」

と先生はいった。加納くんはしぶしぶのように立ち上った。

「それは……多分、今マスコミでイジメの問題で騒いでいるからだと思います」

「そう。それもあるけど、このクラスの問題として考えなければならないことがあるでしょう？　ほら、あのゴキブリ事件」

先生は吉見の方を見ないようにしながらいった。

「あの時、先生はみんなに何もいわなかったけれど、それはみんなに考える時間を与えようと思ったからなの。あれはイタズラか、それともイジメか……みんな、どう思う？」

誰も何もいわずシーンとしている。

「先生はこの組にイジメがあるなんて思わなかったけれど……あのことも単純なイタズ

ラだと思ってたけれど、あれをイジメだという人がいるのね。そこでみんなはどう思うか、聞くわけだけれど」

「先生、イジメとイタズラとどう違うんですか？」

桜田町子が坐ったまましいった。

「そう、いい質問ね。イジメとイタズラとはどう違うのかな？　誰か考えた人いる？」

わかんないや、おなじだ、どっか違う、という声が入り乱れる。吉見は目を机に向けて固まっていた。

「イタズラというのは悪意がなくて、ただ人を困らせてやろうとか、驚かせてやろうとか、面白半分の軽い気持でやること……。一方イジメの方は意地悪とか、見下した気持、驕《おご》りたかぶった気持から出てるのね。わかった？」

先生はいった。

「じゃあゴキブリ事件はイタズラだと思う人……」

「ハイ」と加納くんが後ろで手を上げた。緑川がふり返ってそれを見て真似をする。それを見て永瀬が上げ、それからあちこちで上り始めた。

「はい、よろしい。じゃあ、イジメだと思う人……」

吉見はどっちにも手を上げない。大庭くんはどう？　といわないでほしい、と祈る気持だ。

「おや、イジメと思う人は一人もいないの？」

さも意外そうに先生がいった時、ニュッと手が上った。井上和子だった。

「井上さん、あなたはイジメだと思うのね」

青柳先生はメガネの端を人さし指で押し上げた。

「どうしてそう思うの？」

みんなが和子の返事を待っていた。和子が自分から手を上げて何かいうなんて、初めてのことだ。どうして？　と三回いわれて和子はやっといった。

「どうしても」

「どうしても？」

青柳先生は腹を立てたように、

「どうしてもって返事はないでしょ。なぜそう思うかと訊いてるのよ」

と詰め寄った。和子は坐ったままボソボソといった。

「そう感じるから」

「感じるから？……」

先生は暫く何もいわないで和子をまじまじと眺め、それから皆の方へ向いた。

「井上さんはイジメと感じるそうです……」

みんなは笑った。何がおかしいのだ？　何もおかしいことはないのにみんなは笑った。

吉見は身体が慄えた。胸がドキドキしていた。笑い声の中にさっき先生がいった「意地悪」や「見下した気持」が入ってる。青柳先生のメガネの光り具合にもそんな気持があるように見える。そう思って見ていると、メガネは不意に吉見の方へ向いた。

「大庭くんはどっちにも手を上げないけれど、どうなの?」

やっぱり来た! 不意打ちだ。顔に血が上り、息が詰った。みんなが答を待っている。吉見は動けない。何といえばいいのかわからない。正直なこと、思ったままをいえばいい。いわないとまた、ウジウジしてるといわれる——。そう思いながらウジウジと俯いていた。

イジメかイタズラか、そんなことどっちでもいい、と吉見はいいたい。そんな話はやめてほしい。触れてほしくない。吉見が願うことはそれだけだ。イジメでなくイタズラだと決ったとしても、吉見の辛さは変らない。

青柳先生は吉見に答えさせるのを諦めてしゃべり出した。

「先生はこの六年二組を今まで素晴しいクラスだと思ってきました。もっともっと素晴しい、六年生のナンバーワンのクラスにしたいと思って一所懸命に努力してきました。世の中はイジメだの何のと騒いでるけど、この組にはそんなことはないと信じていました。そう、今でも信じています。だからみんな、先生の信じる気持を裏切らないで。井上さんはイジメだといいました。一人でもそう思う人がいたなんて先生はとても悲しい」

後ろで女の子が洟《はな》をすすっているのを、吉見はしらけて聞いていた。

学校から帰る道みち、吉見はもう、誰にも何もいわないぞと思い決めた。先生は六年二組にイジメがあると思いたくないのだ。先生はナンバーワンクラスを目ざしているから、そんなものはないことにしたいのだ。

イタズラとイジメの違いって何なんだ？

昔はイタズラなんてザラにあった。だがどの子もそんなことにクヨクヨしなかった。今の子供は傷つき易《やす》く出来ている。だからイタズラがイジメになってしまうのだと、教育問題の本に書いてあったと先生はいった。つまり気にするかしないかの違いなのよね、昔もイタズラはいっぱいあった。でも誰もイジケたりしなかった。イタズラされた者がまたイタズラし返したりして、それですんだのだそうだ。

では気にする方が悪いんですか、といいたかったが黙っていた。そうかもしれないわね、という先生の声が聞えるような気がした。

「みんな、強くなろう！　心を強くしよう！」

と先生はいった。

もう誰にも、何もいわない。チカちゃんにしゃべったのは失敗だった。誰かにいっても仕方がないんだ。却《かえ》ってややこしくなるばっかりだ。こんな目に遭ったことがない者にはわからないんだ。

家へ帰るとチカちゃんが台所で料理の本を開いて何か作っていた。

「おかえり、今おいしいもの作ってるからね。楽しみにしててよ」

「うん」

と吉見はいい、二階へ上りながら何も作ってくれない方がいい、と思った。チカちゃんの作ったものを食べきるのは苦労だ。

部屋へ入ると机の上にママからの手紙があった。

「吉ッちゃん。

その後、身体の具合はどうですか。吉ッちゃんが来ると思ってママは洋梨《ようなし》のスフレを作って待っていたのです。熱が出て来られなくなったと聞いてとても心配でした。もうすっかりよくなりましたか?

今週はまた出張で残念だけど、来週の土曜日こそ必ず来て下さい。その時、海へ行きましょう。葉山にママの知ってる人の家があって、海の近くです。吉見はプールでしか泳いだことがないから(四つくらいの頃、パパと西伊豆《にしいず》へ行ったことがあるけど、覚えてるかしら)今度はママと一緒に広い海で思いっきり泳ぎましょう。ママは吉見の学校のことやら毎日のこと、いっぱい聞きたいと思っています。その時まで風邪なんかひかないように元気でね。そのうち電話します」

みるみる目の中に涙がふくれ上り、ポタポタと手紙の上に落ちた。何もかもママに話してしまいたい。だがママがわかるように話せるだろうか? 心配しながら、少し気持が明るくなっていた。

山の村

山門から庫裡《くり》へ通じる石畳をカッカッと歩いて来る靴音が聞えると、丈太郎はうんざりした。

「また、来たか」

声に出していった。この山寺での一年の独り暮しで、丈太郎は独り言をいうようになった。東京にいる時も時々独り言をいっていたが、その度に妻の信子が、

「ハイ？　なんです？」

と訊《き》き返すのが煩わしかった。それが独り言であることがわかっているのに、信子はわざと「何ですか？」と訊くので、咄嗟《とっさ》に用事を考え出さねばならない。信子は暗に「独り言は老耄《ろうもう》の始まり」といいたいのだ。ここでの独り暮しでいいことのひとつに、遠慮気兼なくのびのびと独り言をいえることがある。

北上《きたかみ》山系のほぼ中央、村の九十四パーセントが山林で、早池峰山《はやちねさん》から流れてくる閉伊《へい》川《がわ》に沿って僅《わず》かな集落が点在する山村。そう聞いただけで丈太郎はこの地が気に入った。汚濁の東京。見るもの聞くものすべてに心身を蝕《むしば》まれ、人間が変質させられてしまったあの街から逃れて、自分の清浄を保つにはここはもってこいの土地だった。

今、村は秋から冬への長い枯色から、徐々に春の色に染まりつつある。五月を過ぎると春はいちどきに来る。褐色の山々が日に日に若緑に変っていき、桜が咲き桃が咲き、山梨《やまなし》の白い花、山つつじ、山吹《やまぶき》などが山を彩る。鶯《うぐいす》が啼《な》き始める。山鳩《やまばと》の声もする。やがて田圃《たんぼ》で蛙《かえる》の合唱が起る。一年前、丈太郎がこの山寺へ来たのが丁度今の時期だった。早いものでもう一年経《た》ったのだ。

標高一八〇〇メートル、二月は零下十五度に下るこの寒冷の村での一人暮しは楽なものではない。だが丈太郎は東京へ帰りたいと思ったことは一度もない。この寺の住職は盛岡の寺をかけもちにしているので、葬式の時に来るだけであとは無人の寺になっていた。その庫裡を借り、村人から貰《もら》う野菜や川魚を自分で調理し、いつか墓守りのような形で暮している、その孤独が気に入っている。東京の家族のことは気にならないわけではないが、家族の方が彼を必要としていないらしいことを思うといっそ気楽である。今の丈太郎の不足といえばあの女が靴を鳴らしてやって来ることくらいだ。

荒巻《あらまき》トシは丈太郎にこの山寺を紹介してくれたもと幼稚園園長の戸部スミの従姉妹《いとこ》である。丈太郎が妻との別居に踏み切ってどこか山の奥で暮したいといった時、スミはこの寺を紹介し、ついでに盛岡にいる荒巻トシに丈太郎の世話を頼んだのだ。

トシは先生のお気に召さないかもしれませんが正直で親切な女です。その点だけは保証します、とスミはいった。確かに親切正直は美徳である。しかしそれを美徳だと思い込み過ぎると美徳ではなくなるということを丈太郎はトシに教えたい。

荒巻トシは来るたびに弁当を作って持って来る。

「おいしいでしょう」

と彼女はいう。「おいしいですか?」ではなく「おいしいでしょう」といわれると、いんや、うまくないとはいえない。

「ああ、お気持は有難いですな」

という。気持は有難いがうまくはないといっているつもりだが、トシは、

「まあ！　うれしい！」

歌手のように胸の前で手を組んで大仰な表情を作る。

「先生の嬉《うれ》しそうなお顔を見るとわたし幸せ！」

だが丈太郎は別だん嬉しそうな顔をしているつもりはないのだ。人を喜ばせること、人の役に立つことを老後の最上の幸せにしているのだとトシはいう。善意は時として、悪意にまさる迷惑を与えるということも、丈太郎はトシに教えたい。

今日、トシは赤いスカートに赤い靴を履《は》いて来た。ハンドバッグも赤だ。輝く春の歓《よろこ》びを赤で表現してるんです、といった。口紅の色も合せてます、と口を突き出した。そんなものを合せてそれが何だというのかね、と丈太郎はいいたいがいわずに呑《の》み込む。余計なことをいうと話が長くなるからだ。

——何をしようと自由というものかもしらんが、せめて面を考えてからにしてもらいたい。

丈太郎はそういいたい。

トシは実年齢は六十八だが、「心は十八」だといつもいっている。カッカッと石畳を踏みしめる靴音は「心は十八」を表明している。

「あたしの年でハイヒールを履ける人はいません」とトシはいう。「なるほど」と丈太郎は頷《うなず》き、うんざりする。

トシは六年前に夫と死に別れてから生き返ったのだ、といった。夫は公務員で吝嗇《りんしょく》に強欲の具を載せてしみったれのタレをかけた「しみったれどんぶり」ともいうべき男だった。あたしほど男運の悪い女はいませんといい、聞きもしないのに「しみったれどんぶり」と結婚するまでの男運の悪さについて説明した。トシは人生のスタートに際して(とトシはいった)名門私立中学校の音楽の教師と恋愛をして三年後に破れた。トシもまたその中学の英語の教師だったのだ。痛手に耐えられず(とトシはいった)学校をやめ英語の個人教授をしているうちに大学浪人と人目を忍ぶ仲になった。だが彼は大学に入るとガールフレンドが出来てトシから逃げた。

今、トシには既に結婚している娘がいて、孫もいる。娘さんはそのしみったれどんぶりの子供さんですかと丈太郎が訊くと、いえ、その前の、浪人としみったれとの間の男ですわと答えた。丈太郎は「なるほど」といい、何がなるほどなんだ、と思う。

「どうして先生はいつもそう、つまらなそうな顔をしていらっしゃるの」

と荒巻トシはいう。

「つまらない顔ですか？　しかしこういう顔なんですよ、わしの顔は」と丈太郎は答えた。つまらない顔になっているとしたら、あんたがそこにいるからだ、と本当はいいたい。だがトシは何も感じず、

「せめてあたしの来ている時くらい、楽しそうになさってよ」

と突然、くだけた。丈太郎は唖然《あぜん》として言葉を失う。しかし考えてみればトシがいてもいなくても、わしはこの頃つまらなそうな顔をしているだろうなと反省した。東京を去る時に丈太郎が抱いていた抱負は、山国の子供たちのために寺子屋風の私塾を開いて、今の学校教育に欠けているものを教えることだった。その希望があればこそ、東京を捨てて山国の住人になる覚悟が決ったのだった。

学校から帰ると塾へ行き、帰ってくるとファミコンばかりして、いったい何が嬉しくて何が悲しいのか、さっぱりわからぬ孫の吉見に丈太郎は失望していたのだ。これが今の都会の子供なんですと謙一はいった。吉見ばかりじゃない。お父さんがイメージしてる子供なんて、お父さんのノスタルジィですよ。よっぽど山奥へ行かなければいないんじゃないですか。

庭の柿《かき》の木に実が生《な》った時、丈太郎は吉見に木に登って取れといった。すると吉見はいった。

「そんなの、お隣の二階へ上らせてもらって窓から取れば簡単だよ」

その時、丈太郎は唖然として言葉を失った。そもそも子供というものは合理性とは縁

のないところに存在しているものではなかったか。子供の好奇心や冒険心はどこへ行ってしまったのだろう。昔丈太郎が教えた子供と較《くら》べると今の子供は半分死んでいる。

学校はどうだ、楽しいか、というと「まあネ」という。学科の中では何が一番好きかと訊くと「べつに」という。いい天気だ、ファミコンばっかりしてないで、公園を走って来い、というと「どうして？」と訊く。

無意識に走ったり跳んだりするのが子供というものではないのか。子供のエネルギーはどこへ行ってしまったのだろう。躍動する子供の姿が丈太郎にとっての理想の子供像だ。

そんなことをこの女にいっても始まらないと思いながら、丈太郎はトシにいった。

「三十年後の日本はどうなっているか。今の子供を見ていると日本の前途を心配せずにはいられませんな」

「でも素直ないい子ばかりですよ。勉強もよくするし、弁《わきま》えがあるし」

「弁えがある？　それが問題なんです！」

我にもあらず丈太郎は熱情的になった。

そうだ、丈太郎をこの地へ来させたのは、暮しのすべてに対する大きな失望だった。妻も息子も孫までが彼を失望させた。ある春の日、妻が熱心に読んでいた本を読んで丈太郎は呆気《あっけ》にとられた。

——これからはシルバー革命を起す時代である。日本人は長い間、お国のためとか、親のためとか、子供のためとか、犠牲の中に欺瞞の自己満足をもって幸福感を味わってきた。自分のためということは一つの悪徳でもあるかのように。しかし老後になった生活は失うばかりの人生で、自分を楽しませ慰めるものは金以外にない。その金を有益に使うことこそが老後の生き方につながることである。なぜ日本人は老い方が下手なのか。経済大国日本の老人の姿はウサギ小屋で貧しく死んでいく灰色のウサギである。子供に金を残すのをやめて、まず美しい老い方をする。そのため思いきって金を使う。それには勇気と努力が必要なのである……。

いかに妻が熱心にそれを読んでいるかは、手ずれのした頁《ページ》や、ところどころ傍線が引いてあることでもよくわかった。そうして彼が呆然《ぼうぜん》としているうちにある日、信子は変貌《へんぼう》した。まるで蛹《さなぎ》が蝶《ちょう》になって飛び立つように。信子はいった。

「わたし、この頃ずっと、いったいわたしは何のために生れてきたのだろうというようなことを考えてきました。このまま何の楽しい思い出もなく、したいこともせずに朽ちていくのは口惜《くや》しいの。せめて元気でいるうちに自由になって今までの分を取り返して死にたい」

正気か？　それともこれは夢か？　何もいえずに妻を見ている丈太郎に信子はいった。

「とにかくわたし、自由になりたいんです。何をしたいとか何をするなんてことはそれから考えるんです。とにもかくにも一歩を踏み出したいの。踏み出さない限り何も生れないでしょう……」

驚いたことには信子は丈太郎の年金の半分と四十一年間に蓄《たくわ》えた預金の半分を要求した。その時丈太郎にいえたことは「年は幾つだ、反省しろ」という言葉だけだった。

生活費として月々の年金の半分だけを自分が取ることにして、後はすべてを信子にやるといって丈太郎は家を出た。それが男としての彼の誇だった。信子からいい出して当分は離婚ではなく別居という形に落ちついたが、そんなことは彼にはどうでもよかった、あの門脇《わき》の桜の大木。あの木をも含めて彼が愛し築いた家庭は大きな失望の中に消えてしまった。息子は息子で職場の部下を妊娠させるような不始末をしてそれを恥とも思わずに家庭を壊した。七十年まっしぐらに生きてきたその信念のカケラを妻や息子に分け与えることが出来なかったのは家長としての丈太郎の責任か？　答は見つからず、失望の濃霧に丈太郎は呑み込まれた。

それまでの人生で丈太郎は失望ということを知らずに生きてきた。祖国が戦いに敗れて焦土と化し、人は餓《う》えて盗人《ぬすっと》や殺人が横行した時でも丈太郎は失望しなかった。この荒廃の中から、そのうちに日本人が必ず突破して行くにちがいない活路があることを信じていた。それは日本同胞への限りない愛情と信頼と、そして日本人としての誇だった。

「我々には勤勉で不屈の魂がある。それは我々の遠い祖先が我々に伝え遺《のこ》してくれたまっしぐらに進む力だ。失望することはない。真面目《まじめ》に力の限り国の再興に励めば必ずや日本は再起する」

彼は生徒たちにそう教えた。よれよれのズボンやスカート。煮しめたようなシャツ。

す足に下駄《げた》履きの痩《や》せて汚れたあの頃の子供たち。その姿を思い出すと彼の目には懐かしさの涙が浮かぶ。

「どんな時でも希望を捨ててはいかん」

一所懸命、丈太郎はいった。

「ごらん、いくさに負けても、こうして東の空から太陽が出て我々を照らしてくれるのだ。太陽が出る限り、我々は希望を持っていい。絶望は太陽が出なくなった時のことだ」

そうして巣立って行った子供たちは日本の復興を遂げてくれた。日本人はかつての日本の歴史の中でどの時代にもなかった豊かさと自由を手に入れた。

――その結果がこれだ。丈太郎は思う。そもそも文明の進歩というものは、人間を幸福にするものではないのか？　にもかかわらず日本人は文明が進歩すればするほど、もっともっと、もっと便利なものを、更に快適をと求めて右往左往し、底なしの欲望の混《こん》沌《とん》に落ちた。たらふく食ってあれがうまいのこれがまずいのといって恥ともせぬばかりか、それを食文化だなどとぬかして得意がっておる。何でもかでも文化という字をつければ上等になると思っている、何たる浅薄。

「文化人とはいったい何者なんですかな。昔、文化住宅というのがあったが、これは一見、瀟洒《しょうしゃ》に見せかけた安上りの住宅だった。赤い瓦《かわら》屋根に白い木柵《もくさく》が小さな庭を囲んでいて、ポインターなんていう犬がいたりしたものです。台風がきた時一番先に煙突と木柵が飛んだのが文化住宅だった。文化人という言葉を聞くとわしはこの住宅を思い出すんですな。そうそう文化鍋《なべ》というのもあったが、この方がまだしも実体がはっきりしておった。手軽で使い易《やす》いというだけのものだが」

言葉を切って丈太郎は思った。五十年前、わしは子供らに東から太陽が出る限り希望はあるといった。その子供たちは一心不乱に日本の復興に力を尽してくれた。そしてその結果、彼らは物質文明の洪水に流され呑み込まれた……。

今丈太郎には何の言葉も見つからない。目の前のトシの厚い赤い唇は丈太郎の絶望を象徴するようだった。

問題は山積しているのだ。日本人は勇気を捨て誇を捨て羞恥心《しゅうちしん》を捨てた。生きる目的は物質的充足と個人的な安穏のみだ。口に自然保護を唱える一方で、自分たちの快適と利益のために必要となれば平気で山野を侵す。この村の自然が保っていられるのは、今のところ利用価値が見つからないからだ。一旦《いったん》、誰かがこの山々を崩して利益を上げる方法を思いついたならば、忽《たちま》ちこの村は変貌してしまうだろう。

丈太郎はその張本人がここにいるといわんばかりにトシの厚い赤い唇を睨《にら》んだ。

「そんなむつかしいお話はやめましょう」

赤い唇はいった。

「そうやって憤慨していても始まらないんですもの」

「そうです。何をいっても始まらない。老人はみなそういいます。そして自分自身の楽しみを見つける方へ向く。世の中をよくしようなどと考えるのをやめるか、今の世の価値観と妥協するか、さもなくば喧嘩《けんか》するか。喧嘩したところで所詮《しょせん》は蟷螂《とうろう》の斧《おの》ですからな」

丈太郎は憤怒《ふんぬ》を籠《こ》めた笑い声を上げた。

「しかしわたしはどこかにわたしの役に立つ場所があるにちがいないと思いましてね。現代の価値観から外れたところで素直に自然により添って生きている人たちがいるにちがいない。その仲間入りをして、老いたりといえども何かの役に立ちたいと、そう考えてここへ来たんです」

「すてき。なんて男らしいんでしょう」

トシはアリアを歌うプリマドンナのように指を組み合せた。

「そうして世の中を憂えていらっしゃる先生、惚《ほ》れ惚《ぼ》れします。絶望と希望のはざまで揺れるそのお顔。久しぶりで男らしい男性、ほんとうの男の顔を見ましたわ……」

丈太郎はトシのつまらぬ相槌《あいづち》を打ち消そうとして言葉を重ねた。

「わたしはかつて教育者だった者の端くれとして、将来の日本を背負う子供たちに日本の歴史をしっかり教えたい。いったい今の日本人はこの国をどう考えているのか。国の成り立ちも歴史も知らず、知っているのは愚かな残酷な戦争をして負けた国だということだ。国民でありながら自分の国に誇も愛情も持っていない。こんな国民が世界のどこにいるか。自分さえ安穏であれば国が滅びても平気なのか？　何かというと、だいたい日本人という奴《やつ》は、などと日本人の欠点をあげつらうもの識《し》り顔の手合がいるが、そういう手前《てめえ》も日本人じゃないのか、お前は何人なんだといってやりたい。あの戦争で我が国は責められるべきことを散々やらかしている。だからといって日本の二千六百五十余年の歴史までないがしろにしていいものだろうか」

トシはもはや何もいえず、丈太郎の興奮の汗が光る額を見るばかりである。

ここへ来て間もない頃、丈太郎は村の小学校のPTAで話をした。彼から校長に頼んでさせてもらったのである。聴衆は僅か十八人だった。しかし全校生徒数四十三人というこの小学校では少な過ぎるということはない。

彼は自分はもと小学校校長であったこと、ずっと東京で暮してきたが七十を過ぎてここへ来たのはなぜか、ということから話を始めた。東京という大都会とそこに住む人々の生活ぶりや価値観とどうしても融和出来なくなったこと、殊に教育にたずさわってきた者として、今の教育の荒廃を見るに忍びず、かといってそれを正す力は自分にはなく、所詮は蟷螂の斧であると知ったこと……。

「今の教育は知識を与えることに重点が置かれています。情操を養うなどと口ではいっても、こう知識優先では本ものの情操が育つわけがありません。今は優しさが尊ばれている時代ですが、この優しさというものだって甚だ心もとない優しさであります。人は優しくなければいけないということも知識で弁えている優しさのように私なんぞは感じる。自然の感情として湧《わ》き出てくる優しさではなく、優しくなければいけないから優しくするという、そういう優しさです。優しさ優しさと二言目にはいいながら、あちこちで陰湿なイジメが行われている。昔ならイッパツ殴って殴り返され、それで気がすんだことを、陰に籠《こも》ったイジメがグズグズとつづく。

これはどんなことがあっても暴力はいけないという観念を植えつけられたためです。私はそう思う。だがこういうことをいうと、すぐに教師が暴力を容認していいのか、と吊《つる》し上げにやってくる手合がいます。優しさ、暴力反対、そんなお題目を唱えているうちに優しさとは意気地なしであり、日和見《ひよりみ》主義であり、事なかれ主義の代名詞のようになってしまうでしょう。友情、感謝、尊敬、博愛――。かつての教育はそれらを育てました。だが今の知識優先の観念教育はいったい何を育てるのか。今の知識は人間をスポイルしている。私の考えは極論でしょうか。人間として何が大切か、それを教え育てようとしない教育はもはや教育ではない……」

だが丈太郎の熱弁の区切りごとに大きく頷いたのは女校長の沢貞子《さわさだこ》一人だった。PTAの出席者たちは呆気にとられたように丈太郎の汗ばんだ顔を見守り、中には居眠りをしてグヮォという自分のいびきに驚いて目を醒《さ》ます者も二、三人いた。沢校長が大仰に頷いたのはそれらの光景をごま化すためだったかもしれない。

「少し話が硬かったですかな」

話の後で丈太郎がいうと、

「そうかもしれませんが。でもとてもよいお話でした。耳が洗われるようでした」

沢校長は礼儀正しくいった。

丈太郎は自分の教育論が東京と同じくここでも何の役にも立たぬものであったことを知った。ただ東京とこの村との違いは、ここには進学のために勉強漬けの子供も、子供に出世を期待している親も、学習塾、登校拒否、イジメ、何もなかった。当面の問題は何もないのである。沢校長はいった。

「うちの学校ではこの地域に添った教科で指導しています。文部省指導要領の基準はありますが、ここには進学問題がありませんから無理なスピードで詰め込まなくてもいいんです。何しろ一学年一クラスですから、隣のクラスとの競争などありません。いかに中身を地域に合ったものにするか、組み替えて教えています」

それは結構ですな、と丈太郎はいい、何となく、釈然とせぬままに帰って来た。果して問題は何もないのか？

丈太郎の庫裡にはやっと一人の生徒が来た。小川正一《おがわしょういち》という小学校五年生で算盤《そろばん》を習いに来る。

「正一はなぜ算盤を習おうと思ったんだね」

丈太郎が訊くと「じいさまが行けといったから」と正一は答えた。

「父《とう》はそんなもの習ったって役に立たねえといったども、じいさまがただなら何でも習っとけ、損にはならねえもんだといってたっけ」

「正一は勉強はどうだ？　学校は好きかね」

「学校が嫌いな子もいるかい？」

「いねえよ、みんな学校、好きだあ。給食あっから」

　正一はいった。

「給食のカレー、うんめえ。毎日食いてえ。良吉《りようきち》は熱、三十八度五分もあんのに学校へ来たんだ。校門にとっついで真赤になってフウフウいってたっけ」

「そんなに学校、好きなのか」

「給食、食いに来たんだ」

「そんなにうまい給食かい」

「うん、オレ、いっぺん、うちのじいさまにかせでやりてえ」

「じいさん思いなんだな、正一は」

「あと、すこしで死ぬから」

「病気かい、じいさんは」

「病気じゃねえけど、順番からいくと今度死ぬのはじいさまだから」

　と正一はいった。

　小川正一の家は祖父母が自家用の田圃と野菜畑を耕し、父と母はタバコを栽培している。この村では平均的な農家で、特別に豊かでもないが貧しくもない。

「正一は将来、何になりたいんだ」

そう訊くと、宮古《みやこ》と盛岡間を走っているバスの運転手になるといった。正一には一つ下の秋江《あきえ》という妹がいて、時々正一について遊びに来る。秋江は看護婦になりたいといった。

正一兄妹と話をすると丈太郎は吉見を思い出す。区立中学に進むのだから、そんなに勉強することはないと「チカちゃん」がいって、塾へ行くのはやめたと吉見の手紙に書いてあった。かつて丈太郎は塾へ行かせることに反対だったが「チカちゃん」なる女がそんなことをいったと聞くと、何やら心配になってくる。算数の出来ない吉見のために美保は、公文式算数を教える塾を捜してきたりして、一所懸命だった。今「チカちゃん」があっさりそういってやめさせたということは、母親としての熱意不足のように感じられる。

塾へ行かない分、勉強はきちんとしているのか。ファミコン漬けの自堕落な生活をしているのではないか。信子はちゃんと監督しているのか。家族への執着は捨てたが吉見だけは気にかかる。

村の老人会の連中は「わんざわんざ東京からこんな山奥へ来て、どこが面白いんだあべえか、もの好きだなあ」と口々にいった。

「いや、ここは過疎村だと聞いたものだから、わしでも何か役に立つことがあろうかと思ってね。老骨に鞭打《むちう》って来たのさ」

丈太郎はそう答えた。

「ローコツって何だい」

「ローコツは老人の老に骨と書く。年老いた身という意味だ」

元郵便局長で老人会会長の阿部《あべ》老人が説明し、以来丈太郎は「ローコツ先生」と呼ばれている。

「日本の歴史を教えるのも大事かもしれねえが、それよりこの村から若《わけ》えもんたちが出て行くのを止める方法を考えてもらいてえ」

と阿部老人はいった。

「この寺の方丈だって食えねえから盛岡の寺とかけ持ちして、向うで幼稚園やって忙しくしてんだべさ。人もだんだん減って今は五千人ほどだ」

そういう現実問題になると丈太郎は何の考えも浮かばない。だが目先の繁栄よりも大切なことは教育問題だという考えだけは動かない。いかに日本人が変質し、金と物と悦楽のみに生きる人間になりつつあるか。日本国中二言目には「地域の活性化」という。政治家は景気回復を口にして国民の人気を得ようとする。景気がすべてか、経済繁栄のみが国民の幸福か？　行く先を思うと地域の活性化という問題そのものまで丈太郎は否定したくなってくる。

今の子供は幸せだよ、それにみんな素直でいい子だ、と阿部老人はいった。

「昔のワラスは悪かったからなあ。本気でブチ殺してやりてえと思うようなわるさをする奴がいたもんだ。だがこの頃のワラスはそりゃ、利かねえのもいるけど本気になって追っかけ廻《まわ》したくなるようなのはいねえからなあ。今のワラスはアタマいい。すぐ理屈こねてくる。勉強はきちんとするし、みんないいワラスッコたちだと町から来た先生は喜んでいんますなあ」

「みんないい子か……」

丈太郎は考えた。みんないい子というのが問題なんだ……。子供が子供として自然に育っていれば、おとなの気に入るようないい子になるわけがないんだ。

「子供が持っている活力というものはそれは強烈に燃えていて、いい子でいられるほど弱くはない。押えても押えても跳《は》ね返して伸びる蓬《よもぎ》のようなものでね。昔の子供は叱《しか》られても殴られても懲《こ》りずにわるさをしたものだが、あれが本来の子供の姿じゃないのかね。今の子供には活力がない。わるさをしないのはそれが衰弱している証拠だ。子供の自然が損なわれずに育っていれば、必ず親や教師は手子摺《てこず》る筈《はず》だ。もっとも昔も模範生といわれるようなおとなしいのがいたが、そいつはどっか病身だったなあ」

「確かに馬力はないな。おらのワラスの頃は学校へ行く前も帰ってからも家の仕事が次から次へとあったもんだ。薪割《まきわ》り、田圃や畑の草取り、子守り、学校は養蚕休みやら田植休みなど一週間から十日もあったす。遠足といっても必ず弟か妹を連れて行かされたもんだ。忙しい時は百姓に学問はいらねえ、学校なんかねえばいいと親はいうんだ。忙しくない時は降ってもナニしても学校へは行くもんだとしゃべる。おれんとこのじさまなんぞは命《いのず》の次は書物が大事だ、火事になったら鞄《かばん》背負って逃げべえていつもしゃべってたっけ。その時その時で学校はなくてもよかったり、命がけで行くものだったり、勝手なものだったな」

「それでも文句をいわずにいわれる通りになってたんだ。親の矛盾を突いたりせずに」

「そんなこと頭に浮かびもしねえ。利口じゃなかったんだ。今のワラスはアタマいいからすぐ文句しゃべってくる。勉強がワラスの仕事だと親も思ってるから、何もいいつけねえ。今のワラスは幸せだよ。百姓のワラスが田植をしねえ。学校の体験授業で田植やっけど」

「体験授業で田植をさせる？」

丈太郎は大声を上げた。

「世も末だ。子供は体験授業で田植をし、田圃ではじいさんばあさんが曲った腰で苗を植えてる！　なぜ手伝わせないんだ！」

「すけろといってもやんねえべ。第一すけろという親がいねえ。じさまとばさまは何もいわねえ」

この村の学校には何の問題もないと聞いた時、何やら釈然とせぬ思いがしたのはこれだったのだ。丈太郎は漸《ようや》く気がついた。彼はこの村に手に負えない腕白や勉強嫌いや貧しさのために十分な勉強が出来ない子供たちがいると思い、その子たちのために役に立とうと意気ごんでいたのだ。しかし子供たちには問題はなかった。みんな「いい子」だという。

だがそのいい子たちは田植を手伝わない——。

「手伝わない」のではなく、おとなたちが「手伝わせない」。勉強をするのが子供の仕事だと親は考えているのだと阿部老人はいった。

いったいいつからなぜ、どういう根拠でそうなったのか。教育とは勉強させること、勉強とは知識を詰め込むことだけ、それが正しい教育だといい出したのはいったい誰なのか？

「田圃に入って自分の手で苗を植えれば、じいさんばあさんの苦労がわかるんです。それがわかれば自然、いたわりが生れる。じいさんばあさんはえらいなあと思う。それが感謝や尊敬に育っていく。だが今は優しさも感謝も観念でしか身につかない。何かというと思いやりだ、優しさだ。わしはそんな空念仏《からねんぶつ》を読んだり聞いたりするとムナクソが悪くなるんですよ。身体《からだ》で辛《つら》さや痛さを経験したことのない者がまことの思いやりや優しさを持てるわけがないんです」

丈太郎はトシに向ってまくし立てた。

「今の『いい子』は、これは子供の変種だ。わたしはあえてそう断じたい。過保護がいい子を作った。おとなの世界から攻め寄せてくる理不尽も圧迫もない。不如意《ふにょい》もない。それでいい子になる。抵抗も反発もしない。する必要がない。わるさをして親や教師を怒らせて、それで溜飲《りゅういん》を下げたものですよ、昔の子供は。だが今は下げねばならぬ溜飲がない。そこでいい子が生れる……」

「結構なことじゃありませんの。みんないい子だなんて、素晴しいわ」

楽天的な抑揚でトシはいう。間髪入れず、

「素晴しい？」

怒気を籠めて丈太郎はトシの言葉を打ち返した。

「自発性のない親のいうままの、無気力な人間が出来るのが素晴しい？」

「でも親たちはそれで満足しているんだからいいんじゃありません？」

満足！

丈太郎は思った。

なぜ親も教師も満足してるんだ。なぜ将来を心配しないんだ？

心配するのはわしだけなのか？

わしがおかしいのか？

丈太郎は暗澹《あんたん》として自問した。

この頃、丈太郎は吉見がよこすお義理のような手紙が気になっている。

「おじい様、
お元気ですか。

ぼくは毎日、元気で学校へ行っています。この前、かぜをひいて一週間ほど休みましたが、もう治りました。

おばあちゃんとパパもチカちゃんも元気です。九官鳥のルーちゃんも猫のハナちゃんも元気です。どうかからだを大事にして病気なんかしないよう、よく注意して下さい。ではさようなら」

なんだ、これは、と丈太郎は思った。元気という字が四つもある。こんなおざなりの文章は吉見の文章ではない。この手紙からは吉見の息遣いが何も聞えてこない。おかしい、と丈太郎は感じた。それは祖父であるための血の騒ぎではなく、長年教育に打ち込んできた者の直感である。

この村へ来て以来、馴《な》れない家事炊事や苛《か》酷《こく》な冬や荒巻トシの襲来などにかまけ、東京の家族のことを気にする暇がなかった。彼の頭にあるのは「日本の教育問題」であって、「孫の教育」ではなかった。こんな山奥で当初の目的とは遥《はる》かに遠く、頼まれもしないのに他人の子供に算盤を教え、日本の歴史をどこから説いて行こうか、子供の祖父母が体験した戦争からさかのぼって行こうか、それとも古事記《こじき》にのっとって講義をしようかなどと毎日考え、教育の根幹への思いを語って煙たがられている。丈太郎のいうことは人々にとっては空論であることを彼は漸く知ったのだった。

ここに来たのは過《あやま》ちだったのだろうか？

だとしたら丈太郎が役に立つ場所は日本中のどこにもない。他人《ひと》の世話をやく前に自分の孫の心配をせよという声が頭の隅で聞える。確かにそうに違いないと思う。

しかし家族は誰も彼のいうことに耳を傾けなかった。「また始まった」とか「例のお父さん節」などといった。彼を理解出来ぬまでも、理解しようと努力する気配すらなかった。あの家で彼に出来ることは何もなくなっていた。我が家は現在の日本社会の縮図だった、と彼は思った。だからわしはわしの存在理由を求めてここへ来た。ありていにいえば一縷《いちる》の望みをもってここへ逃げて来たのだ。

ああ、七十を過ぎてかかる寂寥《せきりよう》の中に身を置くとは……。これはまさしく妥協せぬ者の悲劇だ、と丈太郎は思う。

「先生、お可哀《かわい》そう……」

ある日、何を思ったかトシがいった。

「でも先生、時世《ときよ》時節ですわ。ひとりで頑張っていてもしようがないですわ」

トシに慰められているかと思うと、寂寥がひとしお身に染みた。

七月の末、岐阜で中学校の教師をしている次男の康二が、ひょっこりやって来た。もう日暮前だった。

「何だ、どうしたんだ」

庫裡の入口に立った康二を見て丈太郎はいった。

「すごい寺にいるんだなあ、お父さん」

康二はいいながら上って来ると、

「おや、矢車草《やぐるまそう》なんか活《い》けてるのか」

珍しそうにいった。花は一昨日トシが活けて行ったものだ。

「ご無沙汰《ぶさた》しました」

坐《すわ》ると改めて挨拶《あいさつ》し、あぐらになりながら、「元気そうですね」といった。

「うん、まあ元気だ。東京じゃ皆、変りないか？」

「世田谷には寄らずに直接来たんだけど、兄貴と電話で話しました。よろしくといってました」

「そうか、吉見はどうしてる？」

いいながら、丈太郎はトシが作って流しの水桶《みずおけ》に冷やして行った瓶の麦茶を湯呑《ゆのみ》に注いだ。

「へえー、お父さん、麦茶なんか冷やしてるの」

丈太郎は答えずに戸棚からフルーツゼリーを出した。それも数日前にトシが持って来て食べずに置いてあったものである。康二は改めてあたりを見廻した。

「お父さん、やるじゃないですか。掃除、行き届いてるなあ。ぼくの所よりよっぽどきちんとしてる」

丈太郎はそれにも答えず、

「どうしたんだ？」

といった。日頃葉書もよこさない康二がわざわざ岐阜から来るからには、何か特別のことがあるにちがいない。

「結婚でもするのか？」

康二は立ち上って暮れて行く窓の外を見た。

「いいなあ、広い空だなあ、美しいなあ……夏の夕暮ってこんなに寂しいものだったのか……」

窓の向うに目をやったまま康二はいった。

「お父さん、ぼく、自信がなくなった……教師をやっていく自信が……。旅に出て考えようと思ったら、ここへ来てしまったんだ……」

「自信がなくなった？　そういうことは長い人生には何度でもあるよ。それを乗り越え乗り越えしていくもんだ。いつの教師もそうだよ」

康二は窓の前で丈太郎に背中を向けたままいった。

「ぼくのクラスの男の子が死んだ……自殺したんだ……。何の問題もない明るい子だったんだよ。何かというとおどけて人を笑わせるのが好きな子っているだろう。あのタイプなんだ。友達も何も気がつかなかった。ぼくだけじゃない、みんなそう思っていた。多分、親もだ。だが担任のぼくが何も気がつかなかったことを非難されてる……」

夕日が向うの山の肩に落ち、息子の背中はうす黒いシルエットになっている。丈太郎はいった。

「自殺の原因は何なんだ」

「原因は何かって、お父さん。十三の少年が縊死《いし》した原因なんて、簡単にわかると思

「しかし思い当ることはあるだろう?」

康二は窓を離れて丈太郎と向き合って坐った。

「その子が女の子に手紙を出したら手紙を公開されてしまった。ラブレターだからそれがからかいのもとになった。女の子は公開したんじゃない。親友に見せただけなのに、その子が面白がってコピーして配った。だがその子にいわせると、面白いからみんなに見せてもいいかといったら、女の子はいいといったという。だが死んだのはそれだけが理由じゃないでしょう。しかしイジメのきっかけにはなったかもしれない。死んだ子は……松井《まつい》っていうんだけど、松井はオッチョコチョイのところがあって道化《どうけ》をやるものだから面白がられて人気はあったんです。だが軽く見られてた。少しくらい虐《いじ》めても松井なら大丈夫だと思わせるようなところがあった。ぼくなんかも松井は叱り易《やす》かったから、クラスを叱るとき、よく松井を槍玉《やりだま》に上げたものだった……」

丈太郎は言葉がない。あえていうとしたら、どうしてそんなことくらいで死ぬんだ、という疑問である。それを察したように康二はいった。

「お父さんはそんなことくらいでどうして死ぬんだと思ってるんでしょう?」

「うん……まあ、そうだ」

「それが今の子供なんですよ。実に傷つき易くてもろいんだ。楽しそうにしているからといって安心してはいられない。今の子供はぼくらの子供の頃のように単純だと思うと大間違いなんですよ。おとなと同じくらい……いや、おとなよりも厄介なのはね、うまく表現出来ないってことなんだ。おとなは自分の気持を説明することが出来るでしょう？　だが子供には表現力が育ってないからね。昔みたいにオイオイ泣きながら帰って来て、母親や兄貴にいいつけるってことをなぜかしなくなってるしね。だから、洞察しなくちゃならない」

康二はいった。

「お父さん、四十人の子供一人一人を洞察出来ると思う？　それをやれというのなら、教師がこなさなければならない仕事を減らしてほしいよ……」

「康二」

丈太郎はいった。

「お前は生徒が可愛《かわい》いか？」

康二は驚いたように父を眺め、暫《しばら》く黙っていてからいった。

「お父さんらしい言葉だなあ……。今どきそんなことを考えてる教師はいやしないよ。お父さん……」

康二はいった。

「お父さんのいいたいことはわかってますよ。愛情があれば観察しなくても自然に伝わってくるものがあるからわかるっていいたいんでしょう？　はっきりいってぼくにはお父さんが生徒に持ったような愛情はない。可愛いというより、ぼくにあるのは義務感です。平等に接しよう、不満を持たせないようにしよう、母親との連繫《れんけい》を十分にしようとかね。毎日のカリキュラムをこなすだけで教師も生徒も精一杯なんだ。今日は授業はやめて山へ行こうなんて、お父さんがしたようなことは出来ないんだ。可愛いなんて感情が生れる余地がない。お父さんが生徒をあんなに愛したのは、生徒は教師を尊敬するという気風があったからだとぼくは思うよ。生徒は教師を信頼していた。親がそう教えたんだ。先生は偉いんだ、先生のいうことは間違いないってね。だから自分の思うように、気持いっぱい、何の遠慮もなく生徒に向えた……」

康二は次第に激して来た。

「ぼくらは生徒を叱ることも出来ないんだ。叱らずに寄席《よせ》芸人みたいに笑わせて教える教師に人気がある。愛情じゃない、テクニックだ。生徒は気むつかしいお客なんだよ。お客を可愛いと思えるかい。お客の後ろにはうるさい母親がついているんだ。教師につける文句ばっかり考えてる。この前もね、ぼくの同僚が成績が悪い生徒に『がんばれよ』といって背中を叩《たた》いたんだ。激励したんだよ。するとね、お父さん、暴力を振ったということにされちまったんだ……」

康二の目に薄い涙が浮かんだ。

「ぼくは教師をつづける自信がなくなった……つづける意味がない……」

息子の目の光るものに気づかぬふりをして、丈太郎は立ち上って電灯をつけた。

「腹、減っただろう?」

といった。

「うん?……うん……だけどいいよ」

「いいってことはないだろう。とにかく飯を食おう……」

康二が子供の頃、兄や友達と喧嘩して負けて泣いていると、丈太郎はいったものだった。

「腹、減ってるんだろう、飯を食って元気を出せ……」

それが丈太郎の慰め方だった。康二はそれを思い出し、一度は乾いた目の中がまた熱くなってくる。

「今朝貰ったヤマメがあるから焼いてやろう。話はゆっくりしよう。そうだ、かぼちゃの煮たのもあるぞ」

「かぼちゃなんかお父さん、煮たんですか」

「頼みもしないのに勝手に持って来るばあさんがいるんだ」

「田舎にはやっぱり親切な人がいるんだねえ」

丈太郎はそれには答えず「酒はないぞ」といった。

灯虫《ひむし》が飛び交うあかりの下で、丈太郎と康二は小さな卓袱台《ちゃぶだい》に向き合って遅い夕食をとった。

「こうやってお父さんと二人きりで、お父さんの焼いたヤマメを食う……へんに感動的だなあ」

「どうだ、うまいものだろう。こういう串《くし》の刺し方、お前には出来ないだろう」

と康二がいった。

「ここへ来て習ったの?」

「バカいうな。こんなことは子供の頃にやってたよ。川で魚取ってたから。まったく今の奴は理屈ばっかりいって何も出来やしない。五右衛門風呂《ごえもんぶろ》も沸《わか》せないだろう?」

「五右衛門風呂なの? ここ……」

「あとで沸してやる」

「ぼく、やりますよ」

「出来るもんか」

丈太郎は満足そうにふふンと笑った。

「ところで吉見はどうしてる? 千加とはうまくいってるのか」

「それがねえ……母さんが時々電話をかけてくるんだけど、吉見の元気がだんだんなくなるっていう」

丈太郎は箸《はし》を止めて息子を見守った。

「もともとしゃべらない子だからね。何もいわないからよくわからないらしいんだけど、母さんはカンでわかるっていうの」

「あの女のカンも当《あて》にならないからな。謙一はなんていってるんだ」

「兄貴は何も。とにかく車の売れ行きが悪いんで必死だよ。前と違って小なりといえども一営業所の所長だから」

「千加ってのはどういう女なんだ」

「さばさばした気のいい女だよ。吉見とは友達みたいにやってるけど。細かいことに気はつかないかもしれないなあ」

「その方がいいんだ。こういう関係の場合は自然体が一番いいんだ。信子みたいにしんねりむっつりしてて、何もいわずに溜《た》め込んでおいて、突然噴火するというのが一番厄介だ」

康二は笑いながらいった。

「しかし母さんも変ったよ。ダンスに行ったりして」

「なに？　ダンス？」

「社交ダンスだよ」

「社交ダンス！　ケッ！」

丈太郎はのどに詰った物を吐き出そうとするような声を出した。

「あの年で……あの姿でか。いったいどんな顔してやってるんだ。気は確かかっていってやれ」

「だって母さんはこれからしたいことをして楽しんで、帳尻《ちょうじり》を合せて死にたいっていうんだもの」

「バカ者が！　人生の帳尻なんか合うわけがないんだ」

丈太郎は怒鳴った。

翌朝、康二が起きると丈太郎はもう起きていて味噌汁《みそしる》を作っていた。

「お早《はよ》う。早いですね、お父さん」

「おう、起きたか。裏の湧き水で顔を洗ってこい。冷たいから驚くな」

手拭《てぬぐ》いと歯ブラシを持って裏へ出て行く後姿に向っていった。

「ついでに頭も冷やしてこい。それから太陽に向って深呼吸して、お天道《てんと》さまから気を貰うがいい。そうしたら昨夜《ゆうべ》のような情けないことは頭に浮かばなくなる」

康二は顔を洗って父にいわれたように深呼吸をし、子供の頃を思い出しながら今、漸く東の山から姿を現した太陽に向って手を合せた。重畳《ちょうじょう》する山々に囲まれているこの村では、太陽の出は遅い。庫裡に戻ると丈太郎は卓袱台に茶碗《ちゃわん》や箸を並べながら、

「どうだ、気持がいいだろう」

そういって、鍋の味噌汁を椀に注《つ》いだ。

「お父さんが作った味噌汁、生れて初めてだ」

康二は一口すすり、「うまい」という。

「やっぱりインスタントとは違う」

「当り前のことをいうな」

丈太郎は立って行って茄子《なす》の塩漬の汁をしたたらせながら、手づかみで持って来た。

「うまいぞ、このまま齧《かじ》って食うんだ。庖丁《ほうちょう》入れると味が落ちる」

といいながら皿に入れた。康二は顎《あご》に紫色の汁を垂らして茄子を齧る。その息子を丈太郎は満足そうに眺めた。

「あれからわしは考えたんだがな、康二」

丈太郎はいった。

「子供というものは本来、本能的なものだよ。腹がへれば食いものに向ってすぐに手を出す。身を守るために大声で泣き叫ぶ。生きようとする無垢《むく》なエネルギーが漲《みなぎ》っている生物《いきもの》なんだ、子供は。絶望はおとながするものであって、子供は絶望して死んだりしないものだった。それが今は絶望して自殺するようになった。生きるより死ぬ方が楽だと思うようになった。いったい、なぜなんだ……」

丈太郎は答を求めるように康二を凝視した。

「なぜなんだ？　子供の生物としての本能が衰弱してる。わしはそうとしか思えんのだよ。学校が悪い、家庭がどうのというような現象的な問題じゃないよ。子供の戦う力、生きようとする逞《たくま》しい力が衰弱している、それを何とかせねばいかんのだ。自信をなくしただの、ＰＴＡがどうのといってる場合じゃない。一旦教育者として生きようと決めたからには、今踏ん張らなくてどうするんだ」

「それはわかります」

康二は神妙にいった。

「わかるけど、ではどうすればいいんですか」

康二はいった。

「ぼくらはうすうす気がついているんです。今の学校教育と家庭の……これは主に母親だが、その考え方が子供をスポイルしているってこと。今の子供は過保護という管理の中に押し込まれているんだ。子供のエネルギーを燃焼し尽す機会を奪われている。イジメの問題だってもしかしたらエネルギーが内攻しているためじゃないかとぼくは考えてるんだけど」

「過保護という管理か。なるほどな、それに気がついたか、康二」

丈太郎はやや満足そうにいった。

「気がついていてもどうにもならないんですよ、お父さん。例えばね、運動会で男子の騎馬戦がなくなった。棒倒しも中止だ。なぜかというと危い、怪我《けが》をしたらどうする、というんだ。もしそこで怪我人が出たら親から告訴されかねないから、やめた方が無難だと学校は考える。騎馬戦や棒倒しで少年のエネルギーが燃焼し、活性化するということは考えない。エネルギーは目に見えないものだからね。目に見えないものについて想像し考えるということが今はないんです。危険を呼ぶ可能性があるものはすべていけないんだ。小学校では四年にならないと自転車に乗ってはいけないという規則を作る。そういう規則を作っておけば、事故があった時、学校は責任を問われなくてすむから」

「自転車の事故でなぜ学校が責任を問われるんだ？」

「そういう世の中なんです。何でも誰かのせいになるんだよ。誰かのせいにして責任問題にしてとっちめて、それで気を晴らす。とにかく今の母親は事故、怪我を怖れるんだ」

丈太郎は眉間《みけん》に皺《しわ》を刻み、唇を引き結んで何もいわない。

「それにもう一つ、平等主義というやつがある。みんな平等でなければならない。運動会のかけっこでも一等二等をなくして、生徒はただ走るだけなんです。競走に勝つという目的があるからこそ、走るのが面白いんだろう。その勝利に賞品がつけばもっと気持が弾む。だがそれでは平等じゃないというんだな。足ののろい子は劣等感を抱く。生徒に劣等感を持たせない教育をしようと校長はいう」

「バカな！」

丈太郎はかっと目を開いて康二を睨みつけた。

「社会は決して平等じゃないんだぞ。不平等なものだ。不平等のゆえに人間は努力するんだ。そんな基本もわからんのか！」

「その通りですよ、お父さん」

康二は投げやりにいった。

「ぼくがやる気をなくしたわけがわかったでしょう」

「わかったよ！　よくわかった。ヘナヘナの男が出来上っていくわけがわかったよ！」

「お父さんは昨日、ぼくにいったでしょう。お前は生徒が可愛いかって……。ぼくはね、可愛いというのじゃなくて可哀そうなんだ。彼らが目ざしているものは高校進学、一流大学進学だ。親がそう期待しているから、それに添わなくちゃならないと思っている。自分の将来は進学にかかっていると思っている。いくら進学で人生が決るわけじゃないといっても馬耳東風だ。観念論だと思ってる」

康二はいった。

「学校から帰って、学習塾へ行って、塾で弁当食って、九時頃帰って来て、風呂に入ってまた勉強してる生徒がいるんです。お前、そんなに勉強して楽しいのかと訊いたら、楽しいのか楽しくないのかよくわからないという。強制されているわけじゃなく、それほど辛いと思ってる様子もない。要するに目の前にしなければならない勉強があるからしているんですよ」

「病人だよ、そいつは」

「だが親は満足してる。自慢の息子でね、教師も一目置いてる……」

「そんなことをしてると詰め込んだ知識のほかは何もわからんという人間になるんだぞ。そういう手合が将来官僚になると始末に負えん」

丈太郎がそういった時、カッカッと石畳を踏む靴音が聞えてきた。丈太郎は顔をしかめる。と同時に、

「先生、いらっしゃる?」

開け放した窓からニュウと白い厚ぼったい顔が現れた。空色の鍔広《つばひろ》の帽子に白い小花を飾っている。

「あら、お客さま？」

康二を見てにっこりした。

「丁度よかった……今日はおいしいものを沢山持って来ました。おいなりさんよ」

そういって顔は引っ込んだ。

「誰です？」

丈太郎は気まずそうにいった。

「かぼちゃのばあさんだよ。昨夜《ゆうべ》、食ったろう？　うまくないかぼちゃ」

「ああ、あれを持って来た人……」

康二は意外そうに、

「ばあさんだっていうからぼくはまた、野良着か何かを着た素朴なばあさんを想像してましたよ」

「あれで六十八だ。年を訊いて、若いって驚いてやれ。喜ぶぞ」

トシは勝手口からニコニコ顔で入って来た。

「こんにちは。暫くでございます」

「暫くってことはないでしょう。おとつい来てます」

「あら、でもわたしには暫くってキモチなの」

コロコロと笑い、「こちらは？」と訊く。

「息子だ」

「康二といいます、よろしく」

「まあ、お父さまによく似たいい男……」

トシは着て来た空色のワンピースを脱いで、赤い膝上《ひざうえ》のパンツとシャツに着替えて台所の片づけを始めた。シャツには黄色と緑のトンボが飛んでいる。

「あら、かぼちゃ、食べて下さったのね、先生！」

頓狂《とんきょう》な声で台所から話しかけてきた。

「嫌いだなんていって、きれいに食べてあるじゃない。嬉しいわ」

「それは息子が食ったんだ……」

「あらま、康二さんが？……」

声と一緒に空のどんぶりをさし上げた姿が現れた。

「嬉しいわ。おいしかったでしょう？」

赤いパンツからタポタポと肉の垂れた妙に白い太腿《ふともも》がヌウと出ている。思わず目を逸《そ》らしながら康二はいった。

「はあ……うまかったです」

「ごらんなさい、先生。先生のは食わず嫌いなんですよ。ほんとに先生ったら頑固なんだから。かぼちゃなんて女が喜んで食うものだ、男は食わんなんて……。女蔑視《べっし》だと思いません？　康二さん」

甘ったるくいって丈太郎を軽く睨む。

「この次はきっと食べてもらいますからね!」

丈太郎は答えず、

「康二、そのへんを歩いてみるか」

といった。

「お出かけ? それがいいわ。その間にここを綺麗《きれい》にして、おひるの支度をしておきます。おいなりさんよ。おいしいのよ……」

外へ出るとすぐに康二はいった。

「あれはどこの人です?」

「ここを世話してくれた幼稚園の、戸部さんの従姉妹《いとこ》だよ」

「へーえ、この村に住んでるんですか?」

「盛岡から来るんだ」

「盛岡から? 山田《やまだ》線で二時間はかかるでしょう?」

「車で来るんだ。自分で運転して。車なら一時間で来る」

康二はまじまじと父の横顔を眺め、「まさか?」と思う。まさかとは思うが、あの女の父に対する態度は馴《な》れ馴《な》れし過ぎる。それにあの若造り、厚化粧はただごとではない。

――お父さん、結構楽しくやってるんじゃないの?

そういいたいのを我慢した。いくら何でもあの女と? と思うが、この村の一年間の独り暮しは老いの身にこたえるだろう。あの女の方は明らかに親父《おやじ》に気があるらしいから、親切にほだされてついつい、据膳《すえぜん》を食っちまったのかも……。

そんなことを思いながらもう一度父の横顔に目を走らせ、しかし親父はいったいどんな顔をして据膳を食ったのだろう？　いくら想像しようとしても康二にはどうしても想像出来なかった。

中二日いて、四日目の朝、康二は東京へ向うことにした。世田谷の謙一の家に寄って吉見の様子を見ることを丈太郎に頼まれたからである。

吉見は理数は駄目だが手紙はうまいんだ。上手に書こうとしているんじゃなくて、簡単に何げなく書いている文章に、その時その時の気持がよく出ているんだ。加納くんといったっけな、吉見の尊敬している友達。あの子のことや先生のことなんかも、なかなかよく見て書いていた。それがここのところ消えているんだ。感性が鈍ったというより、死んでるんだ。お義理に書いていることがわしにはわかる、と丈太郎はいった。

「それがわかるようでないと一人前の教師とはいえんのだぞ、康二」

「はあ」

と康二はいい、学生時代に説教された時のことを思い出して、親父はいつまでも変らないと思う。父の教育論は今の康二が抱えている問題の役には立たない。だが父の言葉は康二を元気づけてくれた。オレを元気づけるもの——それは親父の確信と情熱なんだ。康二はそう思い、だが親父が孤独なのはその確信と情熱のためなのだ、と思い当る。

「世田谷へ行ったらわしは元気にしているから心配いらんといっておいてくれ。吉見のことをわしが心配しているということは謙一にだけいえばいい。信子なんぞにはいうな。いい年してダンスにウツツを抜かしているような奴に何をいっても始まらん」

　丈太郎は康二と並んで参道を歩きながら、

「それから康二、お前が抱えている問題についてはもう少し辛抱しろ。そうとしかわしはいえん。あれからずーっと考えたが、子供は逞しく強く育てることが先決だ。それを抜かして目先の解決法ばっかり考えたって是正の道はないよ。八方塞《ふさが》りだがここで逃げては駄目だ。ＰＴＡにも生徒にも校長にも、自分の所信を堂々というがいい。そうしていられなくなったら潔く自爆しろ。ここへ来て坊主になれ」

　康二は「はい」といい、立ち止って「じゃ、お父さん、ここで」といった。

「そうか。そんなら元気でな、頑張れよ」

「はい」

　といって川沿いの道へ出た。ボストンバッグを提げてバス停に向って歩いて行くと、向うから走って来た白い車が急停車した。運転台から「康二さん！」と声をかけたサングラスの女はトシである。

「今日お帰りだったわね？　盛岡駅まで送らなくちゃと思って飛ばして来たの」

「やあ、これは助かったな」

　康二は助手席に乗った。渓流に沿って濃緑に包まれた山峡《やまかい》を走る。

「丈太郎先生のことは心配しないで。あたしに委《まか》せてちょうだい」

とトシはいった。

女

地下鉄を東京駅で降りて、横須賀線のエスカレーターに向って急いでいると、

「義姉《ねえ》さん……」

美保は大声に呼び止められた。ふり返るとボストンバッグを提げた康二が、

「やっぱり義姉さんだ」

といいながら近づいて来た。

「まあ、康二さん……しばらく。元気そうね」

「若くて綺麗《きれい》になってるから違う人かと思って暫《しばら》く見てたんだけど、やっぱりそうだった」

「どうも有難う。康二さんとは二年ぶりかしら?」

「去年の一月ですよ、おふくろがハワイへ行ってた時です。一家離散の始まりの時……」

康二は軽い調子を作って笑った。

「ぼく、親父《おやじ》の所へ行った帰りなんですよ。これから兄貴の家へ行こうと思って」

「そうなの。偶然ねえ、こんな所で会うなんて。お義父《とう》さま、お元気?」

ええ、元気ですと短く答えて「急ぐの？　義姉さん」と訊《き》いた。

「ええ、まあ急ぐといえば急ぐし、急がないといえば急がない……そんなところよ」

と笑って、チラッと時計を見た。

「よかったらちょっと、お茶でも飲まない？　耳に入れておきたいことがあるんだけど」

今夜は楠田の所で飲み会があって夕方から人が集る。君はその前においでよ、と楠田にいわれているだけで、別だん用事があるわけではない。少し遅れてじらしてやるのも悪くない。そう思って美保は、駅の地下街のコーヒーショップに康二を案内した。

「お義父さま、お変りなくて？」

「相変らず悲憤慷慨《ひふんこうがい》していました」

「よかったわ、お元気で」

「親父は吉見のことを頻《しき》りに心配してるんです。世田谷へ寄って吉見の様子を見てこいといわれて、今行くところなんですよ」

美保の顔は曇った。

「心配していらっしゃる？　お義父さまが？」

「心当りありますか？」

「いいえ、べつに……時々会うけど気がつかなかったわ。お義父さまはどうしてそんなふうに？」

「吉見の手紙が前と違って気が抜けたようだっていって心配してるんです」

美保は目を伏せて無意味にコーヒーをかきまぜた。

「何か原因に心当りありますか?」

信子に聞かされた千加の悪口の数々を美保は思い出した。でもこの前、吉見と葉山へ行ったとき、吉見は何もいわなかった。

なぜ何もいわなかったのだろう?

美保は考え込んだ。

葉山の楠田の家へ美保が吉見を連れて行ったのは、学校の夏休みに近い土曜日だった。丁度楠田から花火大会の誘いを受けていたので、その夜は近くの割烹《かっぽう》旅館に一泊する予定で出かけた。吉見を連れて行ってもいいでしょうかというと、楠田は機嫌よく、いいよ、いいよ、吉見くんとも仲よくなりたいからね、といった。

「将を射んと欲すればまず馬を射よだ」

美保は笑って、馬は射られてもこの大将は強いですよ、といい返し、楠田との軽口のやりとりを楽しんでいた。恋をするよりも男が自分に惹《ひ》きつけられてヤキモキしているという情況が美保は好もしい。こうして美保が優位の軽口の応酬を経て、親密さを増していくことが、楠田の狙《ねら》いに嵌《は》まっていく——。楠田はそう思っているのかもしれないけれど、あたしはそうはならないわ、その面白さを堪能《たんのう》するだけだと美保は思っていた。

楠田は吉見を見て、想像した通りの少年だったといった。

「いい目をしてるね。感受性が鋭そうだな。内攻型だね」

吉見の前もかまわずにいい、

「仲よくしような、な？　吉《よ》ッちゃん」

と吉見の頭を撫《な》でた。

楠田の家の裏木戸から細い曲りくねった道をうねうねと降りて行くとやがて海岸に出る。楠田に勧められるままに、玄関脇《わき》の小部屋で水着に着替え、パーカーを羽織って行くことにした。支度をして玄関を出ると、浴衣に麦藁帽《むぎわらぼう》をかぶった楠田が立っていた。

「あら、一緒にいらっしゃるの？」

「君の水着姿を見たいと思ってね。ビキニかい？　ハイレグ？　Tバック？」

「先生、子供の前では少し控えて下さいな」

下り坂を走って行く吉見の後姿を目で追いながら美保がたしなめると楠田はいった。

「いいじゃないか、本音で生きるのがぼくの身上だよ」

「その本音、も少し上品なものにならないかしら」

「無理だね。本音なんて君、みんな下品なものだよ」

いうなり楠田は美保の肩を摑《つか》んで引き寄せた。あっという間のことだった。

「先生、ダメ……」

という口を唇が塞《ふさ》いだ。楠田の胸に腕を突っ張って、弓なりに仰《の》け反《ぞ》った背中が石垣に押しつけられた。あらがいつつ吉見の姿を捜し、見えないことにほっとしながら、美保は執拗《しつよう》に追ってくる唇から逃れるのをやめた。男の情熱を弾《はじ》き返す力が萎《な》えていた。

男の力に屈することが快かった。何もかも捨てて自分を投げ出してしまいたいという欲望が、美保の力を抜いていた。

たかがキスじゃないか。若い連中なら日常茶飯の遊び心でしていることだ。楠田も多分そうなのだ。

「無理して突っぱらない方がいい」

楠田は囁《ささや》いた。

「君のがんばりは無理だよ。肩の力を抜いて、自分に素直になった方がいい」

そういって楠田は力を抜き、ふいに美保を解放した。これで美保の中に楔《くさび》を打ち込んだという確信に満足したように。

坂の下から吉見の声が海風に乗って流れて来た。

「おーい」

楠田が応じた。

「今、いくぞォ……」

楠田は美保を置き去りにして坂を駈《か》け降り、カーブを曲って姿を消した。

——感情に引きずられず、しっかりと主体性を持って誇高く生きること。

それが学生時代からの美保の生きる姿勢だった。謙一と結婚したのは、彼とならその生き方を貫けると思ったからだった。十二年経《た》って謙一との結婚生活から身を引くことになった。美保は自分の哲学を誇を持って貫いたのだ。

——君は力のある女だ、と謙一はいった。だが千加には何の力もない。ぼくに傷つけられ、不妊になったままどうすることも出来ない女だ。だから責任を取りたい。取らせてくれ。君ならそれがわかる人だと思うから、すべてを正直にいってるんだ……。

「わかったわ」

とその時、美保はいった。

——強い女。しっかり自立して生きようと努力する女はワリを食うのね。弱い女、努力しない女が得をするのね……。

美保はいった。唇の端に醜い笑いが慄《ふる》えているのがわかっていた。

——わかったわ。別れましょう。

冷やかにいった。——女が強く生きるということは、こういう時にこうすることなんだわ……。

そう自分にいい聞かせた。精一杯の、人生を賭《か》けたツッパリだった。子供に執着するあまり、子供の本当の幸福を見そこなってはいけない。子供にとって何がいい状態か。少しでもよいと思える道を探すこと。そのためには我執を捨てなければいけない……。混乱と戦い、将来の不安に目をつむって美保はこの道を選んだのだった。

なのに、今のあたしは……。

美保は思う。楠田の束《つか》の間《ま》の接吻《せっぷん》に思わず揺らいだ自分。あの時から美保は楠田に一歩踏み込まれたのを感じる。夜の花火見物の客達と酒を酌み交しながら、美保に対してまるで何ごともなかったように振舞っていた楠田。忘れたように振舞いながら、時々交す何げない視線が美保には楽しかった。

では、ともかく兄貴の所へ行って様子を見て来ますといって立ち上った康二に、美保は「すみません」とだけしかいえなかった。遠く岩手の山村にいる丈太郎が察知したことを母親の美保が気づかなかったのだ。

あたしはもう少しここにいて考えますといって康二と別れ、飲みたくもないコーヒーをもう一杯注文したが、手もつけずに考え込んだ。義姉さんが気がつかないのなら親父の思い過しだと思うねえ。ほかに考えることがないから、余計な想像ばかりするようになってるのかもしれないな、と康二がいったが、それは慰めにはならない。

葉山でのあの二日間。あれから美保はただ仕事をするだけだった日々に、何か楽しいことが近づいて来ているような、ま新しい浮き立った気分に包まれていた。葉山の帰り、吉見はいった。

「楠田先生ってぼくに忍たま乱太郎のチューインガムをくれたんだよ。ぼくが好きなことちゃんと知ってるの。どうして？　って訊いたらユリ・ゲラー並の超能力があるんだっていうんだよ。ウソだよね？」

吉見は生き生きしていた。夜の花火見物でも、一発上るごとに歓声を上げてはしゃいでいた。

「楠田先生のこと、吉ッちゃん、好き？」

思わず訊くと「うん」と頷《うなず》いて、

「あの人、あれでエライ小説家なのかなあ？」

と不思議がった。

「でもあの小母《おば》さんは変ってるね。あの人、先生の奥さんなの？」

「そうよ、変ってる？　どんなふうに？」

「だって髪、チョンチョコリンに刈っちゃってズボン穿《は》いて、色がまっくろ」

「あの奥さんは泳ぎが得意なのよ」

「座布団動かす時、足で押してたよ。ぼく、小父《おじ》さんっていいそうになって、よく見たら女なんだよね」

美保は声を上げて笑った。吉見が饒舌《じょうぜつ》なのはあの二日間が楽しかったからなのだ。それが美保には嬉《うれ》しい。

「また、行きたい？」

「うん、行きたい」

その時、美保の胸の奥にぽっと灯《ひ》が点《とも》って、その灯はそのまま点りつづけていたのだ。

――吉見に何か、よくない変化が起きているだなんて……。

あんなに楽しそうにしていた吉見の、小さな胸の奥に鬱屈《うっくつ》がしまい込まれているとは思いたくない。

丈太郎が感じたことが美保に見えなかったことに美保はこだわらずにいられない。見えなかったのは、楠田のためだろうか？　あの坂道での束の間のキスの？

――まさか……。

美保は急いで打ち消した。今すぐにでも吉見に会って問い質《ただ》したかった。ママにいえないことがあるの？　なぜなの？　なぜいえないの、と詰《なじ》りたかった。


美保と別れた康二は渋谷からタクシーで世田谷に向った。バス通りを逸《そ》れ、三度曲って家の前まで来ると、裾《すそ》の開いたオレンジ色のスカートの、中年らしい女の後姿が門に向って歩いて行くのが見えた。車の気配にふり返った顔を見て驚いた。信子だった。

「なんだ、母さんじゃないか……」

「おや、康二、来たの？」

「誰かと思ったよ、母さん」

「あら、どうして？」

 こともなげに信子はいい、スカートと色を合せたハンドバッグから鍵《かぎ》を取り出してくぐりの扉を開けた。

「見ちがえちゃったよ、母さん」

「あら、そう？」

信子はスカートの朝顔形に開いた裾を揺らせて先に立って玄関を上った。

「暑いわねえ」

茶の間に入ってクーラーのスイッチを入れる。

「クーラーなんかつけたの？」

「お父さんがいたら駄目だけどね。でも、古家だから効きが悪いのよ、隙間《すきま》が多くて」

いいながら信子は洗面所で手と顔を洗い、

「すぐ、お風呂《ふろ》にお湯を入れるわ」

と風呂場からいった。

「へえ、給湯式ですか」

「ふふふ」と笑っただけである。

「親父への仕返しみたいだな。出来なかったこと、片っ端からしてるんだね」

信子は冷蔵庫からビールを出し、グラスを二つ並べた。

「母さん、飲むの？」

「いけない？」

「ああ、おいしい」

といってぐっと飲み、
と手のひらで口もとを拭《ふ》いた。

「ぼく、親父の所へ行って来たんだ。今その帰り」

「行って来たの？　お父さん、どうしてた？」

「元気だった。ぼく、ハッパをかけられて来たよ。ちっとも変らない」

「相変らず世の中に憤慨してるの？」

「まあそうだね」

「男やもめにウジが湧《わ》いてたでしょう」

「それが思いのほか、きれいに暮してるんだ。驚いたよ。ぼく生れて初めて父さんの炊いた飯を食ったよ。味噌汁《みそしる》もなかなかのもんだった。ちゃんと味噌漉《こ》しを使ってさ」

「掃除洗濯もきちんとやってるの？」

「三日に一度くらいやって来る女がいてね」

「家事手伝いのおばさん？」

「ん、まあ、そんなところなんだろうけど。厚化粧の変った女だよ」

「何なの？　変った女って？」

信子の目が光った。康二は母の目が光ったことに気がつかずにいった。

「むやみに明るくてはり切ってるおばちゃんでね、ぼくが帰る時、盛岡まで車で送ってくれたよ。お父さまのことはわたしにお委《まか》せ下さい、なんていってた」

「年は幾つなの？」

「六十八だけど五十そこそこに見えるんだ。年を訊《たず》ねてびっくりしてやれ、喜ぶからなんていってるんだ、親父」

信子はプイと立って台所へ行き、

「かぼちゃ食べる？　北海道のよ、おいしいわよ」

「いや、かぼちゃはいい。向うで食わされて来た」

「かぼちゃなんか煮てるの？　お父さん」

「そのおばちゃんが作って持って来るんだよ。父さんは甘ったるいおかずがニガテだろ。ぼくに食え食えって無理に食わせるんだ」

「気を遣ってるってわけ？　その人に」

信子は、もう一本ビールを持って来た。

「来るとわかったら支度しといたんだけど、おすしでも取ろうかね」

「いいよ、あとで兄貴の所へ行くから」

「向うは美保さんの頃と違ってろくなものないわよ。美保さんの頃は康二が来たという と忙しいのに何やかや作ってここでみんな揃《そろ》って食べたものだったけど」

「兄貴の帰りは毎日遅いの？」

「可哀《かわい》そうなくらい。ヨメさんだけは楽しくやってるけど」

信子はわざとらしく笑った。

「千加さんと吉見はうまくいってるのかな？」

「さあね」

笑った顔が急に冷やかになった。康二はその顔を見ながらいった。

「親父が吉見のこと、心配してるんだよ。行って見てこいっていわれて、こうして来たんだけど……。吉見の手紙が前と違ってきたのがおかしいっていうんだ」

「何かいってやったの？　吉見が」

「いや、何もいってこなくなった、それがおかしいっていうんだ。以前は毎日のいろんなこと、学校のこととか友達のこととか、家のことなんか生き生きと書いてきてたっていう」

「それだけのことで心配してるの？」

「うん、何かあるに違いないって親父はいうんだよ。そっけない手紙になったってね。長年教師をやった者のカンだっていってる」

「吉見のことだけはさすがに心配なのね」

「そりゃ心配さ。遠く離れてるから尚《なお》のことだろ」

「でも自分は結構、楽しくやってるんでしょ」

忌々《いまいま》しげに信子はいった。

「その厚化粧の人と……」

「あのおばちゃんとか……楽しくやってるのかどうか」

康二がいうのを信子は聞き咎《とが》めた。

「おばちゃん？　おばあちゃんでしょ、六十八の」

わたしより年上だ、と思う。

「うん、ばあさん」

康二は素直にいい直し、

「でも親父は迷惑そうにしてたけどね」

「あの人はいつだって迷惑そうな顔をしてるの。嬉しくたって悲しくたって。もとの顔がああなのよ」

そういって一旦《いったん》口を噤《つぐ》んだが、

「いったいどこでそんな人と知り合ったんだろう。あの朴念仁《ぼくねんじん》が」

と訊かずにいられなくなった。

「幼稚園の先生の従姉妹《いとこ》だって。先生が面倒見を頼んだらしいんだよ」

「ふーん、それで楽しくやってるってわけ」

「楽しくやってるかどうか、ぼくにはわからないよ」

康二は同じ言葉をくり返した。

「いいじゃないか。母さんだって楽しくやってるんだから。落下傘みたいなスカート穿いてさ。ダンスに行ってるんだろ?」

「いけない?」

「いけなかないさ。今まで散々苦労してきたんだから、大いに楽しめばいいさ。親父も母さんも。ダンスでいい男、見つければいいじゃないか」

「冗談いわないで。ダンスへいったって相手はおじいさんばっかりよ」

母さんだってばあさんだ、と出かけた言葉を康二は呑《の》み込んだ。

「兄貴は何時頃、帰って来るのかなあ。ちょっと見てくるよ。吉見の顔も見たいし」

と立ち上る。

「そう? じゃ千加さんの様子、観察していらっしゃい」

康二が濡《ぬ》れ縁《えん》を降りて謙一の離れ家へ行く後姿を見ながら信子はテーブルの上を片づけもせずにじっと坐っていた。吉見の手紙を読んだだけで吉見の異変を感じ取った丈太郎をさすがだと思いながら、六十八の厚化粧の女のことで信子の心臓は砂袋を入れられたようにずしんと重い。

盛岡から一時間かけて車でやって来る……。

「年を訊ねて若いって驚いてやれ、喜ぶから」といった丈太郎。嫌いなかぼちゃを嫌いともいえず、無理やり康二に食べさせた……。親父なりに気を遣っていると康二はいった……。

――あの人、あの丈太郎が気を遣ってる! わたしには一度だってそんな気を遣ったことなんかなかったのに……。

あの人が何をしたって、わたしには関係ないことだと思いながら、信子はいつまでも動けなかった。

長い夏の日は漸《よう》く暮れて、むっと淀《よど》んだ夜の中、蛍光灯の明るさがへんに寂しいガラス戸の向うに、吉見がテレビに向って一人でスパゲティを食べていた。

「おい」

といって康二はテラスのガラスを叩《たた》いた。吉見はふり返り、「あ」といったままじっとしている。康二はガラス戸を開けた。

「元気かい、吉ッちゃん」

「うん」

「パパは？」

「まだだよ」

「いつも遅いのかい？」

「うん」

「一人かい？」

「ううん」

と首を横にふって台所を指さした。台所で「なあに？」と声がして、

「おいしい？　おかわり？」

いいながら千加が出て来た。赤いショートパンツから出ている長い脛《すね》が目についた。片手にフライパンを持っている。

「やあ、ご無沙汰《ぶさた》してます」

康二は愛想よくいった。

「ああ、この前いらしたのはわたしがまだ通い妻だった頃ね」

千加はあっさりいい、

「スパゲティ食べます？　おいしいのよ。イカとタラコのスパゲティ」

「有難う。でもおふくろが兄貴が帰って来たらすしを取ると言ってるもので……でももうまそうだな」

と吉見の皿を見て愛想をいった。

「おいしいのよ。あたしにしては上出来なの。ね？　吉ッちゃん」

「うん」

吉見はいった。

「この前のよかマシだ」

康二は吉見を見、背が高くなった分、前より瘦《や》せたようだと思う。

「どうだい、吉見、学校は？」

「うん……べつに……」

億劫《おっくう》そうにいって右手にフォークを握ったまま、左手でコップの水を飲んだ。

「岩手のおじいちゃんの所へ行って来たんだよ。今帰り道だ」

「ふーん」

おじいちゃんはどうしていたかとは訊かない吉見を、康二は観察するように見た。元気がないように見えるが、吉見は前から言葉数の少い子だった。表情もなかった。そう思って吉見を見ると、以前と変っていないようにも見え、またどこか変ったようにも見える。

謙一の帰りを待ちかねてすしを注文した信子は、離れへ行った康二を呼び戻した。

「謙一を待たないで食べましょ。お腹《なか》、空《す》いたでしょ。コハダが乾いてしまうわ」

「うん」

康二はすし桶《おけ》の前に坐って箸《はし》を取る。信子はいった。

「どう思った?」

「何が?」

「千加さんよ」

「どうって、ちょっと会っただけだからね。スパゲティ作って吉見に食べさせてたよ。ぼくにも勧めてくれたけど」

「あの人の作ったものなんか、食べられやしないのよ。料理のカンって全くないの。味覚音痴よ、料理の本は味については教えてくれないからねえ。作り方は教えるけど」

「でもちょいとうまそうだったよ。イカとタラコのスパゲティ。吉見もうまいっていってたよ」

「だからね、そこが問題なのよ。まだ中学にも上らない子供が遠慮してるんだもの」

康二はすしをつまんだ箸をそのままに母の顔を見た。

「千加さんのこと、気に入らないのか、母さん」

「嫌いとか好きとかいってるんじゃないわ。吉見が可哀そうだと思ってるだけ」

信子はいった。

「お父さんのカンは当ってるわ。わたしだって前から気がついてたけど、謙一が何しろ鼻毛よまれてるから、わたしのいうことなんか耳に入らないのよ」

康二は眉《まゆ》を寄せて信子を見る。その時、庭に足音がした。濡れ縁を謙一が上って来た。

「よう」

「やあ」

兄弟は頷き合って挨拶《あいさつ》に替える。信子はビールを取りに立った。

「突然だな、どうしたんだ？」

謙一はあぐらをかき、信子が注《つ》いだビールを一息に飲み乾《ほ》した。

「親父んとこへ行って来たんだって？」

といって二杯目を注ぐ。

「どうしてた？　親父……」

康二が答えるより先に信子がいった。

「お父さんたら、女の人に世話してもらってるんだって」

「ふーん、向うは家事手伝いも安く雇えるんだろうね」

「お手伝いじゃないのよ、それが……。ねえ、康二？」

「手伝いじゃない？　何だい？」

仕方なく康二はいった。

「いや、まあ、手伝いであることは確かだけど。無料の」

「無料？」

謙一は訊き返した。

「ボランティアか？」

「うん、押しかけ手伝いだ」

「そりゃいい。田舎には親切な人がいるからね」

信子は康二の答を待つように顔を見たが、康二が「うん」といっただけなので、業を煮やしたようにいった。

「へんな女らしいの。六十八にもなって厚化粧して、お父さんのことはお委せ下さいっていったんだって」

「いいじゃないか。安心だ」

謙一はあっさりいってたてつづけにすしを食べ、ビールを飲む。

「それにしても親父、やるなあ」

「何がよ？」

信子は反射的に謙一を睨《にら》むように見た。

「だってカノジョなんだろう？」

信子はその目を康二に向け、

「そうなの？　康二……」

「わかんないよ、そんなこと。でも父さんは迷惑そうにしてたよ」

「そりゃあ、康二の前だもの。迷惑っていうより、困惑だろう？」

謙一はこともなげにいい、

「ああ、うまいな、このすし」

「いつもの南《みなみ》ずしよ。謙一はろくなもの食べさせてもらってないから、この程度のおすしがおいしいのよ」

信子は苛立《いらだ》ちを隠せずにいった。

「それよりもぼくが来たのは、吉見のことなんだ」

康二は話題を変えた。

「父さんは吉見の手紙に元気がなくなってきたって心配してるんだよ。様子を見てこいっていわれてそれで来たんだ」

「それはね、わたしも前から感じてたことだわ。この点だけはお父さんもさすがだと思うわよ。謙一は気がついてたかどうか知らないけど、原因もわたしにはほぼわかってるの。責任は謙一、あなたにあるのよ」

「ぼくに？　どうして？」

「もっとはっきりいいましょうか。千加さんですよ。問題は」

「母さん――」

謙一は箸を置いた。

「母さんのいいたいことはわかってるよ。母さんの千加への批判は当っていることもある。だが、当っていないこともある。ぼくは贔屓目《ひいきめ》なしに、千加はそれなりによくやってると思うよ」

信子が気負って口を開きかけるのを、謙一は手を上げて制した。

「ほかに問題があるんだ……母さんにはいわなかったけれど、学校での問題なんだ。クラスのイジメにあってるんだよ、吉見は」

「イジメですって……」

信子は驚いて声を上げた。

「ほんとなの？」

疑わしそうに謙一を見た。

「吉見がそういってるの？」

「初めの頃はいわなかったんだけど、ほら、浩介くんと一緒に出かけて泊って来たことがあっただろう？　あの後で千加に洩《も》らしたんだ」

「千加さんに？」

侮辱を受けたように信子は顔色を変えた。

「いったいなぜ」といいかけるのを康二が、

「どんなイジメなんだろう？」

と遮った。

「加納くんっていう吉見が尊敬してた親友が、イジメの側についたってことが一番、こたえてるようなんだ。虐《いじ》めっ子が二、三人ならまだいいんだけど、クラス全体が吉見を疎外してるようなんだよ」

「どうしてそんなことになったの？　吉見が何をしたっていうのよ……」

「悪いことをした、しないの問題じゃないんだよ、母さん」

康二がいった。

「虐めたいか、虐めたくないか、虐め易《やす》いか虐めにくいか、微妙な力関係なんだよ」

信子は昂《たか》ぶった目で謙一を見、康二を見た。

「先生は何してるの！」

「教師は吉見がやられてることをイジメだとは認めないんだ。吉見が気が弱くて、ちょっとしたことをオーバーに感じる子だと思ってるらしい」

「そういったの？」

「うん、千加と大分やり合ったらしいんだ」

「あなたは何してるのよ？」

「今のところ、千加に委せてるんだけどね」

「大丈夫なの？　それで」

千加に何が出来るの、という思いを籠《こ》めて信子は謙一を睨んだ。

「しっかりしてよ、謙一。こんなことになったのもあなたがいけないからよ……。吉見が何も悪いことをしていないとしたら、虐められる原因は家庭にあるのよ。授業参観だって何だってみんなお母さんが行ってるのに、いつだってうちはおばあちゃんなんだから……。前は美保さんが行ってた。それが顔を見せなくなってる……。どうせ何のかのと取沙汰《とりざた》されてるにきまってるわ。子供の身になったらいじけるわよ」

信子は一気にまくし立てた。

「いじけたところへつけ込まれてるんだわ。可哀そうに。それなのに吉見は何もいわないで我慢してた……。千加さんに遠慮して黙ってた……。パパにもいわない。それも遠慮よ」

「母さんにもいわないんだろ?」

兄を庇《かば》おうとするように康二が遮った。

「遠慮じゃないよ。無力感だよ……訴えたところでしようがないと思うんだよ、きっと」

康二がいうと信子は更に興奮した。

「だからそう思うようにさせたのは誰かっていうのよ。謙一、あなたたちよ。美保さんさえいればこんなことにはならなかったんだわ。吉見は犠牲者なのよ、あんたたちの」

「母さん、今ごろそんなことといったって何の解決にもなりゃしないよ」

康二はいった。

「虐められてる子供というのはね、なぜ自分がこんな目に遭うのかわけがわからない。悪い所改めるから悪い所をいってくれといったとしても、虐める方はいえないんだよ。悪い所なんかないんだからね。いえないから汚いとか臭いとかいう。どこが汚いんだ、臭くないじゃないかと詰め寄ると答えられない。実際に臭くも汚くもないんだから。心当りが何もなくて虐められてるんだから、改めようがないよね。そうなると、つまり自分の存在そのものが否定され、嫌われているということになる。理由がわかっていればイジメでも拷問でも耐え易い。だが理由がないということになると、存在していること自体を自分でも否定するしかなくなる……。だから先生や親に訴えたいと思っても、どう説明すればいいのかわからないんだ。なぜそんな目に遭うの？　と親は必ず訊くだろう？訊かれても答えられないんだよ。だから何もいわずにいて……突然死ぬ」

「まあ、怖い……」

信子は心から怖ろしそうに身慄《みぶる》いした。

「どうすればいいの？　康二……」

康二は額に手を当てて答えない。

「あんた、それでも教師でしょ。そんな分析を聞かされたって何の足しにもならないわ。そんなことをいってる間に、虐めっ子をとっちめる方法を考えた方がましだわ」

康二は力なくいった。

「とっちめる？　どうやって？……」

「それをやるのが教師でしょ」

「今の教師にはとっちめるなんてことは出来ないよ。騒ぎが大きくなって収拾つかなくなるだけだ」

「叱《しか》れないの？　どうして」

謙一がいった。

「昔ならわからん奴《やつ》はイッパツ殴って、どうだ痛いか、虐められた奴はこれよりもっと痛いんだぞ、といったもんだけどね」

「そんな、兄さん。とんでもないよ！　母親が血相変えてやって来て、学校中ひっくり返るよ。マスコミは必ず殴った教師を悪者にするし」

「ああ、お父さんがいたらなんていうか……」

思わず信子はいっていた。

――お父さんがいたらなんていうか……

思わずそういってしまってから、信子は気がついていい直した。

「まったく、いい気なもんだわ。こっちにこんな大問題が起きてるっていうのに、いい年して女と楽しくやってるなんて……」

「いいじゃないか。母さんだって楽しんでるんだから」

謙一がいった。

「わたしがしてるのはせいぜいダンスとコーラスとお習字と……時々食べ歩きをするく

らいよ。お父さんみたいに不潔なことはしてません」

「不潔？　母さん、ヤキモチ妬《や》いてるの？」

「とんでもないことというわね。謙一、わたしは」

いい募ろうとするのを断つように康二は立ち上った。

「吉見はまだ起きてるかな？　ちょっと見て来よう……」

「吉見に訊くの？」

「それとなくね……」

「そんなことは謙一がとっくにしていなければならないことなのよね」

謙一と康二は前後して茶の間を出た。

「おふくろ、厄介なばあさんになってきたね」

離れのテラスを上りながら康二がいうのに、謙一は苦笑で答えた。

「好きなことしててイライラするってのはどういうことだろう？」

「多分、千加が気に入らないんだよ」

「子供のイジメと同じだな。あの子らも慢性的な欲求不満の中で八ツ当りしたくなってるんだ、多分」

「サラリーマンの世界も同じだよ」

リビングでは千加が汗を拭き拭きシーツにアイロンをかけていた。

「おい、まさか今夜そのシーツを敷くわけじゃないだろうね」

「敷くのよ、これ」

千加は肩をすくめ、

「ごめん、忘れてたの、予備がなくなっちゃってたの」

「しようがねえなあ。暑くて寝られやしないよ」

「そう？　じゃあシーツなしで寝る？」

「これだ……」

謙一は階段の下へ行き、「吉見！　寝たのか」と大声で呼んだ。

「今までここでファミコンやってたの。まだ寝てないわ。夏休みだからのんびりしてるのよ」

「いいよ、ぼくが行くよ」

康二は階段を上り、吉見の部屋のドアを叩いた。

「吉ッちゃん、寝たかい？」

「寝てないよ……」

無表情な声がいった。

康二が部屋に入ると、吉見はベッドの上であぐらをかいて漫画雑誌を読んでいた。

「いいかい？　少し話しても」

「いいよ」

吉見は漫画雑誌を伏せた。康二は吉見の勉強椅子《いす》に後ろ向きに跨《また》がって吉見を見た。

「おじいちゃん、心配してたぞ。吉見の手紙がこの頃、元気がなくなってきてるって。元気ないのかい？」

「べつに……」

「何か学校で面白くないことがあるんじゃないのか？　それとも家か……？」

吉見は黙って康二を見返している。

「なあ、吉ッちゃん——」

思いきって康二は核心に入ることにした。

「叔父さんにいってくれないか。さっきパパにちょっと聞いたんだけど、クラスにイヤな奴がいるんだって？　そいつのこと話してくれよ。叔父さんもこう見えても教師だからな。アドヴァイスが出来るかもしれないよ」

「アドヴァイス？　ないだろ」

「ない？　どしてさ？」

「だって叔父さんは子供じゃないもの」

康二はぐっと詰った。こいつは重症だと思った。思ったより吉見は頭がいい。頭がいい分、絶望は深いのだ。

「確かにな」

仕方なく康二は同意し、す早く頭を回転させながら、「だけどね」といった。

「今は子供じゃないけど、昔は子供だったよ。だから子供の気持がまるきりわからないというわけじゃない。少くとも叔父さんは教師だからね。毎日生徒とつき合ってるから」

「どうかな」

吉見はそっけなくいった。

「青柳先生なんか一番わかんない人だよ」

「そうか。それは困ったね。だが叔父さんは違うぞ。叔父さんにはわかりたいという情熱がある。吉見がいろいろ話してくれなければ、わかりたいと思っててもわからないよ。そうだろ?」

「うん」

「じゃあ、話してくれ。吉見が今、一番辛《つら》いと思ってること。そうしてどうしたいと思ってるか……」

吉見は暫く考えていてから、やっと口を開いた。

「わかんないよ……」

「わからないってことはないだろう。じっくり考えてごらん」

「だって考えたってしようがないんだよ」

「投げやりになるなよ、子供が」

「ぼくが今考えてることは……学校なんか焼けてなくなればいいんだ……」

一泊して康二は夕方の新幹線で岐阜羽島《ぎふはしま》に向った。康二の足どりは重い。教師としての自分の無力を康二はつくづく思わずにはいられない。

——アドヴァイス？　ないだろ。

——どしてさ？

——だって叔父さんは子供じゃないもの。

吉見との会話は棘《とげ》のように康二に刺っている。それでも吉見は朝起きて九官鳥に水浴びをさせ、庭に散水している千加とふざけていた。慢性の病気に苦しむ病人にも、ひと時病《やまい》を忘れて安らぐ時があるように。ふざけが高じてホースの水を背中から浴びた千加が、本気になって吉見を追い廻《まわ》す。吉見は逃げ廻って笑っていた。

あの光景には僅《わず》かな救いがあった。それが子供だ。心が黒雲に蔽《おお》われることがあっても、何かの弾みで晴れて忘れることがある。子供の心を晴らすのは子供の心を持った者だけが出来るのか。おとなの当推量や善悪やもっともらしい思いやりや観念的な励ましにはどんな力もない。

「ごらんよ、子供相手に本気になって怒るんだから、千加って人は」

濡れ縁の軒下にハンカチを乾しながら信子がいった。

子供に向って本気で怒る——。

オレにはない感情だ、と康二は思った。いつからそれがなくなってしまったのだろう？　康二は思った。それは多分、教師になってからだ……。

今、世間は何かというと「でもしか先生」などといって教師をあげつらう。確かに教師の中には「でもしか」がいる。だが教師という職業を抱負を持って選んだ教師たちでも、いつか「でもしか」連中と変らない事なかれ主義に陥っていることを康二は認めないわけにはいかない。今、中学教師が目的としていること、心を砕いていることは、生徒が志望している高校に入学させる、ただそのことだけだ。

人間としての基本的な理想を教育現場は忘れた。勇気や正義や責任を説く教育を必要と考える者は、教育委員会にも校長にも父母にもいない。個性教育をしてくれとPTAはいう。いったい個性教育とはどういうことかを考えたことがあるのか、まず康二はそれを問いたい。個性について考えもせずにただ個性個性という。進学を唯一の目的としていながら、個性をはぐくめという。個性をはぐくむ自由な空間を潰《つぶ》しておいて個性教育をしろとは……。

亭主が成功者だからといって自分まで偉い気でいる女。教師を批判するのがインテリのあかし、教育熱心だと思いこんでいる母親たち。枝葉末節をいい立てることは出来るが建設的な意見は何もない連中。

電車の振動に伴って康二の鬱積《うっせき》した憤懣《ふんまん》は燃え熾《さか》った。

「父上様
ぼくはいいようのない怒りと失望の中でこの手紙を書きます。ぼくが帰る時、父上はいわれました。

子供を逞《たくま》しく強く育てることが先決だ、と。まことにその通り、本質を突いた意見です。しかしすべて現象で動く現代では、本質論はいかに正鵠《せいこく》を射ていようと空論になってしまうのです。

吉見についての父上のご心配は当っていました。しかし千加さんとの関係ではなく、クラスのイジメに遭っているのでした。今、どこの学校でも問題になっているイジメが自分の甥《おい》の身にも起っていたことに愕然《がくぜん》としました。これは個々の問題ではない。今の教育が包蔵している根本的な問題です。だが学校も教育委員会も文部省も、それに気がついていません。あるいは気がついていても無視しようとしているのか。

子供を心配する教育者の中には、電話相談で子供を励まそうとしている人がいます。しかしそれとても、もともと虚弱な病人に投薬する程度の治療でしかない。それはわかっているのだけれども、せめて何かしなければ、という気持で電話相談を受け持っている友人をぼくは尊敬しますが、尊敬しながら気の毒になってくる。あの人たちは大きな無力感と戦いながら相談に答え、励ましの言葉を口にしているのでしょう。

『ぼくらの回答で救えるとは思っていない。ただ彼らの心に溜《たま》っているものを吐き出させて、気持を軽くする捌《は》け口になればいい、解決にはならなくても』と友人はいっています。

吉見が虐められるようになったわけはわかりません。ぼくは一晩、吉見と話し合おうとしましたが、吉見が何もいわないので経緯もわかりません。吉見がイジメに遭っていることを知った千加さんは教室へ怒鳴り込んで行ったのだそうです。その結果、目立ったイジメはなくなった代り、吉見は皆から敬遠され、無視され、学校ではいつもひとりぼっちでいるらしいのです。

ぼくが思うには、そのうち別のイジメの標的が見つかれば吉見は解放されるのでしょう。彼らは吉見がにくいのではなく、虐め易いのだと思います。『なんだそんなことくらいでクヨクヨするな』と激励するのはたやすい。虐めっ子をとっちめる、親にいうことも出来ます。だがそれをしたところで吉見は孤独のままです。ぼくら教師が悩むのはそこです……」

そこまで書いて康二はペンを投げ出した。

――ヤキモキしたってしようがないのよ。考えたってどうにもなりゃしない……。

同僚の寒川友子《さむかわともこ》がいったことを思い出した。

「幾つになっても大庭先生は若いわ」

同僚といっても友子は康二より五つも年下だ。そいつがしたり顔にそういうことをいう。康二は畳にひっくり返った。

夜になって降り出した大雨の中を謙一は帰って来た。タクシーを降りて門のくぐり戸を鍵で開け、玄関までさほどの距離でもないのにはや頭も肩もぐっしょり濡れてしまった。どの年もボーナス後の七月は、比較的車の売れ行きはいいのに、今年の成績は本社が期待するほどには上らなかった。だが空梅雨の暑熱の中を、部下たちがどんなに懸命に働いたかを謙一は知っている。あんなに働いても成果を出せないのは、要するにセールスマンとしての能力が不足しているためかもしれない。そんな部下たちの能力を伸ばしてやることの出来ない自分の非力を謙一は思わずにはいられない。だから販売会議の後、意気の上らない部下たちを励ますために、謙一は本社でとっちめられて疲れきった身体《からだ》に鞭打《むちう》って、懐勘定の合う安酒場で部下たちのために夜を更かしたのだった。

雨が呼んだ冷たい風を入れようとして、玄関は開けたままになっている。おい、千加、タオル、といおうとして、千加が電話に出ていることに気がついた。

「――謙一さんは一所懸命働いてるんです。今日なんか昼間は三十四度もあったんです――そんないい方、可哀そうすぎますよ、おじいちゃん……帰りが遅くても遊んでるわけじゃないわ」

――おじいちゃん？

謙一はギョッとした。千加が「おじいちゃん」といったのは、親父のことか？　まだ一度も会っていない丈太郎に「おじいちゃん」は狎《な》れ狎《な》れしすぎる――。

ハンカチを出して肩や首筋を拭きながら、謙一は居間へ入って行った。

「あっ、帰って来ました……代ります……」

千加は謙一に受話器をさし出した。

「岩手のおじいちゃんから……」

やっぱり親父だったのか。謙一は濡れた頭から雫《しずく》を垂らしながら、「もしもし謙一です」といった。お前の今度の女房はありゃなんだ、といわれるのを覚悟していたが、丈太郎はいきなり、

「今日、康二から手紙が来たよ。あらかた事情はわかった」

といった。

「ご心配かけてすみません。ぼくがもう少し気をつけてやればよかったんだけど」

「いいわけはするな！」

大声が受話器の中で弾けた。

「大事なことはこれからどうするか、だ。それを考えてるのか、謙一――」

「お父さんに心配かけて、申しわけないと思っているんですが」

神妙に謙一はいった。

「でも今は夏休みに入ってますからね、ひとまずほっとしているところです。夏休みの間に担任の先生に会っていうべきことはいい、向うの意見も聞いて対応を考えるつもりでした。子供のことだから夏休みの間に気持も変るんじゃないか……吉見もだけど、向うの子供らもですね。忘れるというか、飽きるというか。案外、二学期になればケロッとしているかもしれないし……それに吉見のような性質は周りが騒ぐと却《かえ》って傷を深めるんじゃないかと思ったりもしてるんだけど……」

「そうかも知らん。吉見が何もしゃべらんということは触れられたくないんだな。吉見にもプライドというものがある。そのくせ気は弱い。男には男として我慢するべき時と、我慢を捨てて闘う時とがあるんだ。それがまことのプライドというものだ。それを吉見に教えるのが父親の役目だぞ、謙一」

「はい」

「わしは康二の手紙を見て考えた。今の子供は心身が衰弱してるんだ。イジメの形が実に陰湿だろう。男のすることじゃない虐め方をしている。問題は吉見をどうするかだけじゃない。この解決には日本の将来がかかっているんだ。平等主義者が男教育というものを排斥したからこういうことになった。わしがいたら虐める奴をつかまえて、男らしい喧嘩《けんか》をやれといってやるよ。女の腐ったみたいなやり方は男の恥と思えと……」

「お父さん、そんなことといったら大変だよ。女性の総攻撃を喰うよ」

「女性？　何が女性だ。女でいい。いちいち言葉尻《じり》をつかまえて文句をいってる限り女の進歩はないといってやれ……」

　丈太郎は興奮を剝《む》き出しにした。

「わしが情けないと思うのはな、謙一。昔なら一人や二人、どの組にも虐めっ子はいたものだ。だが虐めっ子がいる代り、味方する奴も必ずいた。義を見てせざるは勇なきなり、と思う奴が。そいつが今は地を払った。一人もおらん。組中が雷同してイジメの大将の家来になっておる。知り合いのじいさんから聞いた話だが、友達が虐められてるのになぜ見て見ぬふりをするかと、テレビが訊いたんだな。そうしたら自分も虐められるようになったら困るからといったとさ。わしは情けなくて言葉が出なかったよ」

「お父さん」

謙一はいった。

「吉見が虐められるようになったのは、虐められている女の子を庇ったのが始まりだといいますよ……」

「なにィ……」

丈太郎は絶句した。

やっと丈太郎が口を噤《つぐ》んだので、謙一は改めて「お父さん」と呼びかけた。

「今はお父さんの想像以上の複雑な時代なんですよ。サラリーマン社会では、何より必要なのは協調性なんです。ぼくらは自分の哲学なんてものは捨て、いやはじめから持たずに、ひたすら会社の経営方針に従うことで暮しを立てているんです」

「それが何なんだ」

「そんなふうにして生きてるぼくらが、父親として理想や信念を云々《うんぬん》出来ますか？ それを捨てなければ資本主義社会を生き抜くことは出来ないとなれば、卑怯《ひきよう》なこと、正しくないことに目をつむって実行しなければならない。これは私利私欲でやってるんじゃない、会社のためだといいわけをして辛うじて自分を支えてるんだ。かつて日本の男は国のために命を捨てなければならなかった。女は家のために犠牲になるのが美徳だった。

それが間違っていたといって民主主義に殺到した結果、国のため、家のためが会社のためにに代っただけです。少くともぼくはそう思ってる。違いがあるとしたら報酬のおかげで、犠牲を払っているという自覚が薄められる——。その代り、目に見えないところで失ったものも大きい……」

謙一は丈太郎に負けずにしゃべり立てた。

「お前は何がいいたいんだ」

「父親の無力をお父さんは叱りたいんでしょう？　でもいくら怒られても無力にならざるを得ないということをいいたいんです」

「つまりそういう親だから子供の教育は出来ないというのか」

「少くともお父さんのいうような理想は通用しない」

「それがお前のいいわけか！」

丈太郎は怒鳴った。

「そんなゴタクを並べてる暇があったら、吉見のために何かしてやれ！」

「じゃあ教えて下さい。怒鳴るだけじゃなくて、どうしろと……」

「担任の所へ行って談判しろ」

「何といって談判するんですか！」

「悪いことをした奴は罰を与えるんだ。昔は廊下に立たせたものだ。水を入れたバケツを持って立たせた。それを復活させろというんだ。『ぼくはイジメの大将です』と書いた札を首から下げさせる……」

「そんなムチャな」

「何がムチャだ。罪もない同級生をみんなで虐める方はムチャではないというのか！ それくらいの度胸が教師になかったら、そんな腐った組はどうにもならん」

吉見は階段の途中に坐ってパパの声を聞いていた。おじいちゃんとパパがいい合いをしている。ぼくのことで。みんな心配してくれてるんだ、と思った。心配してくれてもどうにもならないのにどうにかなると思っているのか……。


青果店の前を通るたびに、ガラスケースに入っている半ワリの水瓜《すいか》が目に止るようになって大分経つ。赤い切口が瑞々《みずみず》しく光って、艶《つや》やかな黒い種がポツポツと埋まっている。なんておいしそう……と思って立ち止るが、半ワリの水瓜は独り暮しに多過ぎると思って通り過ぎる。

信子は水瓜を丸ごと一個買って行く主婦の幸福を羨《うらや》まずにはいられない。水瓜というものは大人数の家族が縁に出て、大ぶりに切って盆に並べたものをてんでに取って、庭に向ってプップッと種を飛ばしながら食べるものだ。それが水瓜を食べる幸せだ。

かつて信子はそんな家庭の主婦だった。半ワリどころか、迷わず一個丸ごと買って、冷蔵庫に入りきらないのでまずタライの水で冷やしたものだ。

「昔は井戸で冷やしたものだ」

と丈太郎はいった。

「冷えたかどうか、そればっかり気になって覗《のぞ》いてばかりいて、頭から井戸の中に落っこちたことがあるよ。小学校二、三年の頃だ……」

水瓜を食べる時、丈太郎は決ってその話をした。また同じ話……。聞き飽きた、と信子は思い、

「そうしたら、頭が重いから落ちたんだ、頭が重いということは脳味噌が沢山詰ってるということだって、おじいさんが感心したんでしょう――」

と話を先取りして打ち切った。今思うとそれが大庭家の一番幸せな時だったのかもしれない。謙一、康二に珠子《たまこ》――食べ盛りの三人の子供が先を争って食べた水瓜の種が縁側や庭先に散らばっているのに小言をいいながら、僅《わず》かに残った端切を一切二切食べるだけだったあの頃。

独り暮しの女が皿に乗せた一切の水瓜の種を、フォークでほじりながら食べる味気なさ……。翌日つづけてはもう食べたくないのを、勿体《もったい》ないからとて無理に食べると、冷蔵庫の臭いがついているような気がしてしみじみ寂しくなる――。

「なにいってるの、謙一さんのところへ上げればいいんじゃないの」

春江はこともなげにいったが、それが出来るくらいなら何も苦労はないのだ。信子はそれをしたくない。美保のいる時はそうすることが当り前だった。だが今はしたくない。

謙一一家は信子を疎外しているのだ――。

信子はそう思い決めている。あんなに吉見のために心を砕いてやったのに、彼らは大事な問題を信子に隠していた。謙一は余計な心配をさせたくなかったから、といいわけをしていたが、謙一ばかりか吉見まで信子に何ひとついおうとしなかったのだ。そっちがその気ならこっちだって、と信子は思う。そんな連中のために水瓜ひとつだって自腹を切る気はないわ——。

信子は水瓜を買って春江のマンションを訪ねた。春江は、

「あーら、ご馳走《ちそう》さま」

と笑い、

「謙一さんのところへ分けるのがいやさにあたしを思い出したってわけ?」

「正直いうとそうなのよ」

信子はあっさり認めて改めて部屋を見廻す。クーラーの涼風に壺《つぼ》のトルコ桔梗《ききよう》が揺れている。流れているレコードのソロヴァイオリンは、聞いたことはあるが作曲家の名前を信子は知らない。胸もとを大きく刳《えぐ》っただけの簡単な黒い服が春江によく似合っている。

「相変らず優雅に暮してるのねえ」

信子は水瓜を提げて息子夫婦の愚痴をこぼしに来た自分が恥かしくなった。

「やっぱり違うわ。同じように結婚生活から自由に向って翔《と》んだ者同士でも、連れ添った相手によってこうも違うのかと思うわ。所詮《しょせん》、わたしの連れ合いは校長の古手だもの。

僅かの預金と年金の半分もらって摑んだ自由――」

「その代り、女房時代の苦労の中身が違うわよ。うちは家つき、ジジババつき、浮気の絶え間なし。しかもご面相は今戸焼《いまどやき》の狸《たぬき》。お宅さまは頑固で男尊女卑の権化っていうだけでしょ。見た目はなかなかのものだしさ……でも浮気沙汰なんか一度もなかったでしょ」

「わかりゃしないわ。わたしが家事や子育てにかまけてて気がつかなかっただけかも」

「でもあなた、いつもいってたじゃないの。ガチガチの男だから面白みはない代り、女の問題がないのが唯一の取柄よって……」

「そう思ってたけど、あの年になってよ、今、岩手で女が出来たらしいのよ、春江さん！」

春江はさほど驚きもせず、

「そりゃあ当然かもね。奥さんがいないんだから……」

「でもうちにいた時なんか、もう何年も前からご無沙汰……っていうのかしら、卒業――っていうか、閉店、っていうか……」

「打ち止めになってたの？」

「そう、それよ」

「ふーん、やっぱりねえ、相手が新しいと違ってくるのね、男って……。でもいいことじゃないの。若返っておめでたいわ」

「いやらしいじゃないの。それも若い女ならまだしも、六十八だって。厚化粧の」

春江は信子の顔を眺めて笑った。

「まだどこかに丈太郎さんへの気持が残ってるんじゃないの？　信子さん」

「冗談じゃないわ。自分一人、聖人君子みたいな顔して……あんなウソつき許せない……」

「いいじゃないの、君子も人間――男だったってこと、おめでたい話よ」

と春江は楽しそうにまた笑った。

大きなガラス皿に砕いた氷を敷き、その上に削《そ》ぎ切りにした水瓜が重なっている。それを小皿に取ってフォークで種を撰《よ》り出しながら、こんなふうに水瓜を食べるなんて……と信子は不服だった。

水瓜は半切りにしたのを更に二つか三つ割りにして、顎《あご》から汁をしたたらせながら食べるのがおいしいのだ。フォークで種をせせって上品に食べるものではない。昔そういったのは春江ではなかったか？

春江は信子が話す愚痴を聞いている。その鷹揚《おうよう》ぶった頷き方が信子は面白くない。面白くないが愚痴を聞いてくれる唯一の友達であることを有難いと思わなければいけないと思う。

謙一は千加のいいなりになっている。千加は自分のしたいことを押し通す我儘者《わがままもの》。吉見は学校で虐められている。それは親の責任だ。信子は何とかしたいとあせるが、謙一は口出しをさせないばかりか、秘密主義になった。信子は無用の存在にされている――。

春江は頷きながら時々、「孫のことなんか親に委せておけばいいのに」とか「無用の存在！　すばらしいじゃないの！」などと口を挟む。同情よりも批判が心底にあることが信子にはわかる。

「楽しいことを見つけるのよ、信子さん。そのために丈太郎さんと別居したんでしょ」

「そのつもりだったんだけど、身近に家族がいるとそうもいかないのよ」

「切り捨てるのよ、どんどん。息子も嫁も孫も。だって必要とされてないんだから、遠慮することないわ。知らん顔してればいいのよ」

信子は力なく、

「でもそれが出来ないのよ……」

「出来ない？　しようがないわねえ」

春江は叱りつけるようにいって、暫く信子の浮かぬ顔を見ていてから、

「自分を甘やかして自分に引き摺《ず》られてちゃダメ。家族なんか突き放すのよ。孤独に徹するのよ、向うは向う、こっちはこっち。そうしたら愚痴は出ないわ」

信子は春江を見返して溜息《ためいき》をつく。

「そんな寂しいこと……って顔に書いてある」

春江は笑った。

「もしかしたら信子さん、あなたには前の暮しが性に合ってたんじゃないのかしら……。丈太郎さんに従って、子供に尽して、孫の心配して、誰に褒められるわけでもないのに、

貧乏でもないのに、遠くまで百円安いシャツやストッキングを買いに行く、それを幸福だと思ってた……。誰かのために何かすることで満足する人だったのよ。自分の好きなように暮すってことは孤独なことなのよ。誰の心配もせず、その代り心配もされず、批判せず、されても平気でいる」

春江はしみじみといった。

「あたし、あなたに悪いことしたのかもね」

春江に誘われたイタリア料理店で、勧められるままに飲み過したワインとチーズとオリーブ油が胃の中で沸いている。その気持悪さの中から春江の声が聞えてくる。

――信子さん、あなたを目覚めさせて反乱起させたりして、わたし、悪いことしちゃったみたい……。

「そんなことないわ」と信子は否定した。

「これでよかったのよ、よかったのよ、ほんとに……」

春江の勧めで買った福祉評論家という丸見《まるみ》峯朗《みねろう》の講演録を、あの頃、信子は毎日毎日くり返し読んでいた。今でも信子はそれを暗誦《あんしょう》することが出来るくらいだ。

「日本においては老人が生活をエンジョイすることは恰《あたか》も悪徳であるかのごとき観念が横行しています。日本人は自分自身のために生きるよりも世間体を生きるのです。世間の常識に反することに引け目を持っている。それが老化を早めるんです。そうして年を取るに従って陰湿な性格に変り、楽しんでいる仲間に嫉妬《しっと》する。批判の波を浴びせながら内心では妬心《としん》やるかたなく、羨望《せんぼう》を憤怒《ふんぬ》にすり替えてやがて意地悪じいさん意地悪ばあさんになっていく。人生が一幕のドラマであるとしたら、ドラマの黒子でいるよりも主役を演じることに汗をかくべきでしょう。それが有意義な生き方です。舞台に立って脚光を浴びる勇気もなく、黒子でいることに満足もせずに死んでどうなるというのですか……」

その文章に信子は赤い傍線を引いたのだった。身体の底の方から熱いエネルギーがふつふつと湧き上ってきて、「そうだわ、そうだわ」と声に出して頷いていた……。

信子は楽しい夢を思い出すように目をつむり、あの頃のわたしは燃えてた、と思う。

「年を取ると積極的に若い恋人を持とうと努力した方がいいんです。しかしそんなことをいうと今の日本ではまだ色情狂などといわれる。日本人はまるで老い枯れていくのを美徳のように思っているが、それは大きな間違いです……」

それまで胸の奥に押し込めていたもやもやした思いが、その時陽光の下に引き出されて、みるみるはっきりした形を作ったのだった。丈太郎を含む家庭生活のすべてがいやになった。このまま人生を終りたくないという怒りにも似た欲求の中に、浩介への恋――といっても一方的な想《おも》いがうずくまっていたのが懐かしく思い出される。

春江はいった。

「結局のところ信子さんにとって楽しいことというのは家族団欒《だんらん》だったんじゃないのか

しら。自分ひとりが損な役割をさせられていると思いながら、でも家庭をとりしきる中心人物であることがほんとは幸福だったんじゃないのかしら、あなたには」

吉見の夏休み

吉見は岩手のおじいちゃんの所へ遊びに行くことになった。

「おじいちゃんが来いっていってるんだよ、行くかい？」

とパパがいったので、吉見はよく考えもせずに「うん、行ってもいい」と答えた。おじいちゃんのところはテレビがないよ、ファミコンは出来ないよ、とパパはいった。吉見は「うん」といった。

おじいちゃんを吉見は好きでも嫌いでもなかった。うちにいる間はどちらかといえば「いない方がスッキリするだろうな」といった感じだった。だが本当にいなくなると、いた方がいいという気になる。風通しがよくなったとおばあちゃんはいったけど、風がスースー通っているような母家は頼りない。今はおじいちゃんはいないよりはいた方がいいと思うようになっている。

一人で新幹線に乗る——。

初めての一人旅だ。クラスの奴《やつ》らが知ったらどう思うだろう。一番先に頭に浮かんだのはそのことだった。おじいちゃんに会うことよりも、それを思って心が躍った。

緑川や永瀬、一人で新幹線に乗ったことがあるかよ！　いつだったか永瀬が海水浴の支度をしたおとなにまじって、叱《しか》られながらバスに乗り込むのを見たことがある。さっさとしなさいよ、と小突かれていた。えらそうなことといっても、千葉の海へ行くんだって親にぶら下ってるんだ。

おばあちゃんは吉見が一人で行くことに反対した。新幹線に乗れば目的地に着くというわけじゃない。盛岡から山田線で二時間乗らなければならない。

「ダイジョブだよね、それくらい」

とチカちゃんがいったので、あとでおばあちゃんは誰《だれ》かに電話をかけて、

「本当の母親だったら心配するところだけどねえ」

といっていた。ママに電話をかけて、

「ぼく、おじいちゃんの所へ行くんだ、一人でだよ……」

というとママは、

「あっ、それはいいわ！」

と弾んだ声を出した。

「がんばって行っていらっしゃい！　元気になって帰って来るのよ……」

といった。ママだって本当の母親だけど心配しないじゃないか、と吉見は思う。

まだ三日も先のことなのに吉見はもう支度をした。いわれなくてもリュックサックに勉強道具を詰めた。夏休み日記にこのことを書こう。青柳先生がみんなの前で吉見の日記を発表する光景を空想した。教室のざわめき。ほんとかよ、と誰かがいう。新幹線で

なく飛行機だったらもっと驚くだろう。そんな想像をしていると元気が出てきた。――これで林間学校へもプールへも行かなくてすむ……。吉見はそれが嬉《うれ》しい。プールや林間学校はどうしても行かなければいけないというものではないが、行かなければ後で虐《いじ》められる理由になるかと思うと気が重かったのだ。だがこれで晴れて休めることになった。

パパは青柳先生に電話をかけて、祖父のいる山村へ心身を鍛えに一人旅をさせようと思いますので、といった。吉見は胸をドキドキさせながら電話口のパパを見つめていた。電話を切ったパパは、「オッケイだ、大丈夫」といった。

「先生はなんていってた？」

「わかりました、ってさ」

とパパはいった。

「それだけ？」

それだけでは何となく心配だった。青柳先生は機嫌よく「わかりました」といったのか、冷たくいったのか、そのへんの様子を知りたかった。だがパパは、

「だから、わかりました、っていったんだよ」

と面倒くさそうにいった。いつも言葉数の多い青柳先生が「わかりました」とだけしかいわないのは機嫌がよくないからだ、と思った。気が滅入った。林間学校は青柳先生の親類の人が脱サラして造った山中湖《やまなかこ》のペンションの近くの林でキャンプすることにな

っている。六年二組だけの林間学校だ。

「この林間学校の生活を通して、クラスがひとつに団結するようになってほしいと先生は思ってるの。だから全員が参加してほしいのよね」

と先生はいった。吉見が行かないので先生はムッとしてるのだろう。そのことをチカちゃんにいうと、

「そんな三日か四日のキャンプで団結なんかするわけないじゃない。あんな最低の連中が」

と喧嘩腰《けんかごし》になっただけだった。

おじいちゃんの所へ行く前の日になると、吉見は急に心細く不安になった。行きたくなくなった。だが今になって行きたくないとはいえない。おばあちゃんは反対しているから、それとなく離れへ行って、

「あーあ……」

といってみた。

「なにがあーあなのよ」

とおばあちゃんは機嫌の悪そうな声でいった。

「林間学校もプールも行かないでいたら、二学期になってまたやられるだろうな」

「それはやられるかもね」

おばあちゃんは突き放すようにいった。

「だからおばあちゃんは反対したのに吉見が行く気になったんだもの、しようがないわ。この頃《ごろ》吉見はおばあちゃんのいうことなんか耳に入らなくなってるんだもの」

——行くよりしようがない、と吉見は思った。

チカちゃんはお土産に味付海苔《あじつけのり》を買って来た。これなら軽いし日もちする。吉《よ》ッちゃんがご飯に巻いて食べるのが好きだから、といった。おばあちゃんは荷物になるからお土産はなしよ、といった。おじいちゃんはお土産なんかどうだっていい人なんだから、とへんに機嫌が悪かった。

吉見は着替や勉強道具の入ったリュックサックを背負って海苔の紙袋を提げた。もう一つの紙袋にはウーロン茶とおばあちゃんの作った弁当や菓子パンが入っている。吉見はそれを持って会社へ行くパパの車に乗った。チカちゃんとおばあちゃんが門の外へ出て見送ってくれた。チカちゃんはニコニコして、

「吉ッちゃん、がんばれ」

といったがおばあちゃんは怒ったような顔をして、「気をつけてね」といっただけだった。

「おばあちゃんは怒ってんのかな？」

とパパにいうと、パパは、

「心配すると怒った顔になるんだよ、おばあちゃんは」

と答えた。

渋谷駅でパパの車から降りた。後はJRで東京駅へ行く。「新幹線」という案内標識をよく見て、その通りにいけばいいんだ、とパパはこともなげにいう。そして東北新幹線だよ、やまびこだよ、間違えるな、といった。吉見は「うん」と元気を出して大声で返事をし、パパをふり返って「バイバイ」といって海苔の袋を上げて振った。

新幹線の切符はみんなが通る改札口の穴には入らないからね、端の方に駅員が立ってる所を探してそこを通るのよ、とおばあちゃんがくどくど教えてくれたおかげで無事改札を通過し、東京行きのプラットフォームへ上ってほっとした。それだけでもう、汗が顔を流れた。フォームには通勤のおとな達がぎっしり詰っていて、朝の八時だというのにもうカンカン照りの朝日が線路に照りつけている。電車が入って来た。どっと吐き出される人の群。吉見は乗客に揉《も》まれながらだーっと詰め込まれた。乗客の間に挟まって窓の外が見えないので、必死で車内放送に耳を澄ます。

やっと東京駅に着いた。ひとりでに押し出されるようにプラットフォームに出た。どの階段を降りればいいのかわからない。パパに標識を見よといわれたことを忘れて、人に押されるままに手近の階段を降りた。これから新幹線の乗り場に行かなければならない。人に訊《き》いても駄目よ、答えてくれる親切な人なんかいやしないんだから、とおばあちゃんがいったことを思い出した。まわりはみな宇宙人だと思った方がいいわ。言葉は通じるけど人情なんてどこにもないんだから。

ほんとうにそうだ。脇目《わきめ》もふらずにみんな前へ前へと進んでいる。おばあちゃんはいった。迷ってうろうろしてようが泣いていようが目にも入らないんだから。ぶっ倒れてもそれを跨《また》いで行くんだわ、きっと。頼れるのは自分一人なのよ。それでも行くの？吉ッちゃん……。

やっと東北新幹線の改札口を見つけ、吉見は九時四十八分発のやまびこが停車しているプラットフォームに上った。自由席に入って荷物を棚に載せ、腰を下ろした。ウーロン茶を出して飲んだ。息もつかずにゴクゴク飲み、人の気配に目を上げてびっくりした。

「あっ、浩介さん――」

と叫んでいた。

「どしたの？　どこへ行くの？」

浩介さんは豹柄《ひょうがら》のパンツに緑色のTシャツを着て赤いブーツを履いていた。赤茶に染めた前髪を顔の左側にのれんのように垂らして片目だけ出している。

「やっと見つけたよ、吉ッちゃん――」

と浩介さんはいった。

「多分自由席だろうと思ってずーっと探しながら歩いて来たんだよ」

「どしたの？」

と吉見はもう一度いった。

「吉ッちゃんが無事に乗ったかどうか、確認に来たのさ」

浩介さんは空いていた吉見の横の席に腰をかけた。

「昨夜《ゆうべ》暇だったもんで、吉ッちゃんどうしてるかと思って電話かけたの。そしたらおじいさんの所へ行くことになったって、おばさんがとっても心配してたのよね。東京駅で迷うんじゃないかって。それでどうせ暇だから蔭《かげ》ながら見送りに行きますっていっちゃったんだよ。おばさんはあんまし信用してないみたいだったけど……それにぼくもそれほど本気じゃなかったんだけど、今朝、イガイと早く目が醒《さ》めてね。することがなかったから来てみたの」

浩介さんは背凭《せもた》れに背中を預けるようにして、長い脚を前へ伸ばした。

「いいなあ、気らくな旅って。行きたいなあ……」

「行けば」

「うん、そうだね、けど金がない」

「お金ならぼく、持ってるよ」

「そうか……借りちゃうか……しかしなあ、約束しちゃったからなあ……吉ッちゃん、知ってるだろ。美容院のおばちゃん……あのおばちゃんと温泉へ行く約束しちゃってるんだよ、明日」

「明日なの？」

「うん。温泉ってぼく、あんまし好きじゃないんだけどねえ。おばちゃんって温泉、好きなんだよねえ。どのおばちゃんも」

その時突然スーと電車が動いた。

「あっ、発車したよ、浩介さん……」

「ほんとだ」

浩介さんは慌てるふうもなくいった。

「発車ベル鳴った？　へんな電車だなあ……ま、しようがないか。出ちゃったんだ……」

そういって窓の外を見ながら、

「まずいかな。おじいさんはぼくのことを嫌いだもんね」

といっている。だがべつに困ったふうもなく、入場券を乗車券に変更する金を吉ッちゃん、貸してくれる？　といった。吉見はひとごとながら、温泉行きを約束した美容院の「おばちゃん」のことが気になって、

「どうすんの？　美容院のおばちゃん――」

といったが、浩介さんは、

「いいよ。だってしようがないよ。電車が動いちゃったんだもん」

あワ、ワワワとあくびをして眠ってしまった。浩介さんといると吉見は妙に心強くなる。

盛岡に近づいたので浩介さんを起した。盛岡でコーラを飲み、山田線に乗り替えた。コーラを飲もうといったのは浩介さんで、吉見が金を出した。

電車はガタンゴトンと山間《やまあい》を上る。びっくりするくらい下の方を流れている渓流を見下ろしたり、重なり合う山を見上げたりしながら陸中川井《りくちゅうかわい》駅に着いたのは午後五時を過

ぎていた。駅は吉見の学校の物置小屋ほどの大きさだ。下車をしたのは吉見たちのほかにおばあさんが二人だけだった。駅の後ろは山で、前は川を後ろに一筋の人家が並んでいる窪地《くぼち》を挟んで国道が見える。国道まで長い橋が架っている。国道の向うは高い山が重なっている。五時といえば東京ではまだ陽《ひ》は高いが、ここの太陽はもう山蔭に入っていて村ははや小暗い。一番遠い山の片面だけが金属板みたいに光っている。

「ふーん、こういう所か……」

と浩介さんはいった。

「吉ッちゃんのおじいさんが気に入りそうな所だな」

こんなに目の前にも後ろにも山が迫っている所を吉見は今までに見たことがなかった。びっくりしてぼーっと立っていると、向うの橋を白い車がフルスピードで走って来て吉見たちの目の前で急停車し、

「吉ッちゃんね？」

車の窓から馴《な》れ馴《な》れしい声がいった。一目見て、あ、これが「厚化粧のおばちゃん」だ、と思った。大きな白く塗った顔に濃く丸く描いた眉《まゆ》が目立つ。女はニッと笑って、

「お疲れ……迎えに来たのよ」

と運転席から出て来た。

「一人かと思ったら二人？」

浩介さんをしげしげと見て、

「わァ、イカすゥ」

そういって、もう一度、頭から靴までじっくり眺めた。それにこたえるように浩介さんは首をひと振りして、顔の半分を隠しているのれんみたいな髪の毛をふり上げ、

「川端浩介といいます。吉ッちゃんの友達です。よろしく」

とにっこりした。

吉見と浩介さんは車に乗り込んだ。「厚化粧」の運転が乱暴なのか、車にガタがきているのか吉見にはよくわからないが、車はガタンガタンと時々、躓《つまず》くようになりながら橋を渡り国道を左へ曲ってトンネルをくぐり、山間をうねうねと進んで行く。

「あたしはトシっていうの。荒巻トシ」

「厚化粧」は運転しながらふり向いて濃い口紅でニッと笑った。

「二人も来てくれて、賑《にぎ》やかで嬉しいわ。吉ッちゃんは川魚好き？　煮つけと塩焼きとどっち？」

「どっちも」

あんまし好きじゃない、といおうとしたのに「厚化粧」は、

「どっちも好き？　ああよかった。何でもおいしく食べる人って好きよ……」

といった。

「浩介さんはお酒は？」

「ぼく、酒はあまり……」

「あらァ、ぜんぜんダメ?」

「飲んで飲めないことはないけど、好きで飲むことはないんです」

「そんならこっちにいる間にあたしが仕込んだげる」

「厚化粧」はまたふり返ってニッと笑い、向うから来たトラックにぶつかりそうになったので吉見と浩介さんは一緒に、「あーッ!」と叫んだ。トラックは怒ったようなクラクションを鳴らして通過して行った。

「ハハハ、怒ってる——」

「厚化粧」はまたふり向いて笑顔を見せ、

「あたしの運転、乱暴だっていわれるけど、でも一度も事故ったことないのよ。反射神経が抜群なのよ」

そういちいちふり向かなくてもわかってる、と浩介さんは小声で吉見にいった。

「マイったなあ、このおばちゃん……何者なんだ?」

「知らない」

その声が聞えたのか「厚化粧」は「なあに?」とふり向く。「おばさんは」と浩介さんはいいかけて、「荒巻さんは」といい直した。

「荒巻さんなんて病院へ行ったような気がするわ。おトシさんっていってちょうだい」

「おトシさんはおじいさんのいるお寺の人ですか?」

「あたしは盛岡なの。先生のお世話をしにこうして来てるのよ」

「盛岡から？　車で通ってるんですか、毎日」

「毎日ってこともないけど……帰るのが面倒になると泊ったり……」

そういってふり返ってニッとする。

「あーッ、危ないッ！……」

吉見と浩介さんはまた叫んだ。トラックがクラクションの尾を引いて、すれすれに通って行った。

車を降りて山門を入って行くと、箒《ほうき》を持ったおじいちゃんと出会った。おじいちゃんは浩介さんをいったい誰かと思ったらしいが、まじまじと見て浩介さんだと気がつくと、

「なんだ、君か……」

といったきり、あんまり驚いて吉見のことを忘れたようだった。

「送ってもらったのか？」

と苦々しそうに吉見を見た。

「いや、ついて来たんです。勝手に」

浩介さんは平気で答え、

「やあ、凄《すご》い寺だなあ。古いねえ……」

と本堂に近づいて見上げた。

「大丈夫かな。お化けなんか出て来ないかな」

「化けものなら珍しくないよ。さしずめ片目を出した君はゲゲゲの鬼太郎《きたろう》ってところじ

ゃないか」

おじいちゃんは笑いもせずにいった。浩介さんは小声で、

「ヌリカベもいるし」

といった。おじいちゃんには意味がわかるかなあと思いながら、吉見はわかったしるしに「アハハ」と笑った。先に庫裡《くり》に入った「ヌリカベおばさん」が窓からこっちを見てニコニコしている。

「お風呂？　ごはん？　どっち先にする？」

「ごはんがいいな。ね？　吉ッちゃん」

吉見は「うん」といいながら浩介さんが少しも遠慮をしないのに感心した。夕食のおかずは鯉《こい》こくとやまめのから揚げに山菜を煮たものだった。吉見はどれもうまいとは思わなかった。

から揚げはなぜだかベトベトして、鯉こくは甘くてドロドロしていた。チカちゃんが持たせてくれた海苔でご飯を巻いて食べたかった。おじいちゃんもまずそうに鯉こくをすすっていた。浩介さんだけが鯉こくのお代りをしてご飯も三杯食べた。

おじいちゃんはパパやチカちゃんやおばあちゃんのことをひと通り訊いた。それから浩介さんに「君は何をしてるんだね」と訊いた。

「一応、モデルをやってるんですけど、モデルの仕事がない時は、ま、いろいろ。その時その時で……」

「その時その時で？　どんなことをやってるんだね、そんなに簡単に仕事はあるのかね」

「何でもやるという気になったらありますよ。気に入った仕事をやろうとしたらないけど」

浩介さんは食後の水瓜《すいか》にかぶりつきながらいった。

「一人暮しのおばあさんのお話相手というのがわりかし向いてると思ったけど、でもそれも相手のおばあさんによるしね。おじいさんはダメです。説教しては怒り出す人が多い」

おじいちゃんは苦虫を嚙《か》みつぶしたような（とおばあちゃんがよくいっていた）顔になっていた。

吉見が風呂から出てくると、本堂の脇の部屋に布団が敷いてあった。浩介さんの布団と並んでいた。ヌリカベさんがどっかから借りて来たのだ。浩介さんはおじいちゃんの浴衣を借り、パンツを洗濯したので股《また》ぐらがスースーして頼りないといっていた。まだ九時だったが寝ろといわれたので寝た。部屋はとてつもなく広くて天井が高かった。カビと線香の混った匂《にお》いがそこいら中に染みついていた。

明日の朝は六時に起す、とおじいちゃんはいった。吉見は心身を鍛えに来たのだから勝手は許さん。君はその吉見のつき添いで来たのだから同じにあつかう。朝飯前に剣道の手ほどきをしてやる。吉見の竹刀《しない》と面は荒巻さんに頼んで買ってきてある。君のはないから自分で手頃な棒を見つけて来なさい。

寝床に入ると「ひでえことになったなあ」と浩介さんはぼやいた。

「六時起きの剣道か……あーあ、九時に寝るなんてなあ……眠れやしないよ」

浩介さんはひとしきりぼやいてから、「おい、吉ッちゃん」と声を低くしていった。

「ヌリカベはどこで寝てるの？」

「知らないよ、ぼく」

「おじいちゃんと一緒かな？」

「そうかもしれないね」

「ふうーん」

と浩介さんは長い鼻息を吐いた。

「ヌリカベはあれは本モノの妖怪《ようかい》かもしれないね」

「どして？」

「あの顔いつまで経《た》っても真白で、化粧が剝《は》げないだろ？　夜になるとますます白くなって眉が黒々してくる。不気味だよ」

浩介さんはシーシー声になっていった。

「おじいさんをたぶらかしに来てる妖怪かも」

「でも何のためにたぶらかすの？」

「妖怪に何のためってことはない。ただたぶらかしたくなる、それだけのことだよ。そこが妖怪の悲劇だ。何のためってことはない、だがしてしまう。そこがちょっと、オレに似てるんだよね」

　浩介さんはいった。

「そうだ、『鶴《つる》の恩返し』ってお話があるだろ。『ぬりかべの恩返し』てのはどうだろう……むかしむかしある山奥の寺にぬりかべという女の妖怪が住んでいました……」

　吉見は眠くなったので「ぼく、もう眠る」といって浩介さんに背中を向けた。

　そんなことより浩介さんはいつまでここにいる気なんだろう？　帰りの電車賃はどうするんだろう？　おじいちゃんに借りるつもりなんだろうか？　気らくに妖怪の話なんかしてる場合じゃないのに……。そう思いながら吉見は眠りに落ちた。

　朝、おじいちゃんの大きなうがいの声で吉見は目を醒ました。眠けの中に何ともいえない懐かしい気持が湧《わ》いていた。あの頃を思い出した。ママがいて、おじいちゃんがいた。おばあちゃんはかげでぶつぶつ文句ばかりいっていた。おじいちゃんは「女子と小《しょう》人《じん》はやしないがたし」といっていた。学校へ行くのがいやでなかった頃だ。横を見ると浩介さんが毛布の中に丸まっていた。東京と違ってここの朝は寒い。

　――ああ、こんな所まで来たんだ……。

　吉見は「感慨無量だ」と思った。感慨無量という言葉はきっとこんな気持をいうのだ。東京はずっとずっと遠くだ。学校も六年二組も遠い――そう思うと吉見は身体《からだ》がすーっと軽くなった。

「起きろよーっ、六時過ぎたぞーっ！」

とおじいちゃんが怒鳴る声が聞えてきた。吉見は浩介さんを起した。起されると浩介さんはますます毛布の中にもぐり込んで、虫みたいになった。毛布の中から、「なんでそんなに早く起きるんだよォ」という声が聞えた。

「おじいちゃんが起きないと朝飯を食わせないって」

毛布の中の浩介さんは静かになり、それからモソモソと顔を出した。鼻をヒクヒクさせて、たまんないな、この味噌汁《みそしる》の匂い……といって両手を上へ伸ばして思いっきりノビをしようとして、急に飛び起きた。おじいちゃんが入って来たのだ。

「おはようございます」

と浩介さんは大きな声でいった。おじいちゃんは「おはよう」といって朝飯前に本堂の雑巾《ぞうきん》がけをしなさいと命令した。

「拭《ふ》き清めたら、そこで君らに剣道を教える……」

浩介さんは「はあ……」といって、吉見を見、それから「君ら？」といい、改めておじいちゃんに、「ぼくもですか？」と訊いた。

「君も折角来たんだからな」

とおじいちゃんはいった。

「早くそこを片づけて顔を洗いなさい。裏に湧き水がある。洗面はそこですればいい」

おじいちゃんは浩介さんの浴衣の前がはだけているのを見て、

「とにかく君は早くサルマタを穿《は》き給《たま》え」

といった。浩介さんは浴衣の前を引っぱりながら、

「お見苦しいものをお見せしました。昨夜《ゆうべ》、洗濯したもので」

「乾いていないだろう。わしのを穿き給え」

浩介さんは立って行って軒下に乾《ほ》しておいたブリーフを持って来た。

「乾いてないんじゃないか？」

浩介さんはブリーフを穿き、

「お尻《しり》で乾かします」

といった。

浩介さんが昨日着て来た緑色のTシャツと豹柄のパンツはおトシさんが洗濯してしまった。浩介さんは、

「ヒエーッ！」

といったきり、何もいえなくなった。それから気がついて、「乾燥機はないんですか？」と訊き、「そんなものないわ。洗濯機もないのよ、ここは」といわれて、今度は声も出なかった。

おトシさんはおじいちゃんの下穿きとアンダーシャツを出してきた。それはステテコというもので、今どきこんな上等の麻のステテコを持ってる人なんか、日本中に何人といやしないわといった。

「これを着るんですか?」

浩介さんは泣きそうな顔になって、

「ぼくは今日、東京へ帰るつもりをしてたんです。今日中にどうしても……」

といった。おトシさんは、

「ごめんなさいね。今日のお天気じゃあ、乾かないわねえ。でも、いい所だから二、三日ゆっくりしていこうかなって、浩介さん、昨夜いってたでしょ」

浩介さんがガクンと頭を落すと、赤茶の前髪がバサッと顔を隠した。暫《しばら》くそうしていてから、ふと思いついたように、

「ではアイロンで乾かそう……」

と顔を上げた。おトシさんはあっさり、

「アイロン? そんなものないわ」

浩介さんはもう何もいわず、口をぐっと結んでヤケクソのようにステテコを穿いた。

「似合うわァ……ハンサムは何を着ても似合うのねえ。イナセよ」

とおトシさんは褒めた。

吉見はおトシさんから渡された箒を持ち、浩介さんは雑巾とバケツを持って本堂に行った。

「一寸《いっすん》先は闇《やみ》、とはこのことだなあ……」

長い廊下を歩くうちに三回、浩介さんは溜息《ためいき》をついた。

本堂の床はおじいちゃんが毎日掃除をしているのか、黒くピカピカ光っていた。

「きれいじゃないか。これ以上、拭く必要はないよ」

と浩介さんはいい、正面のお釈迦《しゃか》さまにお辞儀をした。

「お釈迦さま、どうか私を憐《あわ》れんで下さい」

吉見も浩介さんの後ろでお釈迦さまにお辞儀をした。何かお願いをしたかったが、何をどういえばいいのかいろいろありすぎてわからなかった。

おじいちゃんが入って来て、何をやってる、さっさとやらんか、といった。吉見と浩介さんが雑巾がけをする間、おじいちゃんは立って見ていた。やっと終った。

「やっと朝ご飯にありつける」

と浩介さんがいうと、おじいちゃんは「飯は後だ」といった。

浩介さんと吉見は本堂の床に坐《すわ》らされた。おじいちゃんはいつの間にか袴《はかま》をつけていた。

「これから君らに剣の道を教える」

とおじいちゃんはいった。

「まず初めにいっておくが、剣道はスポーツではない。柔道もまたしかりだ。スポーツは勝ち負けを競うものだが、剣道は心身の鍛練を目的とする。これは人間形成の道である。剣道を通して人間を作っていくのだ。勝った時も負けた時も、最後は相手に敬意を表して頭を下げる。勝った勝ったと喜んで躍り上ったりするものではないのだ」

おじいちゃんはいかめしい顔で吉見と浩介さんをかわるがわる見た。

「剣道の基本は正しい姿勢にある。よいか。まず肩を下げる。すると項《うなじ》がまっすぐになってのどに力が入って気合が集中する……」

おじいちゃんは横向きになってその姿勢を見せた。

「すると横隔膜《おうかくまく》が下り、臓器が下る。臓器が下ると反射的に肛門《こうもん》が締る……。即《すなわ》ち丹田《たんでん》に力が入る。丹田とは臍《へそ》の下、ここだ。そして眉と眉の中心、ここを寸田《すんでん》という。相手の目をしっかり見ると寸田に力が入る。いいか、吉見。寸田と丹田に気を満たして相手の目をしっかり見るのだ。そうすれば相手は沮喪《そそう》する。沮喪とはたじたじ、ヘナヘナとなることだ。犬ならば尻尾《しっぽ》を巻いて逃げて行く。わしが剣道を教えるのは何のためか、吉見、わかるか?」

「はい」というのが精一杯だった。脚が痺《しび》れて身動き出来なかった。

「脚が痛いか」

返事も出来ないくらい痺れていた。

「よし、それならあぐらになりなさい。追々、正座に馴れるように鍛練しなければな」

おじいちゃんは浩介さんを見た。

「浩介くん、あぐらをかきなさい」

「は」といったきり浩介さんは動かない。

「どうした? 動けんのか?」

返事もせずに浩介さんはひっくり返った。おじいちゃんは笑いもせず、

「わしは中学一年の時から大国勝人《おおくにかつと》先生という剣道師範から剣の道を教えられた。申しわけのないことだが、先生のことを長い間わしは忘れておった。それが今回、ふと思い出したのは、吉見のことがもとだ。吉見の組に友達を虐めて面白がっている屑《くず》どもがいるということを聞いて考えた。そういう奴らから逃げずに迎え撃つ力をつけるには剣道だと思い到《いた》った。正しい姿勢、正しい呼吸、正しい意識を持つこと。それをこれから習得しなさい。そうすれば自信が生れて二学期がくるのが楽しみになる。これは理屈じゃない。体得してわかることだ。いいか、吉見。敵から逃げようと思うな」

といった。

――相手の目をしっかり見て息を吐きながら頭を下げる。息を吸いながら元にもどす。吸う息短く、吐く息長く。吐く息が強く長くなると肺活量が増えてくる。吐く息の強さがなかったら敵は攻められないぞ、とおじいちゃんはいった。

「これが剣道の基本である。今日はここまでにしておく……」

おじいちゃんは吉見と浩介さんに礼をさせて本堂を出て行った。浩介さんは待ちかねていたようにステテコの脚を伸ばして「ひでえことになったなあ」と膝頭《ひざがしら》を撫《な》でながら、吉ッちゃんは学校で虐められてたのか、といい、吉見の顔を見て大きな溜息をついた。

「吉ッちゃんが剣道を習うのは必要かもしれないよ。だけど、ぼくが習う必然性というものは何もないいんじゃないの？」

そういわれればそうだと思い、吉見は「そうだね」といった。浩介さんは本堂の床に仰向けにひっくり返って、「問題は金だ」といった。

「吉ッちゃん、いくら持ってる？」

来る時に浩介さんの新幹線の切符代を出したから、三千円しかない。

「三千円か……」

浩介さんはまた溜息をついた。

向うでおトシさんが「ご飯よう」と呼んでいる。浩介さんはのそのそと起き上って空を見上げた。雨が近いのか空は暗く、梅雨の時みたいにじめっとして気温は下ったままだ。

「頼みもしないのに勝手に洗濯なんかしやがって、ヌリカベの奴……」

浩介さんはぼやいた。

「こんな格好、じいさんとヌリカベが相手だからいいようなもんだけど、東京の連中が見たら泣くよ」

庫裡へ行くとお膳《ぜん》の前におじいちゃんがにこにこして坐っていた。

「腹が減ったろう、さあ、おあがり。どうだ、浩介くん、清々《すがすが》しい気持だろう」

「はあ」

いつも愛想のいい浩介さんだが、むっとした顔でそういっただけだ。

「吉見、沢山食べなさい。ここにいる間にもっと太って大きくなって、心を強くして新しい吉見になって皆をびっくりさせろ」

おじいちゃんは上機嫌だ。

「浩介くんは素直なのがいい。見どころがあるよ」

「そうですか」

と浩介さんは迷惑そうにいった。

「ぼくは何ごとも無抵抗主義です」

そういってから「なりゆき委《まか》せというか」と小声でつけ加えた。


ひでえことになったなあ、と浩介さんは何べんもいっている。吉見もこんなことになるなんてなあ、と何べんも思う。東京にいてプールへ行ったり林間学校へ行くのとどっちがましだろう、と吉見は考えた。日によってプールで虐められる方がましだと思ったり、またこっちの方がましだと思ったりする。こっちの辛抱は朝の二時間だけだ。だがプールや林間学校はそこにいる間じゅう、ビクビクしていなくてはならない。イジメがきてもこなくても。

「どっちかというとこっちの方がマシかなあ……」

と吉見は浩介さんにいった。

「吉ッちゃんはイジメにあってるからそう思うんだろうけど、ぼくには何の問題もないんだよねえ。東京の方がいいに決ってる」

と浩介さんはぼやいた。気の毒になって吉見はおじいちゃんに頼んだ。

「おじいちゃん、浩介さんが帰る新幹線代、ないの」

だがおじいちゃんは、

「心配するな。帰る時はちゃんとしてやる」

といっただけだった。

「あのね、浩介さんは帰るっていってるの」

「来たばかりでもう帰るのか。それじゃあ何のために来たのかわからんじゃないか」

とおじいちゃんはいった。明日は素振りをやる。昼から知り合いの高校へ行って竹刀を借りてくるとおじいちゃんはいった。

——正しい呼吸、正しい姿勢、正しい意識。

おじいちゃんは毎日いう。

——それを作り上げるのが剣道の目的である……。

もう耳にタコが出来た。

——人間の身体は思うようにならんものだ。恥かしければ顔が赧《あか》くなる。赧くなるまいとしてもなる。心臓が勝手にドキドキする。汗が出る。止めようと思っても止らんだろう……。

その通りだと吉見は思った。学校で緑川や永瀬がコソコソ耳うちしているのを見ると、吉見の心臓はキュッと縮まる。青柳先生と目が合った時もそうなる。なるまいとしても駄目だ。

——身体は意のままにならん。意のままになるのは呼吸だ、とおじいちゃんはいった。吸う息短く吐く息長く。息を吐きながら相手の目を見るのだ。相手の目を見て寸田から力が出るようになれば、決して負けない。正しい呼吸を体得しなさい。そうすれば怖いものはなくなるよ。

一応、もっともな理屈ですねと浩介さんはいって、「理屈で考える奴はダメだ！」とおじいちゃんに叱られていた。

「理屈をいわずに実践しろ」

おじいちゃんは竹刀を吉見と浩介さんに渡して、「素振りを一日三十回やること」といった。

息を吸いながら竹刀を上げ、吐きながら下ろす。その時丹田に力を籠《こ》める。すると寸田に力が入る。仮想の敵を頭に浮かべて、面を打つつもりで振り下ろす。それをくり返すのだ。

「三十回」

とおじいちゃんはいった。浩介さんはもう「えーっ！」とも「ひゃあ！」ともいわなくなった。いろいろいうのが面倒くさくなったのかもしれない。その代りのように竹刀を振り下ろしながら、

「エイ……エイ……」と声を上げ、

「かけ声なんかかけるな。黙ってやれ」

といわれていた。吉見は緑川や永瀬を思い浮かべて素振りをやった。加納くんには悪いと思いながら、加納くんの顔にも打ち下ろした。

「よし、なかなかいいぞ」

とおじいちゃんは褒めてくれた。浩介さんは、

「格好なんかつけるんじゃない。チャンバラじゃないんだぞ」

と叱られていた。

「どうせやるんなら藍染《あいぞめ》の胴着に袴を穿いて、面、垂れ、小手をつけてやりたいね。カッコいいよね。『メーン』なんて叫んで、ピシッと打つ……キモチいいだろうなあ……」

おじいちゃんは横を向いて、

「話にならん！」

と吐き出すようにいった。

「君は何のためにそういう赤い髪をしているのかね」

ご飯の時、おじいちゃんは浩介さんに訊いた。

「何のために、ですか……」

浩介さんはそういって胡瓜《きゆうり》の浅漬をパリパリと嚙《か》みながら、顔の前に垂れている赤茶色の髪の毛を払い、

「あえていうとしたら、ぼくの、自己主張とでもいいますか」

「自己主張？　その西洋ゲゲゲの鬼太郎がかね」

「まあ……そうです」

「それはどういう自己主張なんだね」

「そう改まって訊かれると困るんだけど……世俗の常識といったものに多分、背《そむ》いてみたいんでしょう」

「でしょう？　でしょうとは何だね。自分の問題をひとごとみたいにいうな」

「すみません。いい直します……つまり、みんなと同じようにしたくないという気持というか……」

おじいちゃんの長い眉がピクンと上って、

「同じようにしたくない？　そんなら丸坊主にして、黄粉《きなこ》でもまぶしたらどうだ」

「はあ……いや、冗談キツイな」

平気でいってまた胡瓜をパリパリと噛んでいるので、吉見は浩介さんって度胸があるなあ、と感心した。たいていの人はおじいちゃんにこんな大声を出されるとビビってしまう。

「昨日、宮古の方から走って来たオープンカーの男に道を訊かれたが、君と同じような髪をしてる奴が三人もいたぞ」

「そうかあ……だんだん真似《まね》する奴が出てきてるんだけど、こんな田舎にもいるとなると考えなきゃなあ」

「世の中の常識に背きたいのなら、思いきったことをやれ。チョン髷《まげ》はどうだ……」

「チョン髷ねえ……宮本武蔵《みやもとむさし》ふうですか。悪くないな」

「君は武蔵という顔ではない。武士は無理だ。町人だな。せいぜい呉服屋の手代というところだ」

「手代ですか……手代の髷はどんなんだったかしら」

おじいちゃんは呆《あき》れたように黙ってしまった。浩介さんがおじいちゃんにやられているのを見ていると、吉見はなんだか気持が落ちつく。やっつけられているように見えているが、ほんとはちっともやっつけられていないのが。

「あの男を見てると日本の前途を憂えずにはおれん」

おじいちゃんはおトシさんにいっていた。

「戦争が終った時のアメリカの占領政策は日本人をフヌケにすることだった。あの男を見ているとその政策はみごと、成功したと思えてくるな」

——吉見が生れるずーっと昔、日本は侵略戦争をしかけて、戦争時代が十五年もつづき、日本国民がヘトヘトになっていた時、広島と長崎に原爆が落ちて日本は降参した。降参したが、家を焼かれた人、親きょうだいを失った人、食べるものがなく、着るものもない人が国じゅうに溢《あふ》れて餓死する人さえ出た。アメリカの占領軍がやって来ると、男はみな「キンヌキ」女はアメリカ人の「メカカ」にされるといってみな心配したけれども、実際にはそんなことはなかった。アメリカは日本人に粉乳や古着なんかをどんどんくれて親切だった。その上、昭和天皇に戦争責任はないことにしてくれたので、当時の日本人はとても喜んでアメリカに感謝した……。

青柳先生はそういった。

戦争に敗《ま》けるまでは日本には自由というものがなかった。男と女は平等ではなく、職業や身分にも上と下があって差別が当り前の世の中だった。いいたいこともいえず、したいことも出来なかった。個人の自由を求める者は悪人のようにいわれた。

戦争に敗けたおかげで日本はどれだけいい国になったか。アメリカのおかげで日本人は民主主義というものを知った。もしも占領軍がアメリカでなくて当時のソ連だったら……考えただけでぞっとするわ、と青柳先生は両手を握って慄《ふる》わせた。

だがおじいちゃんはアメリカが嫌いだ。

「アメリカのおかげで日本はいい国になったんでしょう」

と吉見がいうと、おじいちゃんはジロッと吉見を見て暫く何もいわなかった。大分経ってから、

「どこでそんなことを憶《おぼ》えたんだ？」

と訊いた。

「青柳先生がそういったんだもん」

というと、長い眉がピクッと動いた。

「青柳先生は年、幾つだ？」

暫くしてからそう訊かれた。吉見は「知らないけど」と答えた。

「結婚してるのかね？」

とおじいちゃんは訊いた。

「わかんない」

と吉見は答えた。

「三十五、六か？……四十になっているとしても、敗戦後の生れだな……」

おじいちゃんは溜息をついた。おじいちゃんが溜息をつくなんて珍しい。

「病《やまい》は膏肓《コウコウ》に入ってるなあ」

とおじいちゃんはいった。

「コウコウってなに？」

と吉見が訊くと、

「コウコウとは膏肓と書く。膏は胸の下の脂《アブラ》だ。肓は胸の上の膜だ。病気がそこまで入るともう治らんということだ」

とおじいちゃんはいった。

「あの戦争を近代史のガイリャクでしか知らない世代が教師になっているんだものなあ……」

おじいちゃんはいった。ガイリャクってなに？　と吉見は訊いたが、いつもはそういう時にはり切って教えてくれるおじいちゃんなのに、まるで聞えないみたいで、

「戦争を起し、その上に敗けた日本は、何もかも……我が国の歴史、文化伝統、思想道徳すべてを否定しなければならなかった。否定させられた。こんなに根こそぎ否定していいんだろうかという思いは、胸のどこかに確かにあったよ。だがあの時は戦争の悲惨にみな疲れ果てていた。わしは昨日まで聖戦だと教えていた戦争観、国家意識を、子供らに間違いだったと教え直した。何もかも日本が愚かで間違いを犯していたのだと……」

おじいちゃんの声は今まで聞いたこともないような、辛《つら》そうな力のない声だったが、突然、力を奮《ふる》い起したように大きくなった。

「——アメリカ占領軍の干渉によって作られた歴史をわしは教えた。教えられた子供らが成長して、何の疑いもなくそれを次の世代に教えている……その結果大半の日本人が日本の国を愛する心も誇も失った……」

そんな苦しそうなおじいちゃんを見るのは初めてだったから、吉見はどうしたらいいかわからなくておトシさんを見た。おトシさんは枝豆の殻からザルの中に豆を出していたが、ふり返って、

「でも、そういっても、とにかくいい世の中になりましたよ」

といった。とても明るい声だった。

「自由ってことはいいことだわ。敗戦前は息が詰るような毎日だったもの。あたしは女学生だったけど、楽しいことなんて何もなかったわ。何のために生れてきたのだろうって思ったりしたわ。軍人や憲兵がやたらに威張って、あれしちゃいけない、これしちゃいけない、コセコセとうるさい時代だったでしょ。男の学生と手紙のやりとりしただけで、あたしは親からも先生からも非国民といわれたんですよ……。ほんとに敗けてよかった。もしあの戦争で勝っていたら、どんな怖ろしい国になっていたか、想像するとゾッとするわ……」

おじいちゃんの顔色が変っていくのにおトシさんは平気でいった。

「民主主義、平和主義、自由主義、平等主義——敗けるまでは全部、悪いことだったんですよ。それがあの夏からいいことになった！　灯火管制のあの暗い夜がパーッと明るくなったように、あたしたちの心もパーッと明るくなったわ……」

「そうして喜んでいる間に日本人はフヌケになった」

おじいちゃんは病人が唸《うな》るような声でいった。

「そりゃあ先生にとってはフヌケになった日本人は情けないかもしれませんけれど、フヌケでも幸せならいいじゃありませんか。日本人は敗戦後、必死で働いて働いて、努力して、目ざましい復興を遂げました。今じゃ明日のお米がないという人はどこへ行ったっていません。素晴しいことだわ。みんなテレビを楽しみ、車を走らせ、連休には海外に向ってどっとくり出す……あの頃から思ったら夢のような生活をしてます……」

おトシさんがいうのにつれて、おじいちゃんの枯葉色の顔がだんだん赧くなっていき、

「日本人はアメリカの陰謀にまんまと嵌《は》まったんだ……」

と唸るようにいった。

「フヌケの幸福だよ！　合理主義を浸透させて、日本人の古来からの精神性を磨滅させ、金と物の亡者《もうじゃ》にしようというのが奴らの魂胆だった……」

「まあ……なんてことを……」

おトシさんは剝《む》いていた枝豆のザルを押しのけておじいちゃんと向き合った。

「何のためにアメリカがそんなことをしなくちゃならないんですか」

「決ってるじゃないか。彼らは日本人の努力と勤勉、忍耐力、団結力、愛国心、天皇への忠誠心などを怖れていたんだ。そういうものを根こそぎなくしてしまうことによって日本の力を殺《そ》ごうと考えた。国家意識を奪い、祖国への誇を殺ぎ落す……。その目的をもって教育に干渉した。日本人は無自覚、無抵抗に精神改造されて、しかもそれを喜んでいる……」

「先生はご不満でも、日本人はみな喜んでそうなったんだからそれでいいじゃありませんか？」

「それでいいのかね？　本当に？」

おじいちゃんは吉見を見ていった。

「吉見、ゲゲゲを呼んで来なさい。聞きたいことがある。大事なことだ」

浩介さんは本堂で昼寝をしているにちがいないと思って本堂へ行くと、思った通り浩介さんはおじいちゃんのステテコを穿いた脚を開いて眠っていた。呼んでも起きないので肩に手をかけてゆすった。

「浩介さん、おじいちゃんが呼んでるよ」

浩介さんは「うーん」といって薄く目を開け、

「何の用？」

「大事な話だっていってるよ」

「何だろう？　お前のような奴はもう帰れっていうのかな。それなら有難いけど」

浩介さんは起き上ってステテコの紐《ひも》を締め直しながら、

「これ、ゴムじゃなくて紐なんだよね。こういうところがだんだん気に入ってきたよ。すごくアンティークなんだよね」

といった。

浩介さんが庫裡へ行ったので、吉見は表へ出た。日本人がフヌケになったという議論は浩介さんがもとだ。浩介さんがおじいちゃんにとっちめられるところに吉見はいたくない。

おじいちゃんに算盤《そろばん》を習いに来ている小川正一の所へ行こうと思った。吉見は正一と友達になった。まだ仲よしというほどではないが、正一は一輪車の名人だし、イワナの摑《つか》み取りもうまいし、喧嘩に強いカブト虫を見つける目もたいしたものだ。加納くんだって東京でいくら威張っていてもここへ来たら能ナシになるだろう。加納くんや緑川や永瀬を正一に会わせてやりたいと思う。

正一の家へ行くと誰もいなかった。小屋を覗《のぞ》くと土間で正一のばあさんがタバコの葉っぱを縄の編目に挟んでいた。

「正一は?」と訊くと、吉見の方をちらと見て、「野球だ」といった。正一はクラブ活動でキャッチャーをしている。

「もう帰る頃だから、待ってなせえ」

といってから、

「夕方から郷土芸能の練習に行かなきゃなんないから、今日は早く帰って来るべよ」

独り言のようにいった。寺に帰ってもしようがないから吉見はここにいることにした。正一のばあさんはぶっきらぼうだが話をするのが好きだ。小屋の敷居に尻を下ろしている吉見を横目で見て、

「それからしゃべるか」

といい、吉見が返事をしないうちに「むかしむかし、こんな話があったどさ」と始めた。

「火《ひ》打《うち》茂《しげ》右《え》衛門《もん》と子《こ》食《たべ》孫《まご》九《く》郎《ろう》の二人の仲間があったどさ」

その話はこの前来た時に聞いた。子食孫九郎の家で屋根葺《ふき》をしたときの祝いに火打茂右衛門は呼ばれなかったので、「子食の野郎、仲間の甲《か》斐《い》もねえもんだ、おらを呼ばね

えってことあるもんでねえ」と火打は子食の悪口をさんざんいった……。

「その話、知ってるよ」

と吉見はいったが、ばあさんはかまわずに、

「どころが子食の方でァ『やんだ、やんだ、屋根葺の祝いに縁起でもねえ。火打茂右衛門なんど、たれァよぶべや』……あべこべに火打の悪口さんざんいったどさ」

「そして今度は火打の家に孫が生れて孫ふるまいをしたけれど、子食を呼ばなかったんで子食は怒ったんだ……知ってるよ」

吉見はいったがばあさんはかまわず、

「『火打の野郎、仲間の甲斐もねえもんだ』。子食はがりがりごせやいで火打の悪口さんざんいったどさ」

といった。

その時庭に小型の軽トラックが入って来る音がして、正一のじいさんがタバコの葉を包んで筒のようにしたゴザを抱えて近づいて来た。じいさんはゴザの筒を小屋の土間に下ろすと、耳に挟んでいた吸いさしのタバコを取って火をつけ、一服ふかして吉見を見た。

「寺の先生の孫かい？」

「そうだよ」

ばあさんが吉見の代りに返事をした。じいさんは、

「わざわざこんな山奥へ来て、どこが面白いんだべか。もの好きだァ」

といった。するとばあさんが、

「昔は花の都に憧《あこが》れて出てったもんだ。けど、今は出て行ってもUターンしてくるよ」

といった。

「Uターンしてきてもまたすぐ出て行く」

「出て行ってもまたUターンしてくるべ」

「それでもまた次々出て行く」

じいさんとばあさんのいい合いを聞いていてもしようがないので、吉見は立って「サヨナラ」といった。

「帰るのかい」

「ええ」

「そんならまたおいで」

とばあさんがいった。火打茂右衛門と子食孫九郎が悪口をいい合ってその後どうなったのか、この前もこの話は悪口のいい合いっこのところで切れた。吉見は帰りかけたが、そのことが気になるので引き返した。

「おばあさん、さっきの話、どうなったの？」

「さっきの話って何だい？」

「子食孫九郎と火打茂右衛門との喧嘩」

「ああ、あれかい」

ばあさんは顔をクシャクシャにしてニッコリして、

「火打茂右衛門の方でァさ、『やんだ、やんだ、孫ふるまいに縁起でもねえ、あったら孫九郎なんど、たれァよぶべや』。子食の悪口さんざんいったどさ」

「うん、それで、この後どうなったの？」

「そんでも茂右衛門と孫九郎の二人ァ、またいったりきたり仲よくなったどさ」

吉見は「ふーん」といって拍子ヌケした。

「それでおしまい？」

「しまいだ」

青柳先生ならいうだろう。――この話からどんな意味を汲《く》み取れるかしら？　青柳先生は何でも「意味」を考えさせるのが好きだ。だが意味を考えることにはどんな「意味」があるのだろう。広いタバコ畑の上の水色の空、そこに夕焼の色が微《かす》かに流れている。人影はなく、鳥が飛んでいく。

それを見ていると「意味」なんてどうでもいいという気になってくる。ここはそんなサッパリした気持になれる所だ。そこがいいと思った。

吉見が寺に帰って来ると、靴を脱がないうちからおじいちゃんの大声が聞えてきた。

「そんなら訊くが君らは日本が外国に踏みにじられても戦わずに逃げるというのか！」

「だって戦うっていったって、どうすればいいのか、わかんないスから」

ボソボソと浩介さんがいっている。吉見は中へ入れなくて廊下でうろうろした。

「なにィ、どうすればいいかわからないィ？」

怒鳴り声の下から、浩介さんの声がいった。

「銃なんて撃ち方わかんないし……剣道で勝てると思わないし……抵抗しなければ命は助かるでしょ？　昔の日本軍は無抵抗な住民を虐殺したというけれど、日本以外の国はそんなことしないでしょう……」

おじいちゃんの声はしない。おトシさんがいった。

「先生のお気持、あたしにはよーっくわかります。でも先生、日本人は世界一の平和主義国になったんですよ。敗戦という大きな犠牲を払ったけれど、そのお蔭でこんなに豊かで便利で自由で平和な国になったんですもの……。先生を苦しめているものは過去の国家意識の残骸《ざんがい》ですわ。お気の毒……。あたしにはとってもよくわかるの。けれど先生」

とつづけかけるのをおじいちゃんの声が押し潰《つぶ》した。

「荒巻さん、あんたは日本の前途を心配せんのですか？」

「そりゃあ心配はいろいろあります。核の問題、地球規模での自然破壊、汚染……」

「わしは日本人の精神のあり方をいっておるんです！」

おじいちゃんは怒鳴り声ではなく、押えつけた重苦しい声でいった。

「自分さえよければ親や子供や隣人が死んでも、国が滅びてもいいという、この男のような考え方がはびこることを問題にしているのだ。あの戦争で日本の男がどれだけ苦悩し、全《すべ》て投げ出したか。死にたくないという本能と戦い、しかし祖国のために国を守らなければならないという至情によって苦しみを引き受けたんです。その男たちの魂に対してわしは申しわけないと思う。わしが靖国《やすくに》神社に詣《もう》でるのはそうして死んで行った兵士たちに謝罪するためです。彼らの至情に頭を下げるためだ……」

おじいちゃんの声はとぎれた。寺じゅうがシーンとなった。

「戦争に敗けて日本の教育理念はアメリカのいうままになった。わしはそれを無批判に生徒に教えた。民主主義によって新しい日本を作っていこうという希望を持ってだ……。それが今やこのザマだ……」

突然おじいちゃんの声が止った。吉見が覗くとおじいちゃんは俯《うつむ》いていた。皺《しわ》だらけの頬《ほお》に涙が筋を引いていた。

おじいちゃんが泣くのを吉見は生れて初めて見た。吉見は脚が慄えた。おじいちゃんが泣くなんて……なぜだ?……

だけど、おじいちゃんどうして泣くの?　とはなぜか訊けない。よくよくのことなんだ、とは思うが、何が「よくよくのこと」なのかわからない。吉見が部屋に入れないでいると、向う向きに坐っているおトシさんの声が聞えた。

「先生、考え過ぎよ。よしんば日本人がアメリカのワナにかかったのだとしてもですよ、みんな楽しくやってるんだからいいじゃないですか。ねえ、悪いこと数えるよりもいいことを数えましょうよ」

　おじいちゃんはうるさそうに首を振った。

「わしはかつて教育の現場にいた者として、責任を感じずにはおれんのだ。教師としてわしは考えが足りなかった。平等主義や平和主義を履き違えるとフヌケが出来ることに思い及ばなかった……わしの一生は何だったのか。過《あやま》ちの連続だよ……」

「考え過ぎ、考え過ぎ……先生、考えてもしようのないことを考えるのはやめましょ」

「考えてもしようがないことじゃない。考えなければならんことだ。日本人は考えることを忘れた。問題が起るとそこに塗る膏薬《こうやく》を考えるだけだ。その問題がどこから起ってきたか、根底を考えようとはしない」

　おじいちゃんの涙は乾いて、いつものおじいちゃんに戻ったので吉見はほっとした。

「ただいま」といったが誰も気がつかない。

「今、学校でイジメが横行している。吉見もその犠牲者になっている。吉見が虐められるようになったのは転校して来た女の子が虐められているのを庇《かば》ったのが始まりだそうだ。吉見はさすがにわしの孫だ。わしは吉見を褒めてやりたい。情けないのは組の中に一人として吉見の味方をする奴がいないということだ。皆、強い者、数の多い方につく。本来子供というものはあと先考えずに自分の感情——友情や正義感に従って行動するものだった。損得を考えるのは世俗だ。おとなだ。だが今は子供がおとな並に損得を考える。それを親が推奨している。勇気も正義も教えない。親が考えるのはひたすら無事、それのみだ」

おじいちゃんの声は慄えた。

「平和至上主義だ。争いはいけない。仲よしごっこだ。怯懦《きょうだ》は恥ではないんだ。闘うことはすべて乱暴の中にひとくくりにされる。エネルギーのすべてを知識吸収に向けるのがいい子なんだ……」

おじいちゃんはいった。

「浩介くん、わしの考えは間違っているかね」

「いや、べつに……それは……」

浩介さんはいった。

「考え方は人それぞれですから。自由なんだから……いいんじゃないスか……」

落し穴

親しくしている宝飾ディザイナーの作品展示会が催されたホテルで、偶然美保は西村香に出会った。一緒に軽い夕食をとって別れた後、高円寺へ帰る電車の中で、美保はみぞおちのあたりに正体のわからぬ重苦しい靄《もや》がたちこめているのを感じていた。

西村香はいつものようにサバサバとこだわりのない調子でファッション界のスキャンダルや共通の友人の噂話《うわさばなし》などをし、よく食べよく飲んでいた。電車に揺られながらそんな香のおしゃべりを思い返しているうちに、美保はみぞおちの靄のもとに思い当った。

――爽介先生はいったいどこなのかしらねえ。「小説海流」の坂部《さかべ》さんに昨日会ったら、締切がきてるのに行方がわからないって半泣きだったわ……。

そうだ、何げなく香がいったあの言葉だった。

――札幌方面らしいんだけど、札幌の目星《めぼし》いホテルは虱《しらみ》つぶしに探したけど見つからないんだって。勿論《もちろん》、あの奥がたはどこ吹く風で、「また新しい彼女でも出来たんでしょ」だって……。

香はつづけた。

「わたしはてっきり美保と一緒とニラんでたんだけど、だからさっき見かけた時、あっと驚いたわ」

「冗談はやめて」

「どうやら美保に歯が立たないものだから、諦《あきら》めてほかに見つけたのかもね」

香はあっけらかんといった。

「あたしが口説かれた時は確か女優の兵藤美雪《ひょうどうみゆき》にふられた後だったわ。爽介ちゃんはふられたらすぐに代りを作らないじゃいられないのよ」

「それで? あなたもふったの?」

「可哀《かわい》そうだからちょっとだけよ、ってつき合ってあげたわ」

香は笑った。

「寂しがりやなのよ。子供よ……」

その時、美保は返事の言葉が見つからなかった。漸《よう》く「そうかもね」としかいえなかった。

――みぞおちのあたりに漂っている重苦しい靄はそれが原因だった……。そう思い当ると靄はいっそう濃くじっとりと重くなる。楠田が香に手を出したことは聞いていたが、香は拒んだとばかり思っていた。「ブスのプライドよ」と香はいっていたではないか。

こんなことで、どうして胸苦しくなったりするの?

美保は自分にいった。あんな浮気者。女を快楽の道具としてしか見ていない(しかも香にまで手を出していた)男――。そんな男のことが気になるなんて、どうかしてるわ……。

――葉山の海へ向ってうねうねと曲った人気のない坂道。照りつけるま昼の日射《ひざ》しの中で、そこだけがひんやりと暗かった石垣の下。そこで受けた突然のキス。

それは爽介にとっては子供が他家の庭の柿《かき》の実を盗むようなふとした思いつき、衝動、いたずらだった……。

その程度のことだと思っていながら、ふとした心の隙《すき》にあの光景、あの感触が蘇《よみがえ》って、それがある種の充足感、活力のようなもののもとになっていた。そのことが美保は口惜《くや》しい。

「楠田先生のはすべてがプレイなんだから」

香はいっていた。楠田を美保に引き合せた頃《ころ》だ。

「いや、ちがうわ……プレイというほどのものでもないいんじゃないかなあ。欲望というほどのことでもないみたい。何となく、目の前のものに手が出る……スーパーなんかでたいした物でもないのに万引する人っているでしょ。万引病。あれに似てるのよ……」

そういってから「痛烈過ぎるかも」といって首をすくめた。あの時、香は既に楠田と関係があったのだ。深い関係に入っていたからこそ、そういう批評が遠慮なく出来たのだ。それに気がつかなかった自分の単純さが美保は恥かしい。そうして今になって楠田との関係をほのめかす香の心情が美保は口惜しい。

家へ帰ってシャワーを浴びたが、気持は治まらなかった。いやなことがあっても頭からシャワーを浴びると気持の切り替えが出来る美保だった。だが今回はうまくいかなかった。この気持は嫉妬《しっと》なんぞではない筈《はず》だった。強いていうなら屈辱だった。美保は「そんじょそこいらの女」とは違うと自負していた。たいていの男たちはそれに気がついて美保に対しては自重していた。それが美保の誇でもあったのだ。

だが爽介はそれを踏みにじった。「そんじょそこいらの女」並に美保をあつかった。美保はそれに気がつかなかった。自分だけは特別だと思っていた。根拠もなく……。爽介が憎いというのではない。何よりも自分自身のうぬぼれがたまらなかった。

テーブルの上にさっき夕刊と一緒に取って来てそのままにしていた郵便物があった。気乗りがしないままに手に取って選り分けていると湖の絵葉書が出てきた。

「取材で北海道を廻《まわ》って、漸く一段落。支笏湖《しこつこ》で骨休みしています。来て下さい。待っている。楠田」

あまりに簡単な二行だった。

美保は葉書に目を走らせると、反射的にテーブルの上にほうり出した。

「誰《だれ》が行くもんですか……」

声に出していった。葉書一枚であたしが喜んで行くと思ってるの？……そう思うとムッとした。テーブルの上にほうり出した葉書を手に取って、改めて屑籠《くずかご》目がけて投げ捨てた。葉山のあの坂道での一瞬のキスで、仮契約のスタンプでも捺《お》したつもりになっているのか……。

気持を紛らせようとしてショパンのピアノ曲をかけたが駄目だった。香からあんな話を聞かなければ、今頃はスケジュールの調整をしていたかもしれないと思うと、怒りが燃え立ってきた。

ショパンをベートーヴェンに替えると、その音量に圧《お》し潰《つぶ》されそうになった。レコードを止め、ワープロの前に坐って、「楠田爽介先生」と打った。

「お葉書を拝見しましたが、お伺いしないことにいたします。私は先生が思っていらっしゃるよりは、もうちょっと煩《うる》さい女なのです。先生は有名人でお金もあり、お話も面白く、魅力的な方ですから、声をかければどんな女でもすぐ走ってくると思っていらっしゃるのかもしれませんが、私はお腹《なか》を空《す》かせている犬ではありません……」

一気にそこまで打って読み返し、自分の激昂《げっこう》のおとなげなさに気がついて消した。このまま知らぬ顔をして捨てておくのが賢い女のやり方だと思う。いやそれよりも、冷静に「残念ですが都合がつきません」と返事を出すのがもっと賢いやり方だ。それはわかっている。わかっているが、それでもやっぱり何かしら一矢を放って爽介に突き立ててやりたいという気持を捨てることは出来ない。

煩悶《はんもん》を引き受けてくれる親しい友達が欲しかった。本来なら西村香がそうだ。だが香はもうそんな友達ではなくなったのだ。一人では滅多に飲まないウイスキーをグラスに注《つ》いでいると電話が鳴った。時間を見たら十一時前だった。仕事の電話がこの時間にかかってくることはまずない。誰からだろう、気の紛れる相手ならいいがと思いながら受話器を取った。

「あ、美保くん？」

そういったのは久しぶりの安藤伍郎の声だった。

「あ、ゴロさん、しばらく……元気？」

美保はほっとして思わず声を高くした。

「あんまり元気でもないんだけどね。頼みがあって電話したんだ……」

「何なの？　頼みって……」

「金だ」

「お金？」

美保は笑った。

「じゃないかと思ったわ。こんな時間にかけてくるなんて……」

安藤伍郎はいった。

「わかってくれたのなら話が早くていい。五十万――と本当はいいたいところだけど、あんまり厚かましいから、十万でいい。ある時払いで貸してくれないか」

「それじゃああげたのと同じね？」

「貰《もら》うつもりはないよ。生きてる限り必ず返すよ」

ウイスキーグラスの氷を揺らせながら美保は笑った。

「じゃあせいぜい長生きしましょ。お互いに」

「貸してくれる？」

「十万ならね、仕方ないわ。急ぐの？」

「ありがたい。実は急いでるんだ。どうしても明日必要なの」

「借金に追われてるの？」

「うん、家主に追い立てをくらっててね。それにサラ金に利息を入れなきゃ、そこいら中に張り紙なんかされて大変なんだ」

「張り紙？」

「金返せという張り紙さ」

妙に明るくいって笑った。

「仕事の方はどうなの？」

「近々、萬代萬作《ばんだいまんさく》の告白エッセイを出すことになってるんだけどね」

「萬代萬作？　何なの？」

「知らないかい？　萬代鶴代《つるよ》と組んでた漫才師だよ」

「そういえばいたわねえ、そういう人」

「そこそこ人気があったんだけど、ヒロポンやって鶴代に捨てられて、アパートの隣の六つの女の子を可愛《かわい》がって、その子のためにコンビニでアンパンを万引した……ホームレスになって公園で高校生に殴られて死にそうになった男さ」

「思い出した……可哀そうな人ね。彼が自分で書いたの？」

「ぼくの家へ連れて来て書かせたのさ。下手だけど、下手な分、胸を打つんだよ」

「でもねえ、ゴロさんが胸打たれただけじゃあしようがないわよ」

「読んでみてくれる？」

「そうねえ。でも今んとこその暇はないわ。急ぐんでしょう？」

「急ぐのは金の方だよ」

「いいわ。じゃあどうする？　取りに来られる？　十万円だったら今でも大丈夫よ」

「じゃあこれから行ってもいい？　実は近くまで来てるんだ」

「呆《あき》れた……早くいえばいいのに。じゃ待ってるわ」

「ありがたい」

電話を切ってウイスキーの氷を口に含んだ。安藤伍郎は切羽詰っているのにいつもどこか暢気《のんき》だ。いつか美保は慰められていた。

十分と経たぬうちに安藤は来た。実はこの先まで来てたんだけど、まっすぐ来られなくてそば屋に入って暫《しばら》く考えてたんだ、といった。

「何を考えてたの？　今更……」

美保はいって「飲む？」とスコッチの瓶を持ち上げた。

「いや、ぼくはいい」

といってから気がついたように、

「一人で飲んでたの？　珍しいね」

改めて美保を見た。

「何かあったのかい？」

「何かって？　なに？」

美保はごま化して安藤を見返し、

「でもゴロさんは変らないのねえ。追い立て喰《く》ってる人の顔色じゃないわ」

「馴《な》れっこになってるもんでね」

安藤は美保が淹《い》れたコーヒーをうまそうに飲みながら、しげしげと美保を眺めていった。

「いつもと違うね。どうしたの？」

美保は答えず一万円札を十枚、安藤の前に置いた。

「丁度よかったわ、銀行から出してきたばっかりだったのよ」

「有難い。恩に被《き》るよ」

安藤は札を数えて内ポケットへしまい、

「これで今夜は眠れる」

といって立ち上ろうとした。

「もう帰るの？」

「ああ。だって迷惑だろう？　もう真夜中だ」

「遠慮しなくてもいいのよ。誰に気兼もいらない独り暮しだもの」

美保は急に安藤を帰したくなくなった。

「急ぐの？」

「いや、急ぐってわけじゃないけどね」

「じゃあも少しいてちょうだい」

美保はいった。

「一人でいたくないのよ、今夜」

安藤は椅子《いす》に腰を下ろしながら、

「君にも似合わないことをいうねえ」

といって落ち着くことにした印にタバコを出した。美保はライターの火をさし出しながら、

「でも口説こうとしてるなんて思わないでね」

わざと笑いもせずにいった。

「そうか、口説いてるわけじゃないのか。それじゃあ何なの？　君にもこぼしたい愚痴があるのかな……」

美保は無言で屑籠からさっき捨てた楠田の絵葉書を拾って安藤に渡した。安藤は文字を目で追う。

「バカにしてるでしょ」

吐き出すように美保はいった。

「女はみな、声をかければ走ってくると思ってる……。許せない……」

「そんなことで怒ってるのかね」

安藤は心外らしくいった。

「怒るほどのことじゃないじゃないか。こういう男だってことは百も承知だろう？」

「それは知ってますよ。でも、あたしという女がどんな女か、先生の方でも知ってた筈よ。それなりに一目置いてくれてると思ってたのに……」

「君がそう思ってたとしたら甘いよ。楠田爽介にとっては女はみな同じさ。釣り師なんだからね、彼は。かかってくるかこないか、餌《えさ》を投げるのが面白いんだろう」

「だから腹が立つんじゃないの。わかんない？」

「わかるけど、腹を立てたってどうなるというもんじゃないだろ。彼を面罵《めんば》しても面喰《めんくら》うだけだろう。傷つきもしないし、反省もしないよ」

安藤はいった。

「君は黙殺すればいいだけじゃないか。わざわざ怒るほどのことはないよ。君ほどの女がさ」

「わかってるわよ……」

美保は急に酔いが廻るのを感じながらいった。

「わかってても気持が治まらないってこと、人間にはありますよ！」

「つまり自尊心が傷ついた？」

「その通りよ！　わかるでしょ？」

安藤はグラスに氷を入れた。さっきは断ったウイスキーをその上に注ぎ、黙って一口飲み、

「うまい」

といってもう一口飲んだ。酒を楽しむように暫く黙っていた後で、安藤はぽつんといった。

「君、惚《ほ》れたね？」

不意を突かれて美保は安藤を見た。

「なにをいうの、ゴロさん！」

とっさにいい返したが、後がつづかない。安藤は静かに「だろう？」といった。

「だっておかしいじゃないの。どう考えても不自然だよ、君がこんなに怒るのが……。なにも怒るほどのことはないんだもの。ただ来いといわれただけだろ」

「あたしはなめられたのよ、そう思うと」

「腹が立つ——そうかなあ。面白がってすませるのが中根美保の中根美保たるところじゃなかったのかな？」

「あたしにだって虫の居どころが悪い時があるわ」

安藤は何もいわずに美保を見ている。

「オレみたいな男に十万円、何もいわずにポンと貸す女。それほどの女がなあ……」

安藤は嘆くようにいった。

「ついに惚れちまったか……」

突然立ち上り、

「ぼくのマドンナが、普通の女になっちゃったか……」

そういって帰って行った。


それから二日ばかり、美保は綜合《そうごう》雑誌「思潮」編集部から、「二十世紀総括」というシリーズものの一部として依頼を受けていた「老人特集」の構成に集中した。明治時代に生を享《う》けた老人、大正生れの老人、昭和初期生れの六十代が越えてきた戦後五十年は、明治維新にも匹敵する、いや、それよりも強烈な社会の変革を遂げて今日に到《いた》った。現代の老人たちはその変革のまっただ中を通ってきた悲劇の生証人だ。

老人たちは自分の人生をどう考えているのか。何が幸福で何を不幸だと思っているか。

「思潮」の黒田《くろだ》編集長はいった。

「決してキレイごとではなく、かといって悲劇性を強調せずにね、老人一人一人から自分の生涯についての素朴な述懐を引き出してもらいたい。例えば戦争というものについて、もうほとほと戦争はいやだと老人がいう言葉と、若者が戦争反対を叫ぶのとではおのずから違うものがあるだろう。戦争に傷めつけられた老人の心の隅に、あの戦争を簡単に否定しきれない気持が隠れているかもしれない。そうでなければ自分の人生を全否定しなければならない人もいるだろう。それではあまりに惨めだが、その惨めさを消してくれたのが高度経済成長であり、日々の平穏であり、夢のような便利と快適と自由な暮しかもしれない……」

変転してきたこの日本で、いったい老人たちの幸福とは何か。それが見えてくれば成功だよ、と黒田編集長はいった。

美保は武者振いするような気持でこの仕事を引き受けた。一流出版社が社の看板として出している「思潮」からの依頼は、これまで女性誌や大衆誌の雑多な仕事ばかりしてきた美保が夢に見た仕事だった。

こんな仕事が来たのは、美保が平生から何をおいても仕事第一にして、骨身を惜しまず人づき合いをよくしてきたお蔭《かげ》だろう。無名のフリーライターとして、ろくに名前も出ない仕事ばかりしてきた美保が、原稿に名前が出るルポライターになる足がかりを与えられたのだ。

——このチャンスを生かせなかったら、美保、お前は無名のフリーライターで終るわよ……。

美保は自分に向っていった。そういって楠田を振り切ろうとした。美保は区役所の福祉課へ電話をかけ、思潮編集部の名前を口にして相談の内容を説明した。「思潮」の名を聞いただけで相手の対応が違うことに美保は新鮮な驚きと喜びを感じる。福祉課が教えてくれた福祉事務所の電話番号と住所をメモして電話を切ると、すぐにその番号をプッシュした。話に応じてくれそうな老人ホームを紹介してもらうつもりである。

いい調子でエンジンがかかり始めたことに満足しながら、心の隅っこに押しやった楠田の顔に向って美保は舌を出してみた。

翌日、午後の郵便の中から、また楠田の葉書が出てきた。

「三日待ったけれども返事がないので失望に沈んでいます。失望には馴れている筈だが今回のは大きいのでいささかマイっている。電話に何度か手が延びたけれども我慢したのは、はっきりリノウと決ってしまうのが怖いからです。中学生の頃、初めてラブレターを出した時の気分に似たジリジリの中にいるのが辛《つら》くてたまらない」

日時を記した後の狭い余白に「とにかく返事を」と書き足してある。美保は声に出して「ふゝ！」といってみた。それから、

「シラケるだけ」

楠田が目の前にいるかのようにいった。葉書を屑籠にほうり込もうとして、思い直して机の端に押しやった。あとでもう一度読み直して自分の優位を楽しむつもりだった。

美保は机に広げたノートに向った。

——信子。春江。妙。妙の夫……。

そこにはそんな名前が並んでいる。老人ホームで老人に取材をしても、取材という形をとる以上、黒田編集長がいう「本音」を聞き出すことはむつかしいだろう。それよりも身近の老人に思い出話を聞くという形で自由にしゃべらせ、ここと思うところで本音

を引き出すように誘導していった方がよくはないか。そう考えて思いつくままに名前を書き出していたのだ。

美保はとりあえず信子に電話をかけてみた。今までの自分は家事の奴隷だったと自覚して、大胆に自立へ向って翔《と》んだ信子だが、その後どんな幸福、満足を得ただろうか？戦後日本の女性に与えられた自立解放を信子はどう考えているだろうか？

信子の電話は留守番電話になっていた。二、三日旅に出るのでメッセージを入れてほしい、帰宅したらこちらから連絡するという意味のことが信子らしい丁寧な口調で録音されていた。

――なるほど、こういうことなのね、と美保は思う。暑ければ涼しい所へ、寒ければ温泉へ行く。春は花見、秋は菊見や紅葉見物。習いごと、食べ歩き。それが出来る豊かさと自由を信子は獲得した、そして？　それから？

美保は信子の本音を聞きたい。家族主義の崩壊は日本の女性を幸福にした。美保はそう思っているが、信子の本音も果してそうなのだろうか？　老いて後、より添い助け合う相手がいない方がスッキリしていいと今でも考えているのだろうか。老人ホームがいっそ気楽でいい、病気になって若い者に迷惑をかけるのはいやだというのは果して本音か？

そう思うと自立を掲げている老人から、本音を引き出すことが美保には気重《きおも》になってきた。

美保は電話をかけて安藤を呼んだ。安藤にこの仕事を手伝わせようと考えたのである。萬代萬作などという忘れられた漫才師の生きざまを本にしても売れるわけがないのだ。家賃まで滞らせながらそんな仕事に齧《かじ》りついているくらいなら、美保の仕事を手伝っていくばくかの礼金を手にした方がいいだろう。安藤はすぐにきて、話を聞くと二つ返事で引き受けた。


「嬉《うれ》しいな、君と一緒に仕事が出来るなんて嬉しいよ。金なんかいらないよ」

「またそんなことをいう……ダメよ、ゴロさん」

美保はたしなめ、いい人間に限ってウダツが上らないという典型だわ、と思う。萬代萬作は自伝が書き上っても安藤のアパートに居ついて帰らないという。

「帰るにも帰るところがないんだよ」

安藤はべつに困ったふうもなくいった。

「ホームレスで公園にいたのを連れて来たんだから。そのうち、君にも会わせるよ」

「結構よ……会いたくないわ」

「そういったものでもないよ。今度の企画に彼は役に立つよ」

「幾つなの？」

「六十六か……七か……。彼なら間違いなく本音を語るよ。確か少年航空兵だったんだ」

その時、電話が鳴った。留守番電話を入れておいた信子からにちがいないと思ってす

ぐに受話器を取る。と、重苦しい声が、

「ぼく……楠田……」

といった。

「あっ、先生……」

といったきり、美保は言葉の接穂《つぎほ》が見つからない。重苦しい声のまま楠田はいった。

「待ってるんだよ……待ちくたびれてヘンになりそうだよ……ぼくをじらして面白がってるのかい？」

「じらすなんて……そんな……」

無防備な陣地へ突然攻め入られたようで、美保はわけもなく気圧《けお》された。

「三度目の手紙、ついた？」

「三度目？……いいえ」

「速達だよ」

「いいえ……来てませんが」

「ずーっと待ってるんだ。待って待って待ちつづけてる。君が来るまでは帰れないんだ」

「どうしてですか。お帰りになればいいのに」

「帰らない……帰れないんだよ。君が来ないから」

「へんねえ。お約束したわけじゃないのに」

美保は漸く態勢を立て直した。

「ぼくが自分で自分と約束したんだもの」

「じゃあ、あたしに責任はありませんわね」

「いやあるね」

「どんな責任？」

「ぼくをこんな気持にさせた責任だよ」

笑っている美保の顔を安藤がじっと見ていた。美保はそれに気付いて笑うのをやめ、

「あたし、今、大切な仕事にとりかかろうとしているところなんです。とても暢気な旅はしていられませんの」

「じゃあ、来られないのは仕事のためなの？」

「そうですわ」

「返事をくれないのもそのため？」

「そうですわ」

「仕事がなければ来てくれたかい？」

美保は左頰《ひだりほお》に安藤の凝視を感じて、とっさの返事を見失った。

「え？　どうなの？」

とりあえず、「さあ？」と答えてさりげなく安藤に背を向けた。

「さあ？　さあとはどういう意味だい？　え？　どういう意味だ、いってほしい」

「じゃあ正直なところをいいましょうか」

美保は安藤を意識しながらいった。

「先生はあたしが、声をかけられれば、すぐに飛んでいくと思ってらしたんでしょう? それが気に入らなかったんです」

楠田は素直に、

「そうかあ……」

といい、

「じゃあどうすれば来てくれる?」

食い下る。

「今からじゃもう、手遅れだわ」

「三べん廻ってワンといっても駄目かい?」

ふざけ半分の中に本気を秘めて攻めるのがいつもの楠田の手法だ。美保はいった。

「駄目みたい」

「むつかしい人だなあ」

と楠田は嘆息してみせる。

「そうよ、むつかしいんです。あたしって」

勝ち誇るようにいって電話を切った。ふり返ると椅子から見上げている安藤の視線とぶつかった。

「先生かい?」

「そうよ」

美保はわざと素気なくいった。これでわかったでしょ? 惚れたりしてないことが、という気持を籠《こ》めて、

「さてと、どこまで話がいってたんだったかしら」

といった。安藤はそれには答えず、

「やっぱり惚れてるね」

「惚れてる? 誰が?」

思わず訊《き》き返す美保の顔を見ながら、安藤はいった。

「男知らずのスピッツみたいだったよ。なにもあんなに躍起になることはない……」

「躍起になってた? あたしが? どうして」

いいかけるのを防ぐように、

「素直になった方がいいんじゃないの」

と安藤はいった。


三日後の午後、美保は新宿のホテルが開いたブライダルショウの取材をした後、そのホテルのロビーで安藤と会った。新しい仕事の取材の方針とそれぞれの分担の打ち合せが目的である。安藤は地黒の顔に生気を漲《みなぎ》らせ、小ざっぱりと頭髪を刈り込んでいた。

「打ち込める仕事があるってのはやっぱりいいねえ。貧乏なんかどうってことなくなるものなあ」

といった。安藤は昼食をとり損なったといい、打ち合せの前に軽く食事をすることになった。

「今日はお礼にぼくが奢《おご》りたい。だがここは高そうだから外へ出ないか？」

「いいのよ。お礼だなんて、そんな心配はご無用」

金を借りに来ていながら奢りたいという安藤に美保は苦笑せずにいられない。

「取材費はきちんと出るんだから、心配しないで」

「そうかあ……そんならなに食ってもいい？」

「いいわよ。大丈夫」

「ここんとこカップラーメンばっかりだったんだ。腹にどっしりくるものがいいな」

「じゃあ中華がいい？」

「有難いねえ」

地下の中華料理店へ入った。時間が早いので店内はひっそりしている。美保は料理を三、四品注文し、とりあえず生ビールを頼んで、ジョッキを触れ合せた。

「有難う」

「よろしくね」

安藤は一息にジョッキを傾け、息をついて、

「ああ、うめえ……」

一言いって残りを飲み乾《ほ》す。

「酒はあってもなくてもいい方だけど、今日のこいつだけはうまいなあ」

と唇の泡を手のひらで拭《ふ》く。美保はまるで年上の女のような気持になって笑った。

「お代りする？」

「いいかい？」

美保は追加注文し、かつて一緒に働いていた婦人雑誌で気鋭の先輩だった頃の安藤を思った。蓬髪《ほうはつ》をかき廻しながら不遠慮に編集長の方針を批判する時の安藤は、彼の意見は現実的でない、といわれながらも編集部員に一目置かせる迫力を持っていた。

「君、批判するのはかまわないけれど、そのフケ頭をかきまぜるのだけはやめてくれよ」

とよく編集長にいわれていた。編集長も厄介な男だと思いながら安藤に好意を持っている様子だった。だが彼が社を辞めるといい出した時、編集長は止めなかった。好《い》い男だがこれで厄介が減るという、ほっとした顔つきだった。一人になって理想を追うといった安藤に誰もが危懼《きく》を持っていた。誰もが今日の安藤を予想していたのだ。

二杯目のジョッキを乾すと、はや安藤は酔いが廻った。昼飯を食べていないといったわりには料理にはそれほど手をつけず、美保くんと一緒に仕事が出来ると思うと嬉しくて胸がいっぱいだなどとくどくどといった。そのうちふと思い出したように、

「そうだ、さっきここへ来る途中、電車で西村くんに会ったよ。しゃれた格好して、夕方の便で北海道へ行くっていってた」

といった。

「仕事かいって訊いたら、ううん、ア、ソ、ビ、なんて浮かれてたよ」

——北海道……支笏湖ね？

反射的に頭に浮かんだことを口に出すか出すまいか迷う。その気持を読んだように、

「楠田が呼んだんだ」

と安藤は断定した。とっさに美保は笑顔を作り、「そうかしら」と取りあえずいった。

安藤は酔の出た目を美保に据えて、

「つまりそういう男なんだよ。ふられたらすぐ次に向う……」

受けて立つように美保はいった。

「香はそれを待ってたのかも」

これ以上はいう必要はないことだと思いながら、美保はいってしまっていた。

「香ったらはじめ、先生とのそんな関係、隠してたのよ。『口説かれたけどお断りさせていただいたわ』なんて。『あたしはこう見えても誇高い女なのよ』なんて。『ブスのプライドよ』とまでいったのよ。なのに急に開き直ったみたい。なぜなのかしら」

「微妙な女心だね。コンプレックスがよじれてる……」

安藤はいった。

「君に挑んでるのかな……」

「あたしに？　何のために？」

「君が、彼に惚れたからだろ。ああいう女は敏感なんだ。こういうことにだけは……」

「勝手に決めつけないでちょうだいよ」

怒ったようにいう美保を安藤は黙殺した。

「アソビって一人でかいって、聞いたら彼女、エヘへって笑って、ご想像に委《まか》せるわ、なんていってへらへらしてたけど、それが何だかあわれでねえ」

「どうしてあわれなの？　だって嬉しいんでしょ」

安藤はいった。

「間に合せに呼ばれてるってことがわかってても、やっぱり行くんだよ、香は。哀《かな》しみを押しやって行く」

「それは失礼よ。香に対する侮辱だわ」

「香が聞けば怒るだろうな。だけど、ぼくはしみじみ香がいじらしいよ」

「じゃあ慰めてあげれば？」

「そうしたい。しかし香を口説いて寝るのはなあ、どうもなあ……」

打ち合せを終えて安藤と別れてマンションへ戻るタクシーの中で、美保は風邪《かぜ》熱の出る前兆のような、上半身を立てているのが辛いような、疲労に似た重苦しさに蔽《おお》われていた。

――楠田は美保の代りに香を呼んだのだ。

――香は代りとわかっていて行ったのだ。

――安藤はそんなことをペラペラとしゃべった。なんてくだらない……。

だがそう思いながら美保はそのくだらなさに囚《とら》われている……。

重苦しさのもとはそれだった。こんな気持になることなんて何もないじゃないか、と美保は自分に向っていった。あたしは先生の誘いを断った。あたしのしたことはそれだけ。後のことは美保と関係がない。

それになぜこだわるのか。美保のプライドは安泰だ。少しも傷ついてなんかいないのに。だが、「ムリするなよ」と別れ際にいった安藤の酔った声が意識の底にこびりついている。

「突っぱるのはそろそろやめた方がよくないか?」

「突っぱる? 誰のことといってるの? あたしはいつだって自然体よ」

飛んできた礫《つぶて》を払い落すような気持でいっていた。安藤は、

「そうか、そんなら結構」

といい捨ててふらふらと歩いて行った。

人をバカにして。誰のおかげで仕事にありつけたと思ってるのよ! 酔っ払い!

「お客さん、高円寺はどの辺ですか?」

運転手の声に我に返り、反射的に、

「あ、そこで結構」

といってしまっていた。美保のマンションまではまだ六、七百メートルほどある。だが料金を払って降りた。クーラーの利いていた車内から出ると、夜も更けたというのにじっとりと生ぬるい空気はまるで銭湯の湯気の中に入って行くようだ。ふと思った。

――北海道は気持がいいだろうなあ……。

それから思った。

――香はホテルに着いた頃だろうか？

突然、胸の中で何かが弾《はじ》けた。犬が身体《からだ》を慄《ふる》って雨水を撥《は》ね飛ばすように美保は身慄いした。こうしてはいられないという思いに駆り立てられ、いつか足早になっていた。前のめりにマンションに入り、エレベーターを待てずに五階まで階段を上った。部屋に入ると机の引出しにほうり込んであった楠田の絵葉書を取り出した。ホテル専用の絵葉書には電話番号が刷り込んである。胸が高鳴っていた。

美保は夢中で電話番号を押した。大きな手で心臓を摑《つか》まれているようなこの息苦しさをふり払うためにはこうするしかないのだった。

楠田はすぐに電話口に出てきた。よもや美保から電話がかかってくるとは思わなかったのだろう。「中根です」というのを聞いて、それまでの寝転んでいるような面倒くさそうな声が、

「えっ、君かい……」

忽《たち》ち坐り直した感じになった。

「先生、そちらへ伺うことにしました……」

だしぬけに美保はいった。

「最終便に乗ろうと思って調べましたら、全日空も日航も二十時きっかりだもので、間に合いませんから明日、一番で行きます」

楠田は驚きを隠さず、

「どうしたの？ 仕事？」

と訊いた。

「仕事じゃありません」

固苦しい口調で美保はいった。

「先生、あれほど来い来いっていっておいて、どうしたの、仕事？ はないと思いますけど……」

「いや……だってさ……だって驚くよ。だしぬけだもの」

「もうすっかり忘れてらした？」

皮肉っぽくいうのに答えず、

「いや嬉しいよ。あんまり嬉しいものだからあたふたしちまった。……しかし、どうしてなんだい？」

とまた訊く。

「どうしてって、べつに理由はありませんわ。急にそんな気持になったんです」

「何かあったの?」

「何かって? どうしてそんなにしつこくお訊きになるの? ご迷惑なんですか?」

「迷惑なわけがないよ。ただ、どうして急に気が変ったのか、それを不思議に思うのさ」

「そんな女なんです、あたしって……」

美保はいった。

「じゃあ、よろしいのね? 明日、一番で行きます。六時四十分羽田《はねだ》発ですわ」

一方的に電話を切った。香はまだ到着していないらしい。香が来たら楠田はどうするつもりだろう? 美保に来いというからには香の方は何とか口実をもうけて始末をつけるつもりなんだろうか。それにしてもどんな口実を?

美保は簡単な旅支度をし、四時半に目覚し時計をかけてベッドに入った。さっきの憂《ゆう》悶《もん》は嘘《うそ》のようにすぐに眠りに落ちた。目覚しのオルゴールで目が醒《さ》めるともう朝だった。五時間足らずの深い眠りが満足だった。

羽田へ向うガラガラの電車が新鮮だった。空《す》いたモノレールも気持よかった。羽田空港でコーヒーの立ち飲みをした。立ったまま柱に凭《もた》れてサンドイッチを食べた。学生の頃に戻ったような解放された気分だった。

飛行機に乗り込むと美保はほっとくつろいだ。これからどうなっていくのか、先の見えない濃い靄の中に入っていくようだった。学生の頃、当時は恋人だった謙一にも知らせず、一人で北陸や山陰を歩いたことがあった。その日はどんな町を歩き、どんな宿に泊るのか、見当をつけないで一日一日を過した。予定の何もない日々の連らなりの中にいることの自由を堪能《たんのう》した。心を遣うことといったら持ち金の勘定だけだったが、それでも金がなくなったところで帰ればいいという自由が楽しかった。

あの時のようにあたしは北海道に向ってるわ、と思った。自分を楠田に向わせるものが何かなど考えずにおこうと思った。恋とか欲望とか嫉妬とか、分析したところでどうということはない。

こうしたくなった、だからしてる……。

それだけでいいじゃないか。あるいは楠田を拒否して帰ってくることになるかもしれないし、楠田と旅をつづけることになるかもしれない。自分の心がどっちを向いていくか、その時になってみなければわからない。北陸の漁港の町外れの宿で、今日はどんな一日になるのかわからぬままに、冬に向う深い海の色を眺めていた朝を思い出した。もしかしたら今が一番幸せな時なのかもしれない、と思ったことが思い出された。

飛行機を降りると美保は旅馴れた足どりでスタスタと乗客を追い抜いて行った。ここから電車で苫小牧《とまこまい》へ出て、後は車に乗るつもりだった。出口を出た時、不意に誰かが目の前に立った。脇をすり抜けようとして顔を見た。楠田だった。

「先生……」

楠田は笑っていた。今まで見たことがなかったようないい笑顔だった。

「先生たら」

としか美保はいえない。楠田は何もいわず、先に立って空港ビルの中を歩いて行く。店を開けたばかりのコーヒーショップに入ってテーブルに向き合うと、珍しいものでも見るように美保の顔を眺め、

「しかし、意表を突く人だねえ」

といった。

「先生だって……こんな所でいきなり現れたりして……」

「ホテルを引き払って来たんだ。支笏湖はもう飽きた」

と楠田はいった。気がつくと小さなスーツケースを提げている。

「飽きたですって？……ひどい。あたしは初めてだから楽しみにして来たんですよう」

「もっといい所へ行こう。ゴチャゴチャと観光客のいない所がいい……。二人きりになれる所さ……」

香さんは？　といいたいのを美保は抑えた。

「いい所って？……どこですの？」

「日高《ひだか》地方の浦河《うらかわ》という町だ。海とみどりの町というキャッチフレーズらしいけど、ホテルで聞いたら行けども行けども牧場がつづいている所だって。海はある。あるが泳げるような海じゃないらしい。海岸は集落ごとに小さな漁港がつづいていて、今は昆布を

採《と》ってるそうだ。観光地なんかじゃないよ」

「すてき」

「だろう？　君は喜ぶんじゃないかと思ったんだ。タクシーで二時間余りだって。電車だと四時間半はたっぷりかかる。車にしよう」

「でも、電車でのんびり行くのも悪くありませんよ」

「しかし厄介だよ。まずここから南千歳《みなみちとせ》へ行くだろ。そこで乗り替えて苫小牧へ行く。そこから単線の、二輛《りょう》連結か何かでゴトゴトと三時間……」

「すてき、すてき……。それにしましょう、ねえ、先生……」

「全部で四時間半はなあ……」

といってから楠田は、

「ま、いいや。なにごとも女王様の仰せのままだ。そうしよう」

と決めた。楠田と美保は空港の地下駅から南千歳へ行った。そこで四十分ばかり待って苫小牧行きに乗る。楠田は缶ビールを買って来て飲みながら、

「君はこういう無駄が好きなのかい」

「そうなんです。こうして何も考えずに、ぼーっとして見知らぬ駅にいるなんて、長い間の憧《あこが》れでしたわ」

「ずいぶん簡素な憧れだねえ」

「いかに無駄のない月日を生きてきたかってことですわ。こんなに無駄な時間が嬉しい

のは」

「そうか……嬉しいのか。そんならまあ、いいや」

楠田は諦めたようにいった。やっと来た電車に乗って苫小牧に着くと、そこでまた五十分の待時間があった。

「マイったなあ。待時間だけで合せて九十分だぜ」

楠田はここでも缶ビールを買って飲む。

「原稿が六、七枚書ける時間だ」

「何もせずに待つことも楽しみのうちですよ、先生」

楠田はいった。

「そういえば君にも大分待たされたなあ、だが、ちっとも楽しかなかったよ」

楠田は飲み乾したビールの缶を捨てると、暫くの間美保を見ていて不意にいった。

「キスしたい」

「え？　なんですって？」

「キスしたい……」

楠田は真面目《まじめ》な顔でいった。

「いつもと違う君がいる。その君にお祝いのキスをしたい……」

一時半を過ぎて浦河駅に着いた。駅前からタクシーに乗ったが、乗るほどもない距離に小綺麗《こぎれい》な小さなホテルがあった。部屋は窓が大きくて清潔だった。窓の向うにホテルの裏庭を越えて海が見えた。部屋はシングルの隣り合せである。

女好きだが女と並んで眠るのはいやなのだった。することをしたら眠る時も目が醒《さ》めた時も一人がいい。目醒め際に女にすり寄ってこられるのはうっとうしい。

「君も自由なのがいいだろう？」

と楠田は美保にいった。美保が賛成すると、

「君はそうだろうと思ったよ」

と満足そうにいった。

楠田は夕方までに週刊誌の連載小説を一回分書かなければならなかった。この頃は町と名がつけば必ずどこかにファクシミリがあるのが有難い。昨夜のうちに支笏湖のホテルで書き上げるつもりをしていたのだが、書けなかったのは美保から突然電話が入ったためだと、楠田は美保に説明した。だが本当はそれだけではなかった。前の日、ふと思いついて西村香に電話をかけた。旅先だというと、どこかと訊くので支笏湖のホテルだといった。わァ、すてき、行きたい、といったので、来れば、と答えた。ほんと？　お邪魔じゃないの？　なら行っちゃおうかな？

「うん……」

と楠田はいった。「うん……」と。この「うん」に積極的な気持はなかった。行きがかりの「うん」だった。ふと思いついて電話をしたのだが、香の待ちうけていたような

声を聞くと、急に気持が退《ひ》いた。

香はいつだって「間に合せの女」だ。香はそれを承知している。そしておとなしく楠田から声のかかるのを待っている。香の取柄は目ざした女にふられたり、傷つけられた時に何もかもあからさまにいってしまえる点だ。香はいつもいやな顔をせずに話を聞いてくれる。

——あんな女、よくないわ。むしろこうなった方がよかったのよ、とか、ほかに男がいるのよ、先生を嫌ったわけじゃないの、怖い男なんです、とか。美保なんて、あんな自尊心のかたまり。何とかなったとしても後々、厄介よ。よした方がいいです。もっといい女、いくらでもいるわ……。そういいながら、でも美保はあたしの大事な友達。先生のオモチャにはさせない、ともいった。

「行っちゃおうかな」といわれて「うん」といってしまったことが悔やまれた。あの「うん」で香は飛行機に乗ってしまったのだ。これから搭乗します、という電話のはり切った声に楠田は「そうか」といった。気乗りはしなかったが、美保の冷たさを忘れることが出来ると思って「待ってるよ」といってしまったのだ。

伺いますという突然の電話が美保からかかってきた時から週刊誌の小説の構想は吹き飛んでしまった。香にストップをかけたいが、香はもう飛行機に乗っている。折角その気になった美保には二、三日延ばしてくれとはいえない。そんなことをいっただけで美保の気持は変るだろう。美保はそういう女だ、と思った。

いっそ香が来るまでにここを逃げ出そうか？　真剣にそんなことを考えて荷物をまとめかけていると電話が鳴った。フロントからだった。香が到着したのだ。

香が部屋に入って来た時、楠田は万引を見つかった中学生のように部屋の真中に突っ立っていた。

「ああ、君か……」

香は白い帽子をかぶって笑っていた。

「君か、はないんじゃない？」

そういってにっと笑った顔を見た時、考えてもいなかった台詞《せりふ》が口をついて出た。

「すまない……許してくれ……」

香の満面の笑みがみるみるこわばるのを見ながら楠田はいっていた。

「中根美保が来るんだ……」

突っ立ったまま楠田を見ている香の頬がキュッと引きつれた。

「今しがた電話でそういってきたんだ……」

楠田は頭を下げた。

「すまない……わかってくれ……頼む……」

棒のように突っ立ったまま香はいった。

「いつ来るんですか、彼女——」

「明日の一番で来るといってる」

「一番？　六時四十分ね。あたしが乗ろうと思ってた便だわ」

「彼女が来る気になるなんて思いもしなかったんだ。突然なんだ……」

白い帽子をぬぎもせずに香はいった。

「あたしはどうしたらいいのかしら……どうしてほしいの？　先生は」

「とにかく、明日の昼前には来るんだよ」

楠田はいい、「すまん」とつけ加えた。

「じゃあ、今夜は大丈夫なのね？」

気をとり直したようにいって帽子をぬいだ。

「ならいいわ。許したげる。明日の朝は部屋を移ります。二、三日ここにいるわ。勿論《もちろん》、お邪魔はしませんよ。遠くからお二人がカフェテリアでモーニングコーヒーを飲むところを見物させていただくわ。折角来たんだもの……」

香を抱くのは何とも気が進まなかった。しかしどんなことがあっても心ゆくまで香を満足させねばならなかった。それがせめてもの贖罪《しょくざい》だった。この顛末《てんまつ》を口の悪い女流作家の山藤《やまふじ》あきに話したら、喜んでユーモア小説に仕立てるだろう。ほっとしてそう思いながら楠田は香を抱いた。

隣室で楠田が原稿を書いている――。

そしてあたしは……ここにいる――。

シャワーを浴びた後の濡《ぬ》れた髪にタオルを当てながら、美保は窓辺に立って思った。海からの風はここではもう秋だ。

昨日の今頃はこんな日が翌日に控えているなんて、夢にも思わなかった。気がついたらとても不可能に思えた高いハードルを飛び越えていた――そんな気持だった。だがこの後、美保の人生が変るなどという大袈裟《おおげさ》なことではない。ちょっとした寄り道をするだけだ。今まで寄り道などしたことのない、まっしぐらな人生に色どりが加わるだけ。そんな色どりを望みもしなかった自分が、ふとそんな気持になった。ふとそんな気持になったっていいじゃないか。

ベッドカバーの上に横になった。昨夜からの緊張が解きほぐれていく。波音を聞き、大きな窓ガラスの上に一筋の鰯雲《いわしぐも》を浮かべている青い空をぼんやりと見上げていた。こんな時間を持ちたいなどと思ったこともなかったのにこうしているのが夢のようだった。

僅《わず》かに気にかかるのは香のことだった。安藤から聞いた話では、確かに香は昨夜のうちに支笏湖へ行っている筈《はず》だった。楠田は香のことを何も話さない。朝の八時に空港に迎えに来ているのは香から逃げるためだったのか？　香は支笏湖に置き去りにされたのか？

いずれにしても楠田は美保を選んだ。楠田を色事師《いろごとし》としてあつかい、面白半分の噂話のネタにして、すっかり美保を欺《だま》していた香だ、気の毒な気がするがこれくらいの報いを受けてもしようがないわ、と思い直す。

いつの間に眠ったのか、ふと目を開けるとベッドの傍に楠田が立っていた。さっきは窓の向うの空は青かったのに、楠田の後ろの空は薄雲に蔽われ、部屋には水底のような沈んだ色が漂っている。

「疲れたの？」

落ち着いた声で楠田はいった。

「お仕事、終りました？」

と美保は訊いた。

「ああ、あらかた……」

楠田はベッドに腰を下ろし、

「眠りながら笑ってたよ。可愛かったよ」

といって美保の手を取って唇を当てた。

「ほんと？　いやだ……」

起き上ろうとするのを押えて引き寄せた。シャワーを浴びた後に袖《そで》を通した浴衣の襟《えり》元《もと》を開いて頸《くび》のつけ根にキスした。楠田の長い髪に籠《こも》っているタバコと微《かす》かな整髪剤の匂《にお》いが美保を包んだ。長い間忘れていた男の匂いだった。

「いや……先生、カーテンを」

かまわず楠田は美保の浴衣の紐《ひも》をほどいた。

「きれいだ……思っていた通りだった……」

と楠田はいった。

夜、美保と楠田は町の炉ばた焼の店で居合せた客たちと酒を酌み交して夜を更かした。東京では楠田の顔は知られているが、ここではたとえ名前をいったとしても誰も知らない。

「見かけねえ人だな。どっちから来たァ？」

髭面《ひげづら》の男から話しかけられ、楠田は、

「東京から新婚旅行に来たんだ」

と答えた。

「新婚かね。その年でかい。そんなら、こんな所で酒なんか飲んでねえで、さっさと寝床に入った方がいいんでないかい」

楠田はすまして、

「さっきホテルへ着くなり一ラウンドすませたんだ」

といって男たちを沸《わか》せた。五、六人いて炉を囲んでいる男たちは、牧場の牧夫が三人と大工と漁師だといった。楠田は板台に並んだ魚の名前をひとつひとつ質問し、

「ホッケもわからねえのか。東京の人間は、ダメだァ」

と笑われて上機嫌だった。楠田は人を笑わせるのが好きだ。

「わかるかい。これはメヌケだ。こっちはキンキンだ。こいつは」

「カレイだろ。こっちはイカだ……」

「カレイとイカ知ってるからって、そんなに威張るもんでないよ」

　どっと笑い声が弾ける。

「何の商売してんだい、旦那《だんな》は」

「オレか、オレは……何に見える？」

「そうだなあ……」

　一斉にじろじろ見て、

「わからねえな」

「見当つかねえな」

「当てたら今夜の払いは全部オレが持つよ」

「ふーん、カネモチなんだな？」

「カネモチでなくたって、この払いぐらいオレだって出来るぞ」

　という男がいて、

「そんなら、春からのツケ、払ってくれろ」

　店の親爺《おやじ》がいってまた笑い声が流れた。

「それにしても新婚旅行でこんな所へ来るなんて、変ってんなあ……」

「支笏湖でここの案内を見たんだ。海とみどりの町って。見るものが何もないのがよかったんだよ」

「そうかあ、そこが若いうちの新婚旅行とちがうところなんだな」

と髭面は妙に感心した。

店を出ると美保と楠田は若い者のように手をつないで、人通りの絶えた夜道を歩いた。頭の上は満天の星空で、沖は漁火《いさりび》に埋もれていた。日常は遠くに退いて美保の外側を時間が流れていた。この旅の後、自分がどうなっていくのか、美保には何も考えられなかった。

三泊四日の旅を終えて帰って来ると、留守番電話のメッセージを聞き、郵便物とファクシミリの通信を整理することから美保の日常は始まった。

留守番電話の中に信子の声があって、旅から帰ったのでいつでもご都合のよろしい時に来て下さい、と改まっていってから、でも私の方へは来にくいかもしれないわね、どこかでおいしいものでも食べましょう、ご馳走《ちそう》するわよ、と急にくだけていった。

美保は信子に電話をかけた。すぐにエンジンをかけなければ、あの三泊四日の旅の時間の中に押し戻されてしまう。

「お義母《かあ》さま、申しわけありませんでした。お電話いただいたのに留守にしていまして」

それがいつもの美保に戻る第一声だった。

「わたしこそ失礼しました。久しぶりに声を聞いて嬉しかったわ。元気そうね?」

信子は親しみの籠った調子でいった。

「わたしの方も話したいこと、山のようにあるのよ。美保さん、鰻《うなぎ》はどう? 新宿の

『有川』って鰻屋。二階に小部屋もあるし、あすこなら気がねなくゆっくり出来ると思うのよ」

「有川？　知ってますわ」

「ちょっと親しくなったのよ、有川のおかみさんと。だからサービスいいのよ」

「鰻は久しぶりですから、嬉しいですわ」

「じゃあ決めましょう。いつがいい？　わたしは明日でもいいけど、あなたの都合に合せますよ」

「じゃあ、明日でよろしいでしょうか？　明日の六時半頃で……」

「いいわよ、六時半ね。部屋をとっとくわ」

「有難うございます。よろしく……」

電話を切ろうとすると信子の声が追いかけてきた。

「二、三日うちに吉見が帰って来るのよ。昨夜《ゆうべ》、電話がかかってきて、元気そうだったわ」

「まあ、そうですか。剣道をやってるって手紙が来てましたけど」

「おじいさんの考えることったら、時代遅れっていうより時代に逆行してますよ。剣道でイジメに打ち勝つだなんて……」

「イジメ？　吉見の組でもやっぱりイジメがはやってるんですの？」

「はやってるどころか……吉見が虐《いじ》められてるのよ。知らなかった？」

いきなり頭を殴られたようだった。

「まったく知りませんでした……でも、またどうして……」

美保はいった。どうして吉見が虐められるようになったのか、というよりも、どうして吉見はそのことを母親である自分にいわなかったのか、それを尋ねたかった。

――吉見が遥々《はるばる》、岩手県の丈太郎の所まで行ったのは、イジメに遭っている吉見を丈太郎が元気づけようと考えたからだった……。

そのことを美保は初めて知った。

吉見と会ったのは七月の中旬、花火大会があるからといって楠田に招かれ、葉山へ連れて行った時だ。あれ以来、会っていない。

あの時、吉見はとても喜んで海で泳ぎ、声を上げて花火を見ていた。学校でイジメに遭っているとは想像もつかぬ元気さだった。海のそばの割烹《かっぽう》旅館で枕《まくら》を並べて寝た時も吉見は楽しそうにおしゃべりをしていた。

だが吉見に悩みがないのではなかったのだ。海水浴や花火や水瓜《すいか》割りの楽しさに、ひと時悩みを忘れていただけだったのだ。それともその楽しさをよけいなことをいって台なしにしたくなかったのかもしれない。

その後、康二に出会った時、吉見の手紙に変化が出ていることに丈太郎が気づき、何か問題があるのではないかと心配しているという話を聞いたが、それはおそらく千加との関係が原因だろうと勝手に想像して、自分が口を出す場合ではないと思い決めていた。

だから吉見が丈太郎の元で夏休みを過すことを知った時、美保は心からほっとした。ほっとするのと同時に思いがけない解放感が胸に湧《わ》き上っていた。土曜日毎《ごと》に吉見に会い、その夜は一泊させるという約束が、いつの頃からか負担になっていたことに気がついた。それというのも土曜日は楠田家で酒の集りが催されることが多いからだった。

美保は文箱《ふばこ》を開けて、大分前に川井村から吉見が寄越していた手紙を取り出した。

「ママへ。

元気ですか。おじいちゃんの所へ来て十日経ちました。ここはものすごい田舎です。山ばっかりです。ラーメン屋もコンビニもコーヒー店もパチンコ屋も肉屋も八百屋もありません。宮古という所から行商の車がいろいろなものをのっけて売りにくるのです。

ぼくはおじいちゃんから剣道を習っています。浩介さんも一緒です。浩介さんはしかられてばかりいます。昨日は竹刀《しない》をまたいだのでひどくどなられました。ぼくはシチリンに火をおこすやり方がわからなくてしかられました。スミはウチワであおいでいると赤くなっていくのですね。

浩介さんは『ぼくはいっそマゾにてっするよ』といっています。マゾというのはいじめられるのが好きなことだそうです。おじいちゃんは剣道で心を強くしなさいといっていますが、浩介さんはそれよりマゾにてっした方がらくだ、といっています。ぼくは心を強くしようと決心しています。九月には元気になって帰りますから楽しみにしていて下さい」

イジメを受けていたと知ってから改めて読む手紙は美保の胸を抉《えぐ》った。現実の熱い風がま向うからざーっと吹いてきたようだった。ずいぶん長い間、美保は吉見のことを忘れていたような気がした。吉見がこの手紙を書いていた頃、美保は自分がどうしていたかを思い出すことが出来ない。美保は楠田への関心と反発のよじれあいの中で揺れていたのだ。だからこの吉見の手紙の中にあるものが見えなかった。

――ぼくは心を強くしようと決心しています……。

この大切な一行を美保は見落していた。丈太郎が吉見に剣道を教えるのには理由があったのだ……。

信子と会うために鰻屋の有川へ向いながら、美保は気持が重かった。自分の知らない吉見の姿が信子の口から出てくるのが怖かった。吉見について何も知らなかった自分が恥かしく、また知らせてもらえなかったことが口惜しい。千加という第二の母がいても、吉見の母親は美保だ。美保は自信をもってそう思っていた。吉見もそう思っていると信じていた。吉見にとって千加は友達。母親は美保の筈だったのに……。

有川へ行くと信子はやや派手目の単衣《ひとえ》に博多帯《はかたおび》をしめて、二階の小座敷で待っていた。

「ご無沙汰《ぶさた》申し上げております。お義母さま、お変りもなく、お元気そうで……また今日は勝手なお願いでご足労をおかけいたしました……」

下座の畳に手をついて作法通りに挨拶《あいさつ》をするのは、それが大庭家の流儀だからで、信子の好みでもあることを知っているからだ。

「まあ、お義母さま、やっぱり和服がお似合いですわねえ……すてき……」

感じ入ったように信子を見る。信子は顔いっぱいに笑いを広げて、

「昔の着物よ、派手でしょ」

「そんなことありませんわ。若々しくてとっても似合っていらっしゃいます」

「そうかしら……」

信子はかつての姑《しゅうとめ》らしく鷹揚《おうよう》にいった。

「あなたも元気そうで結構ね。いつも忙しそうだけど、でも忙しいのは活力がある証拠だから何よりだわ」

「ありがとうございます。何とか頑張っていますけど」

美保は恐縮を現そうと肩をすぼめ、

「吉見のこと……何も存じませんで、申しわけございません……あたくしのところへ来ましてもなんにもいわないものですから……」

「あの子はねえ、意気地がないようで、へんに我慢強いというか、諦めがいいというか、おじいさんに似て頑固なのかもしれないけど、わたしにもいわなかったのよ」

「まあ、お義母さまにも……」

いくらか救われた気がした。だがすぐ信子はいった。

「千加さんに打ち明けたのよ、吉見は……。それまで誰も知らなかったのよ……」

千加さんに打ち明けた……！

ガツンと頭を殴られたようだった。

「それはいつのことですの？」

「六月頃よ。始まりは田舎から転校して来た女の子が虐められてるのを見て、その子を庇《かば》ったの。そしたら今度は吉見が虐められるようになったの」

「思い出しましたわ。井上って女の子でしょう……」

美保は思い出した。

――吉見、附和雷同《ふわらいどう》したら駄目。おじいちゃんがいらしたら弱い者イジメする奴《やつ》は男の屑《くず》だっておっしゃるわよ……。

美保はそういったのだった。だから吉見は井上を庇って、それがもとでイジメのターゲットが吉見に変ったのかも……。だとすると……美保は思った。あたしが余計なことをいわなければそんなことにはならなかったかもしれない。普通の母親ならこういう場合、何ていうんだろう？

「可哀そうねえ……何とかならないの？　先生はどうしてるの？」

くらいだろうか。

「知らん顔していなさい。出しゃばるとあんたが虐められるようになったりしたら大変よ」

そう注意してやるのが母心というものなのかもしれない。ことの是非にかかわらず我が子の無事安全を考えるのが……。

銚子《ちょうし》と口取りが運ばれてきて、有川の女将《おかみ》が挨拶に出て来た。今日のは養殖じゃなく、特別に選んだ鰻をお出しするようにいってますからね、とさばさばした口調でいい、

「でもいいですねえ。もう姑でも嫁でもないのにこうして仲よくお酒を酌み交す……ほんと、美談ですよ」

ごゆっくり、といって部屋を出て行く。入れ違いに有川自慢の白焼が運ばれてきた。

美保は食欲を失ったまま白焼を口に運び、「あ、まあ、おいしいこと」といってみせる。

「おいしい？　ああよかったわ。美保さんがマスコミ関係だから気を配ってるのよ」

信子は満足そうにいってから、

「それにしても千加さんってのは、悪気はないんだけどなんていうか、することが粗《あら》くてねえ」

と大きな溜息《ためいき》をついた。

「あの人は吉見が虐められてると聞いて、教室へ怒鳴り込んで行ったのよ」

「えっ？……まあ……」

「『ここは先生も生徒も最低が揃《そろ》ってるね』って怒鳴ったのよ。『何かあったらまた来るからね！』って捨台詞残して帰ったんだって……どう思う？　そういう人なのよ。一事が万事その調子。あんな母親がついてたら友達はますますいなくなるわよ……」

そしてそこから千加の悪口が始まった。

「とにかくあの人の掃除ときたら、ハタキかける音って聞いたことがないのよ。冬なんか戸を閉めたまま掃除機かけてるの。朝はどんなに寒くても戸を開けて清浄な空気を入れるものじゃない？　いくら換気装置があったって、閉めきったまんま何日も平気でいるなんて考えられないわ。床を拭くんだって、しゃがんで、手先に雑巾《ぞうきん》つまんでチョコチョコと拭いてるのよ。拭き掃除は膝《ひざ》を床につけなければ力が入らないわよねえ。美保さんの頃はピカピカしてた床がこの頃はどろーっとしてるの。この前もねえ、小松菜洗ってるところ見たら、根元のところで束ねて藁《わら》で縛ってあるでしょ。ほどかずにそのまんま、水をザアザアかけてるのよう……」

「でもお義母さま……」

美保はやっと言葉の隙を見つけた。

「今の二十代の人って、たいていそんなものですよ。千加さんだけじゃありませんわ」

「それは勉強一筋にきて、目的をもって男なみに励んでいる人たちは仕方ないわよ。千加さんはそうじゃないんだから。たかがヤスダのショウルームガールか何かで、そしてすぐ謙一を誘惑したんだから。そういうことだけ発達しててあとはからっぽ……どういう家に育ったかがだいたいわかるわ。吉見がいないのをいいことに、もうイチャイチャ謙一に甘ったれて、見ちゃいられないの」

「でも吉見が虐められてると知って学校へ怒って行ったなんて、情がありますわ」

「出しゃばりなのよ。黙っちゃいられないタチなのよ！」

そうでしょうか、といって美保は黙った。ここを先途とまくし立てる信子を見ていると、賛成しても反対しても、何をいっても黙らせることは出来ないことがわかる。信子の中に日々積っていた不満は今、捌《は》け口を見つけてどっと流れ出てきているのだ。これが出尽すまでは信子のおしゃべりは終らないだろう。

「まあ、それはちょっとねえ」とか「あらあら」とか、その場しのぎのツナギの言葉を投げ込みながら、信子の中の不満の堆積《たいせき》が減っていくのを待つしかない。そんなことよりも大事なのは吉見の問題ではないかと思い、いったい今日の取材の目的は達せられるのかと危ぶみながら、美保は次第に上の空になっていつか北海道の旅の思い出に浸っていた。

空にも大地にも海にも秋の光が降り注いでいた。その光の中で馬たちが草を食《は》んでいた。大空を鳶《とび》が舞っていた。山蔭の草原で楠田は若者のように欲情し、そして我にもあらず美保の身体はそれに応《こた》えていた。せせらぎのような信子のおしゃべりを聞きながら、旅の間に身体に刻されたものが美保の奥深い所で疼《うず》いていた。

（下巻につづく）

単行本　一九九七年八月　毎日新聞社刊
一次文庫　一九九九年八月　集英社文庫刊

本書の無断複写は著作権法上での例外を除き禁じられています。
また、私的使用以外のいかなる電子的複製行為も一切認められておりません。

文春文庫

風《かぜ》の行方《ゆくえ》（上）

定価はカバーに
表示してあります

2022年6月10日　第1刷

著　者　佐藤《さとう》愛《あい》子《こ》
発行者　花田朋子
発行所　株式会社 文藝春秋

東京都千代田区紀尾井町 3-23　〒102-8008
TEL 03・3265・1211㈹
文藝春秋ホームページ　http://www.bunshun.co.jp

落丁、乱丁本は、お手数ですが小社製作部宛お送り下さい。送料小社負担でお取替致します。

印刷製本・凸版印刷
Printed in Japan
ISBN978-4-16-791897-2

佐藤愛子の好評既刊

「古いのよ、お父さんは」

愛子節炸裂！

妻・信子64歳のエネルギーが鳴動

平穏にみえた家庭にとつぜん嵐が吹き荒れる

凪《なぎ》の光景　佐藤愛子

己の信念のもと実直に生きてきた丈太郎、72歳。だが突然、妻の信子が自らの幸福を求め、意識改革を打ち出した。家庭に満足しつつも若い部下によろめく長男、仕事をもち意識の高い嫁、覇気のない小学生の孫……。高齢者の離婚、女性の自立、家族の崩壊という今日まで続く問題を、鋭く乾いた筆致でユーモラスに描く傑作小説。

文 春 文 庫

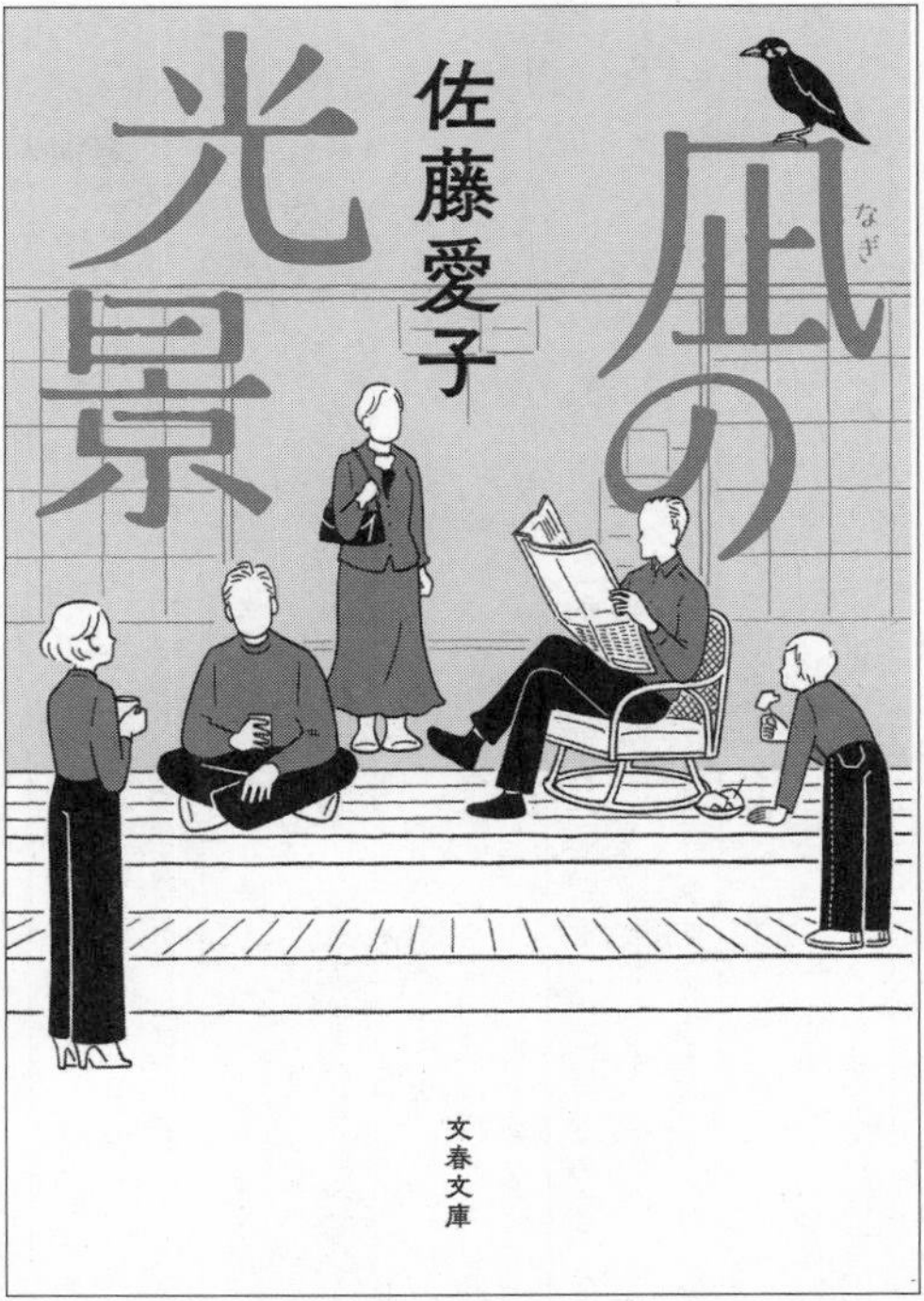

全世代に刺さる傑作長編小説

文春文庫　佐藤愛子の本

（　）内は解説者。品切の節はご容赦下さい。

佐藤愛子
我が老後

妊娠中の娘から二羽のインコを預かったのが受難の始まり。さらに仔犬、孫の面倒まで押しつけられ、平穏な生活はぶちこわし。ああ、我が老後は日々これ闘いなのだ。痛快抱腹エッセイ。

さ-18-2

佐藤愛子
なんでこうなるの
我が老後

「この家をぶッ壊そう！」。精神の停滞を打ち破らんと古稀を目前に一大決心。はてさて、こたびのヤケクソの吉凶やいかに？　抱腹絶倒、読めば勇気がわく好評シリーズ第二弾。（池上永一）

さ-18-3

佐藤愛子
だからこうなるの
我が老後3

締切り間際に押しかけられつい貸した百万円。ところが相手はいつの間にやらトンズラしていた、それも我が家の車で！　疑惑のK事件を皮切りに、まだまだ続く猛烈愛子さん奮闘の日々。

さ-18-4

佐藤愛子
そして、こうなった
我が老後4

モーレツ愛子さんの、過激で愉快なシリーズ第四弾。「リコンしたおじいちゃんのこと、アイしてた？」と孫に聞かれて慌てたある日、本人が訪ねてきて……。などなど傑作エッセイ満載。

さ-18-6

佐藤愛子
それからどうなる
我が老後5

齢八十を祝われて、長生きがそんなにめでてえか、といいたくなる。私の元気のモトは憤怒なのだ、と「怒りの佐藤」の筆はますます血気盛ん。過激なる老後の身辺雑記、シリーズ第五弾。

さ-18-12

佐藤愛子
まだ生きている
我が老後6

花散るや　この家の婆ァ　まだ死なず——中山あい子の献体に死を思い、中学生の株式学習に驚き、ヨン様に熱中する主婦を嘆く。世の変遷を眺めつつ、心の底の本音を探る円熟エッセイ。

さ-18-15

佐藤愛子
これでおしまい
我が老後7

タイガー・ウッズの浮気、知的人間の面倒臭さ、嘘つきについて。20年間「悟る」ことなき爽快な愛子節が炸裂する！　冴え渡る考察とユーモアで元気になる大人気エッセイ集。

さ-18-24

佐藤愛子
わが孫育て

「あの人、結婚しないで、どうして妊娠したの？」テレビを見て根掘り葉掘り質問する六歳の孫との攻防戦を始め、日常のことからお金のこと、国家の一大事まで、歯に衣着せぬエッセイ集。

さ-18-16

佐藤愛子
老い力

いかに上手く枯れるか！　著者50代から80代の現在まで、折に触れ記した「老い」についての〝超〟現実主義な言葉たち。読めばなぜか心が軽くなる、現代人必読、傑作ユーモアエッセイ集。

さ-18-17

佐藤愛子
院長の恋

若い女に振り回され、常軌を逸していく——頼もしい理想の上司が、ここまで情けない男になるなんて。秘書が見た「恋」の姿を哀切に描く表題作他四篇。絶品ユーモア小説集。（河野多恵子）

さ-18-20

佐藤愛子
楽天道

容姿を磨くだけでなく、年齢なりの賢さと知恵があってこそ人生は充実する。90年の人生修行でつかんだ、常に上機嫌で生きるための「やけくそ楽天主義」名エッセイ集！

さ-18-25

佐藤愛子
晩鐘（上下）

老作家のもとに、かつての夫の訃報が届く。共に文学を志した青春の日々、莫大な借金を抱えた歳月の悲喜劇。彼は結局、何者だったのか？　九十歳を迎えた佐藤愛子、畢生の傑作長篇。

さ-18-27

佐藤愛子
血脈（全三冊）

物語は大正四年、人気作家・佐藤紅緑が、新進女優を狂おしく愛したことに始まった。大正から昭和へ、ハチロー、愛子へと続く佐藤家の凄絶な生の姿。圧倒的迫力と感動の大河長篇。

さ-18-29

佐藤愛子
孫と私のケッタイな年賀状

初孫・桃子の誕生以来20年、親しい友人に送り続けた2ショット年賀状。孫の思春期もかえりみず、トトロやコギャルはては晒し首まで、過激な扮装写真を一挙公開！　（阿川佐和子）

さ-18-32

（　）内は解説者。品切の節はご容赦下さい。

ちきりん
未来の働き方を考えよう
人生は二回、生きられる
先の見えない定年延長が囁かれる中ホントに20代で選んだ仕事を70代まで続けるの？　月間200万ＰＶを誇る人気ブロガーが説く「人生を2回生きる」働き方。（柳川範之）
ち-7-1

つばた英子・つばたしゅういち
ききがたり　ときをためる暮らし
夫婦合わせて一七一歳。自宅のキッチンガーデンで野菜を育て、手間暇を惜しまず半自給自足の生活を営む。常識にとらわれず自己流を貫いてきた二人から、次世代への温かなメッセージ。
つ-24-1

藤原智美
つながらない勇気
ネット断食3日間のススメ
ことばがデジタル化への変貌を遂げている今こそ、人間本来の思考力と想像力を取り戻し、豊かな人間関係を築き孤独に耐える力を培う為に、書きことばの底力を信じよう。（山根基世）
ふ-29-2

アーサー・ホーランド
不良牧師！「アーサー・ホーランド」という生き方
新宿路上で「あなたは愛されている」と語り続け、十字架を背負って日本縦断、元ヤクザのクリスチャンを組織して自ら「不良牧師」と名乗る男の半生。序文・松田美由紀。（ＶＥＲＢＡＬ）
ほ-10-1

松岡修造
本気になればすべてが変わる
生きる技術をみがく70のヒント
「自分の人生を、自分らしく生きる」方法を松岡修造が伝授。「自分の取扱説明書を書く」、「決断力養成トレーニング」など、70の具体的な実践例を紹介し、より輝く生き方へと導きます。
ま-27-1

三田　完
あしたのこころだ
小沢昭一的風景を巡る
俳優や俳人、エッセイスト、ラジオの司会者など多才だった小沢昭一さんを偲び、「小沢昭一的こころ」の筋書作家を務めた著者が向島や下諏訪温泉など所縁の地を訪ねて足跡をたどる。
み-37-3

柳田邦男
犠牲（サクリファイス）
わが息子・脳死の11日
「脳が死んでも体で話しかけてくる」。自ら命を絶った二十五歳の息子の脳死から腎提供に至るまでの、最後の十一日間を克明に綴った、父と子の魂の救済の物語。（細谷亮太）
や-1-15

（　）内は解説者。品切の節はご容赦下さい

五木寛之
杖ことば
心に残る、支えになっている諺や格言をもとにした、著者初の語り下ろしエッセイ。心が折れそうなとき、災難がふりかかってきたとき、老後の不安におしつぶされそうなときに読みたい一冊。

い-1-36

上野千鶴子
おひとりさまの老後
結婚していてもしてなくても、最後は必ずひとりになる。でも、智恵と工夫さえあれば、老後のひとり暮らしは怖くない。80万部のベストセラー、待望の文庫化！　（角田光代）
う-28-1

上野千鶴子
男おひとりさま道
80万部を超えたベストセラー「おひとりさまの老後」の第二弾。死別シングル、離別シングル、非婚シングルと男性〝おひとりさま〟向けに、豊富な事例をまじえノウハウを指南。（田原総一朗）
う-28-2

上野千鶴子
ひとりの午後に
世間知らずだった子供時代、孤独を抱えて生きていた十代のころ……。著者の知られざる生い立ちや内面を、抑制された筆致で綴ったエッセイ集。　（伊藤比呂美）
う-28-3

上野千鶴子
上野千鶴子のサバイバル語録
「万人に感じ良く思われなくてもいい」『相手にとどめを刺さず、もてあそびなさい』——家族、結婚、仕事、老後、人生を前向きに生きたいあなたへ。過酷な時代を生き抜く140の金言。

う-28-4

岡田斗司夫
レコーディング・ダイエット決定版　手帳
岡田斗司夫氏考案の「レコーディング・ダイエット」を実践するための手帳。日々の食べたものと体重と、体脂肪率を記録して、自己管理の習慣を身につけて、太らない体に「変身」しよう。

お-29-3

加納朋子
無菌病棟より愛をこめて
愛してくれる人がいるから、なるべく死なないように頑張ろう。急性白血病の告知を受け仕事も家族も放り出しての緊急入院、抗癌剤治療、骨髄移植——人気作家が綴る涙と笑いの闘病記。

か-33-5

文春文庫　最新刊

狂う潮　新・酔いどれ小籐次（二十三）　佐伯泰英
小籐次親子は参勤交代に同道。瀬戸内を渡る船で事件が

美しき愚かものたちのタブロー　原田マハ
「日本に美術館を創る」。〝松方コレクション〟誕生秘話！

偽りの捜査線　警察小説アンソロジー　誉田哲也 大門剛明 堂場瞬一 鳴神響一 長岡弘樹 沢村鐵 今野敏
刑事、公安、警察犬――人気作家による警察小説最前線

耳袋秘帖　南町奉行と餓舎髑髏　風野真知雄
海産物問屋で大量殺人が発生。現場の壁には血文字が…

仕立屋お竜　岡本さとる
腕の良い仕立屋には、裏の顔が…痛快時代小説の誕生！

武士の流儀（七）　稲葉稔
清兵衛は賭場で借金を作ったという町人家族と出会い…

飛雲のごとく　あさのあつこ
元服した林弥は当主に。江戸からはあの男が帰ってきて

将軍の子　佐藤巖太郎
稀代の名君となった保科正之。その数奇な運命を描く

震雷の人　千葉ともこ
唐代、言葉の力を信じて戦った兄妹。松本清張賞受賞作

紀勢本線殺人事件〈新装版〉十津川警部クラシックス　西村京太郎
21歳、イニシアルY・HのOLばかりがなぜ狙われる？

あれは閃光、ぼくらの心中　竹宮ゆゆこ
ピアノ一筋15歳の嶋が家出。25歳ホストの弥勒と出会う

拾われた男　松尾諭
航空券を拾ったら芸能事務所に拾われた。自伝風エッセイ

風の行方　上下　佐藤愛子
64歳の妻の意識改革を機に、大庭家に風が吹きわたり…

パンチパーマの猫〈新装版〉　群ようこ
日常で出会った変な人、妙な癖。爆笑必至の諺エッセイ

読書の森で寝転んで　葉室麟
作家・葉室麟を作った本、人との出会いを綴るエッセイ

文学者と哲学者と聖者　吉満義彦コレクション〈学藝ライブラリー〉　若松英輔編
日本最初期のカトリック哲学者の論考・随筆・詩を精選